Maike Dugaro · Anne-Ev Ustorf
MAUERPOST

AF203560

© Katrin Dugaro Carrena

DIE AUTORINNEN

Anne-Ev Ustorf (geboren 1974) ist Journalistin, Dozentin und Sachbuchautorin. Seit 2003 ist sie als freiberufliche Journalistin mit den Schwerpunkten Psychologie und Bildung tätig. Sie unterrichtet Journalismus an der Hochschule für Angewandte Wissenschaften in Hamburg.

Maike Dugaro (geboren 1977) ist Journalistin, Dozentin und Biografin. Sie war lange als Redakteurin bei GEO.de beschäftigt und schreibt heute freiberuflich Reisetexte und Biografien. Sie unterrichtet Journalismus an der Akademie für Publizistik in Hamburg.

Maike Dugaro · Anne-Ev Ustorf

Mauerpost

Penguin Random House Verlagsgruppe
FSC® N001967

Unterrichtsmaterialien zu diesem Buch sind erhältlich unter:
www.schullektuere.de

6. Auflage
Originalausgabe März 2019
© 2019 by cbj Kinder- und Jugendbuchverlag
in der Penguin Random House Verlagsgruppe GmbH,
Neumarkter Straße 28, 81673 München
produktsicherheit@penguinrandomhouse.de
(Vorstehende Angaben sind zugleich
Pflichtinformationen nach GPSR.)
Alle Rechte vorbehalten
Umschlaggestaltung:
init | Kommunikationsdesign, Bad Oeynhausen
Umschlagmotive: © Plainpicture
(Folio Images/Lena Katarina Johansson,
Image Source, harry + lidy)
Berlin-Karte: Georg Behringer
MI · Herstellung: eR
Satz & Druck: GGP Media GmbH, Pößneck
ISBN 978-3-570-31253-7
Printed in Germany

www.cbj-verlag.de
Dieses Buch ist auch als E-Book erhältlich.

Wir widmen dieses Buch allen Kindern,
deren Familien durch die DDR zerstört wurden.

Anhang

Vorbemerkung:
Im Text **fett** gesetzte Wörter werden im Glossar ab S. 295 erklärt. Um den Lesefluss nicht zu stören, werden Begriffe aus dem Glossar im Text nur einmal markiert.

Wilhelmsruh, 16.2.1988

Liebe Ines,

es ist ein bisschen seltsam, jemandem zu schreiben, den man gar nicht kennt. Aber ich probiere es einfach mal. Ich heiße Julia und wohne bei Deiner Oma Ursel im Haus in Ostberlin. Ich bin 15 Jahre alt und gehe in die 9. Klasse der 22. **POS** Wilhelmsruh. Mein nerviger kleiner Bruder Mirko auch, aber zum Glück will er nicht mit mir zusammen zur Schule laufen.

Ich möchte mich bei Dir bedanken, denn Du hast mir eine ziemlich große Freude gemacht! Und das total unerwartet! Denn der Tag, an dem Oma Ursel mir Deinen Umschlag mit der Michael-Jackson-Kassette gab, hatte begonnen wie jeder andere: Herr Krause von unten hatte mich mit einem seiner polternden Hustenanfälle pünktlich um dreiviertel sechs geweckt und Mirko war nebenan laut fluchend und wie immer viel zu spät im Badezimmer verschwunden. Meine Eltern sind beim Frühstück meist so in Gedanken oder Zeitungen versunken, dass sie kaum merken, wenn ich mich dazu setze. Erst wenn es kurz nach sieben ist und mein Bruder und ich das Haus verlassen müssen, legt Mutti die Zeitung zur Seite und scheucht uns in Schuhe und Jacken, damit wir auch ja nicht zu spät kommen.

Ich hoffe, es stört Dich nicht, dass ich Oma Ursel sage. Sie ist natürlich nicht meine Oma, aber ich nenne sie trotzdem so, weil meine Omas schon lange tot sind. Meistens fühlt es sich an, als seien wir Freundinnen. Eine sehr alte und eine sehr junge zwar, aber was spielt das für eine Rolle, wenn man sich versteht? Seit Oma Ursel zu uns ins Erdgeschoss gezogen ist, schaue ich oft am Nachmittag bei ihr vorbei, wenn meine Eltern noch nicht zu Hause sind. Dann kocht sie mir einen warmen Kakao und manchmal gibt es sogar ein Stück Kuchen dazu. Bei Oma Ursel sieht es aus wie in einer Wohnung aus einer anderen Zeit. Ihre Möbel sind dunkel und mächtig, die Vorhänge so dicht, dass kaum Licht hereindringt, und an den Wänden hängen jede Menge Fotos von Menschen aus ihrer Familie. Ihr müsst eine große Familie sein! Aber Besuch bekommt sie trotzdem nur selten. Deshalb freut sie sich auch immer, wenn ich klingele. Heute bin ich gleich nach der Schule zu ihr gegangen. Und als hätte sie es gewusst, stand der Kakao schon fertig auf dem Tisch. Alles war gedeckt, als hätte jemand Geburtstag. Mit Kerzen und feinem Geschirr. Als ich meinen Kakao ausgetrunken hatte, zog Oma Ursel plötzlich einen Umschlag mit einer Kassette hinter dem Rücken hervor. Und ich konnte kaum glauben, was darauf geschrieben stand: BAD. Das neue Album von Michael Jackson!

Dann erzählte Oma Ursel von Dir, ihrer Enkelin aus dem Westen, und dass Du sie für mich aufgenommen hättest. Wie alt bist Du eigentlich? 13, oder? Ines, Du bist jetzt schon die tollste 13-Jährige, die ich kenne! Und wenn Du meinen Musikgeschmack so genau kennst, weißt Du bestimmt auch schon vieles andere über mich. Bin gespannt, was Oma Ursel Dir alles geschrieben hat. (Hoffe, nur Gutes!)

Während ich Dir schreibe, höre ich die Kassette. Ganz leise, versteht sich. Meine Eltern müssen ja nicht alles wissen. Von unseren Briefen erzähle ich ihnen auch nichts. **Westkontakte** gehören sich nicht, findet mein Vater. Und mein nerviger Bruder Mirko findet das leider auch. Er ist zwar erst zwölf, aber dafür wahnsinnig besserwisserisch und selten eine Hilfe. Wenn Du auch einen Bruder hast, weißt Du ja sicher, wovon ich rede. Aber Du hast keinen, oder?

Jetzt gebe ich diesen Brief Oma Ursel, und die wird ihn hoffentlich bald ihrer Schwester Christa geben, die ja bei Euch in der Nähe wohnt, oder? Ursel sagt, dass sie ungefähr einmal im Monat zu Besuch kommt, manchmal auch öfter. Sie ist ab jetzt unsere geheime Brieftaube! Irgendwie gefällt mir das. Schreib bald zurück!

Deine Julia

Kreuzberg, 22. Februar 1988

Hallo Julia,

vielen Dank für Deinen Brief, den Tante Christa mir gestern Nachmittag vorbeigebracht hat. Sie kam direkt von ihrem Besuch bei Oma Ursel und zog plötzlich einen Brief aus ihrem Pulli. Der Brief war ganz warm, ich glaube, sie hatte ihn vor den **Grenzbeamten** in ihrem Büstenhalter versteckt. Ich habe ihn sofort aufgerissen und mich total gefreut, von Dir zu hören! Schön, dass die Michael-Jackson-Kassette Dir gefällt. Ich höre sie auch ganz oft. Wusstest Du, dass Michael Jackson dieses Jahr ein Konzert in Westberlin gibt? Ich möchte da unbedingt hin. Wenn ich Dir andere Kassetten überspielen soll, sag Bescheid. Ich gebe sie dann Christa mit, für ihren monatlichen Erbsensuppe- und Rommé-Besuch bei Ursel. Manchmal denke ich fast, die **Mauer** ist gar nicht da, so oft, wie Christa Richtung Osten über den **Grenzübergang Bornholmer Straße** spaziert und dann nach dem Kaffeetrinken wieder zurück in den Westen läuft. Aber dann hört man wieder, dass jemand an der Grenze beim Fluchtversuch erschossen wurde. Und mir fällt wieder ein, dass die Mauer für manche Menschen lebensgefährlich ist.

Ich weiß noch gar nicht sooo viel über Dich. Du bist 15. Wahrscheinlich kennst Du meine Oma inzwischen besser als ich. Ich hab sie ja noch nie gesehen, weil sie nicht nach Westberlin reisen darf. Wie gern würde ich in ihrer Wohnung auch mal Kakao trinken. Aber meine Mutter erlaubt es mir nicht. Sie will keinen Fuß mehr nach Ostberlin setzen, und deshalb darf ich es auch nicht. Blöd gelaufen. Aber manchmal schreibt Oma Ursel mir oder schickt mir Pakete. Das will meine Mutter auch nicht. Aber zum Glück kriegt sie das nicht mit, denn ich wohne bei meinem Vater. Meine Eltern haben sich ja getrennt, als ich vier war. Weiß nicht, ob Oma Ursel Dir das schon erzählt hat.

Übrigens, einen Bruder habe ich nicht. Gar keine Geschwister! Manche würden vielleicht sagen, ich habe überhaupt keine richtige Familie – Vater hier, Mutter da, keine Geschwister und dann noch eine Oma hinter der Mauer. Aber für mich fühlt sich das total normal an. Ich kenn es ja nicht anders. Wir wohnen in Kreuzberg, gar nicht weit von der Mauer, per Luftlinie wohl nur ein paar Kilometer von Dir entfernt. Unsere Wohnung ist riesengroß, ich habe ein tolles Zimmer mit Blick auf den Chamissoplatz, allerdings wohnen wir leider direkt über einem griechischen Restaurant und es stinkt in meinem Zimmer dauernd nach Hammel. Das hat aber auch gute Seiten, denn abends gehen wir oft einfach die Treppe runter zum Essen, Bifteki mit Pommes, mein Lieblingsgericht. Mein Vater kocht nämlich sehr schlecht. Sehr, sehr schlecht. Wir haben auch noch einen Hund. Einen

Collie-Terrier-Mischling, der auf den bescheuerten Namen Jacques hört, benannt nach irgendeinem französischen Philosophen, das hat sich natürlich mein Vater ausgedacht. Aus Protest nenne ich den Hund aber Jackie. Nachmittags muss ich mit Jackie immer spazieren gehen, was ehrlich gesagt keinen Spaß macht, weil er mich dann von Hundehaufen zu Hundehaufen schleift – und hier in Kreuzberg gibt es viele davon. Außerdem muss ich mich auf dem Weg dauernd mit Omas unterhalten, die ihre fetten Dackel hinter sich herziehen.

Was gibt's sonst über mich zu sagen? Ich höre gern Musik, das hast Du ja schon mitbekommen. Leider muss ich auch selbst musizieren, ich habe Klavierunterricht, aber ich versuche, durch beständiges Nicht-Üben meine Eltern davon zu überzeugen, dass ich dringend damit aufhören sollte. Ich bin schon ganz nah dran. Ich liebe allerdings Judo, dreimal die Woche gehe ich zum Training und lasse mich dabei ordentlich von meinem Trainer anschreien. Gerade übe ich für den blauen Gürtel. Mein Vater macht sich schon Sorgen, dass ich zu viele Muskeln zulege und bald aussehe wie ein Schrank. Er steht auf große Blondinen, aber will ich so aussehen wie die Freundinnen meines Vaters? Ganz bestimmt nicht. Bald will ich mit der Recherche zu meinem Schulprojekt anfangen, ich möchte eine Biografie über Kimura Masahiko schreiben, den besten Judoka, der jemals lebte. Nach ihm wurde sogar eine Hebeltechnik benannt, der Kimura. Unglaublich. Vielleicht schicke ich Dir mal ein Foto von ihm.

Apropos Foto: Wie siehst Du eigentlich aus? In welche Klasse gehst Du? Und was ist los mit Deinem Bruder, warum ist der so nervig?

Viele Grüße über die Mauer, schreib bald wieder und grüß mir meine Oma,
Deine Ines

Wilhelmsruh, 12.3.1988

Liebe Ines,

ich höre die Kassette jeden Tag und muss immer ein bisschen an Dich denken, auch wenn ich Dich eigentlich gar nicht kenne. Wenn mein Vater plötzlich reinkommt, mache ich sie schnell aus. Zum Glück hat er noch nicht bemerkt, was ich höre. Auf meinen Bruder Mirko muss ich dagegen aufpassen. Der will immer alles wissen und kann nichts für sich behalten. Eine richtige Nervensäge. Sei froh, dass Du keine Geschwister hast. Ich wäre manchmal lieber allein.

Neulich war meine Freundin Tina zu Besuch und Mirko kam alle zwei Minuten zu uns ins Zimmer, um irgendetwas Unwichtiges zu fragen. So was wie »Musst du nicht noch den Müll runterbringen?« Natürlich wollte er nur sehen, was wir machen oder hören oder reden. Wir sind ihn kaum losgeworden. Meine Eltern konnten auch nicht helfen. Die kommen immer erst so gegen sechs nach Hause. Mirko und ich sind dagegen schon um fünf von der Schule zurück. Eine ganze Stunde Zeit für Mirko, sich haufenweise Zeug einfallen zu lassen, um mir auf die Nerven zu gehen. Bis meine Eltern kommen, muss der Tisch gedeckt sein. Auch darüber streiten mein Bruder und ich täglich. Er führt Listen darüber, wie oft er schon dran war und behauptet, dass ich das angeblich nie mache und überhaupt total faul sei.

Dabei schläft er morgens so lange, dass wir fast immer zu spät aus dem Haus kommen. Ich sag's ja – sei froh, dass Du keine Geschwister hast.

Wenn unsere Eltern dann da sind, essen wir zusammen und jeder erzählt ein bisschen von seinem Tag. Ohne Deine Mutter zu sein, ist doch bestimmt komisch oder? Seit wann ist denn das so? Wie oft seht Ihr Euch?

Ich kann mir gar nicht vorstellen, nur bei meinem Vater zu wohnen. Er ist sehr streng und hält dauernd Vorträge, die niemand hören will. Immer muss alles ordentlich sein, und Pünktlichkeit ist auch total wichtig. Aber am allerwichtigsten ist die **Partei**. Denn die hat immer recht. Sagt er. Manchmal könnte man den Eindruck bekommen, er sei mit der Partei verheiratet und nicht mit Mutti.

Wir wohnen ganz in der Nähe der Mauer, in Wilhelmsruh in der Fontanestraße, und wenn ich mich aus dem Fenster lehne, kann ich sie sehen. Unsere Wohnung liegt im ersten Stock, mit Blick auf die Mauer. Eigentlich stört sie mich nicht wirklich. Sie war ja schon immer da und gehört irgendwie zur Straße dazu.

Unsere Wohnung ist nicht groß, aber auch nicht klein. Eine Vierraumwohnung. Es gibt ein Wohnzimmer, ein Schlafzimmer, ein kleines Zimmer für mich und ein kleines für meinen Bruder, das wir allerdings morgens und abends als Esszimmer nutzen. Dann muss das Bett umgeklappt werden und schon haben alle Platz. Die Küche ist zu klein – da können wir nicht essen. Und dann ist da noch das Bad, sogar mit Badewanne. Es ist ein modernes Haus mit Balkonen und richtigen Heizungen. Viele meiner Freundinnen wohnen in alten Häusern und müssen noch Kohlen in die Wohnung schleppen. Bin ich froh, dass uns das erspart bleibt, sonst müsste ich mich auch noch darüber mit Mirko streiten.

Ich bin meist eh schon ziemlich erledigt, wenn ich nachmittags nach Hause komme, denn ich habe dreimal in der Woche Schwimmtraining. Im Sommer soll ich bei den DDR-Jugendmeisterschaften mitschwimmen. Judo klingt auch super. Ich glaube, mir würde Ballett am besten gefallen, aber das ist kein richtiger Sport, sagt mein Vater. Da kann ja niemand der Schnellste sein oder am höchsten springen oder am weitesten werfen. Ich weiß schon, was er meint, aber es hätte mir eben trotzdem am besten gefallen.

Wenn wir samstagsabends zusammen fernsehen, schaue ich mir immer am liebsten das **Fernsehballett** an.

Was kommt bei Euch so im Fernsehen? Ein bisschen weiß ich das ja, weil ich manchmal heimlich **Westfernsehen** schaue, wenn meine Eltern noch nicht da sind und mein Bruder mal wieder auf dem Heimweg trödelt. Wenn ich ihn dann auf der Treppe höre, schalte ich schnell wieder um.

Ach ja – wie ich aussehe, wolltest Du noch wissen. Ich hab grad kein Foto hier, also beschreib ich es Dir: Ich bin ungefähr eins siebzig groß, habe lange braune Haare und grüne Augen. Ich trage Schuhgröße 39, unter meinem Kinn habe ich einen Leberfleck und über dem rechten Auge eine kleine Narbe. Da bin ich als Kind mal die Treppe runtergefallen. Und in den Ohren trage ich im Moment am liebsten meine neuen kreischroten Ringe. Mutti nennt sie Gardinenringe, aber ich finde, die fetzen.

Und Du, wie siehst Du aus? Bei Ursel steht ein Foto von Deiner Einschulung, aber seitdem hast Du Dich garantiert verändert. Und welche Fächer magst Du in der Schule? Erzähl mal!

Ich schicke Dir unsere Brieftaube und hoffe, dass sie bald zurückkommt. Deine Oma lässt Dich grüßen. Sie freut sich immer, wenn ich von Dir erzähle. Die Briefe lese ich ihr natürlich nicht vor, Briefgeheimnis! Aber ich erzähle ihr ein bisschen von dem, was Du schreibst. Den Namen von Eurem Hund findet sie auch ziemlich dämlich. Morgen gehe ich wieder zu ihr.

Bis ganz bald,
Deine Julia

Kreuzberg, 27. März 1988

Liebe Julia,

vielen Dank für Deinen Brief und entschuldige, dass ich erst jetzt zurückschreibe. Tante Christa hat mir Deine Post erst vor ein paar Tagen gebracht, sie war mal wieder auf Reisen mit ihrem Kirchenchor und konnte deshalb nicht rüber zu Oma Ursel. Der Chor ist ganz schlimm, fünfzig Omas in blauen Blusen singen mit zittrigen Stimmen Gottesdienstmusik. Sie nennen sich »Vokalensemble Dahlem«, mein Vater nennt sie nur »Folterensemble Dahlem«. Neulich musste ich mit meiner Mutter zu einem ihrer Konzerte. Wenn Du mal die Gelegenheit bekommst: Geh nicht hin!

Und dann hatte ich in den letzten Tagen ziemlich viel zu tun. Du hattest ja gefragt, welche Fächer ich in der Schule besonders mag. Ich sag's Dir gleich: auf keinen Fall Mathe, Physik und Chemie. Ich habe in Chemie eine Vier und verstehe meistens gar nix. In Mathe stehe ich auf fünf, da verstehe ich noch weniger als nix. Mit der Versetzung wird es dieses Jahr mal wieder knapp. Noch schlimmer ist aber, dass ich zum Üben immer zu Marion muss. Im Gegensatz zu meinem Vater ist sie – also meine Mutter, ich nenne sie immer bei ihrem Vornamen, Marion – gut in den Naturwissenschaften, sie ist ja Ärztin und hat das ganze Zeug studiert. Ich bin also letzten Samstag nach Steglitz, um mit ihr für meine nächste Chemiearbeit zu lernen. Sie wohnt in einer kleinen Zweizimmerwohnung gleich um die Ecke vom Klinikum, wo sie arbeitet. Es war eigentlich ein schöner Tag, vielleicht erinnerst Du Dich, die Sonne schien und es lag richtig Frühling in der Luft. Doch als ich bei ihr ankam, war alles so düster wie immer.

Nicht düster im Sinne von dunkel, sondern irgendwie gedrückt. Sie ist oft total erschöpft und müde, wahrscheinlich liegt das an ihrem Job, sie hat ja viele Nachtschichten im Krankenhaus. Ihre Wohnung ist jedenfalls total karg: Bett, Schrank, Schreibtisch und Stuhl im Schlafzimmer, Sofa, Beistelltisch und Bücherregal im Wohnzimmer. Sonst nichts, keine Bilder, kein Schnickschnack, keine Klamotten, die rumliegen. Nur auf ihrem Nachtschrank steht ein Foto von mir, von meiner Einschulung, wahrscheinlich dasselbe, das Ursel auch hat. Und das war's dann schon. Es sieht aus, als wäre sie gerade eingezogen oder würde bald ausziehen. Aber sie wohnt da schon seit neun Jahren, seit der Trennung meiner Eltern. Ich bin so froh, dass ich sie nur am Wochenende sehen muss und sonst bei meinem Vater sein kann. Bei ihm ist es viel gemütlicher, zwar total chaotisch – überall sind Bücher und Fotos und Zeitschriften und Zigarettenpackungen und leider auch angefressenes Hundespielzeug – aber dafür eben heimelig.

Also, ich komme bei Marion an und sie ist wieder richtig anstrengend. Nicht: »Hallo Ines, wie geht's dir, möchtest du einen Tee, was macht das Leben so?«, sondern so ganz leise: »Komm rein, setz dich schon mal, ich habe von meinem Kollegen extra ein Chemiebuch für die achte Klasse ausgeliehen, wir strengen uns diesmal ordentlich an und dann schaffst du schon eine Drei.« Herzlich, oder? Man könnte meinen, sie wäre meine Nachhilfelehrerin und nicht meine Mutter. Es gibt bei ihr nur Arbeit, Arbeit, Arbeit. Der Rest fehlt. Mein Vater sagt immer, ich soll nicht so streng mit ihr sein, sie hatte es schwer. Egal, das Schlimmste war, dass sie mich nach dem Lernen zur Belohnung noch auf ein Eis einlud. Erstens bin ich nicht mehr fünf Jahre alt, man könnte mit mir wirklich bessere Dinge anstellen als ein Eis essen zu gehen. Und zweitens haben wir uns nie was zu sagen. Manchmal stellt sie eine verkrampfte Frage, aber es kommt kein Gespräch in Gang. Ich war froh, als ich wieder in die S-Bahn steigen und nach Hause fahren konnte. Leider muss ich morgen noch mal hin, weil wir nicht mit dem Stoff durchgekommen sind. Ich will einen anderen Nachhilfelehrer.

Na ja, Du hast es anscheinend auch nicht so leicht mit Deinen Eltern. Aber wer hat das schon? Manchmal nerven die halt. Kannst Du Dich mit Deiner Mutter wenigstens besser unterhalten als ich? Dein Vater hört sich ganz schön streng an. Immerhin verstehe ich mich mit meinem Vater ganz gut, auch wenn er wenig Zeit hat, weil er viel arbeitet. Du kannst ihn übrigens mal hören, wenn Du willst: Er hat Samstagvormittags auf dem Radiosender RIAS1 eine Sendung, die er moderiert, über Politik und neue Bücher. Manchmal interviewt er auch Gäste. Ehrlich gesagt schalte ich nicht oft ein, weil es mich nicht interessiert. Ich höre lieber RIAS2, viel Popmusik, kennst

Du ja bestimmt, Ihr könnt doch auch **RIAS** empfangen, oder? Fernsehen interessiert mich nicht so. Am liebsten lese ich. Liest Du auch gern? Und ist Tina eigentlich Deine beste Freundin? Hast Du viele gute Freunde?

Ach ja, Du hast noch gefragt, wie ich jetzt aussehe. Ich bin immer noch ziemlich klein und habe lange dunkelbraune Haare, wie Du. Aber keine grünen Augen, sondern braune. Die habe ich von meinem Vater, der sieht aus wie ein Süditaliener, obwohl er in Hamburg geboren und aufgewachsen ist und seine Eltern plattdeutsch sprechen. Irgendwo in seiner Familiengeschichte muss sich mal ein Sizilianer versteckt haben. Ich habe eine Zahnlücke zwischen den Zähnen, die ich hasse. Du merkst, ich bin nicht gerade begeistert von meinem Aussehen. Egal, dann werde ich halt ein Schrank. Ja, schick mir doch mal ein Foto von Dir, das fände ich schön.

Ich hab' auf dem Stadtplan übrigens mal geschaut, wo die Fontanestraße liegt und wo Du wohnst. Und da fiel mir auf: Ich war schon ganz bei Euch in der Nähe. Manchmal besuche ich eine alte Schulfreundin im Märkischen Viertel, von Dir aus direkt auf der anderen Seite der Mauer. Wenn ich mal wieder da bin, denke ich an Dich. Und natürlich auch an Oma Ursel, sie wohnt ja jetzt auch in der Fontanestraße. Komisch, dass uns dann nur hundert Meter trennen und wir uns trotzdem nicht sehen können. Irgendwie gemein, oder? Ich habe eine Idee, wir stellen uns einfach jeder auf unsere Seite der Mauer und brennen mit unseren Blicken Löcher durch den Zement. Hab ich mal in einem Science-Fiction-Film gesehen. Wäre schön, wenn's klappt, was?

Okay, gleich kommt Tante Christa, dann kann ich ihr den Brief mitgeben. Am Wochenende besucht sie Oma Ursel. Lass Dir nichts von ihr vorsingen! Und schreib mir bald.

Deine Ines

Wilhelmsruh, 15.4.1988

Liebe Ines,

es ist grad mal drei Wochen her, dass Du mir geschrieben hast und doch ist so viel passiert wie sonst manchmal in einem ganzen Jahr nicht. Aber der Reihe nach. Kannst Du Dich noch an meine Freundin Tina erinnern? Sie ist meine beste Freundin. Aber auch meine geheimste. Zumindest seit neulich. Da hat unsere Lehrerin Frau Meinsdorf in der Klasse unsere Aufsätze zurückgegeben und zu Tina gesagt, dass sie sehr enttäuscht sei von ihr. Unter dem Aufsatz prangte eine Fünf. Bei Tina! Sie ist die Beste in der Klasse, wenn nicht sogar an der ganzen Schule. Vor allen anderen hat die Meinsdorf es gesagt. Ich habe Tina angesehen, aber sie hat nur auf den Boden gestarrt, ist immer kleiner geworden auf ihrem Stuhl, hat die Schultern hoch- und den Kopf eingezogen – wie eine Schildkröte. Ich wusste, dass sie am liebsten geweint hätte. Die olle Meinsdorf hat sie nicht mehr beachtet. Als hätte sie etwas Schlimmes getan.

Bis zur Pause musste ich warten, um Tina endlich zu fragen, was los ist. Doch sie wollte nicht damit rausrücken: »Jeder schreibt doch mal eine schlechte Note«, hat sie gemeint. »Aber du bist doch nicht jeder!« Ich habe ihr einfach nicht geglaubt.

Am Nachmittag nach dem Schwimmen habe ich sie besucht. Tina wohnt im Hinterhaus eines alten Gebäudes, das früher bestimmt mal sehr schön war. Jetzt blättert der Putz von der verrußten Fassade. Aber ich mag es da. Es ist irgendwie so geheimnisvoll.

Tina wollte mich erst nicht reinlassen. »Ich muss noch lernen, wegen der Fünf heute.« Aber ich habe sie einfach zur Seite geschoben und bin reingegangen. Schließlich ist sie meine beste Freundin, und da weiß man doch, wenn es dem anderen schlecht geht.

Ihre Mutter war zu Hause. Das ist sie eigentlich immer. Schön, aber auch irgendwie seltsam. Ich kenne sonst niemanden, bei dem die Eltern tagsüber zu Hause sind. Die gehen alle arbeiten. Tina sagt, ihre Mutter sei krank und könne nicht arbeiten. Aber besonders krank ist sie mir noch nie vorgekommen.

Wir haben uns in Tinas Zimmer gesetzt und Musik gehört. Ganz laut. So, dass man sich fast nicht mehr verstehen konnte. Und dann hat Tina erzählt, was los ist. »Aber du musst es für dich behalten. Das ist ganz wichtig«, sagte sie. »Meine Mutter ist gar nicht krank. Sie ist Musikerin. Aber weil sie singt, was sie denkt, darf sie schon seit vielen Jahren nicht mehr auftreten.« Ich war verwirrt. Und irgendwie gar nicht überrascht. Dass die Krankheit ihrer Mutter seltsam war, hatte ich ja schon lange geahnt. Doch bevor ich eine Frage stellen konnte, erzählte Tina das Unfassbare: »Meine Eltern haben einen **Ausreiseantrag** gestellt. Sie wollen die DDR verlassen.«

Jetzt war ich platt. »Und was ist mir dir?« »Na, ich soll natürlich mit, oder glaubst du, ich bleib hier alleine?« In meinem Kopf begann sich alles zu drehen. »Aber wieso wollt ihr denn weg? Und wann überhaupt?« Die Musik war noch immer ohrenbetäubend laut. Aber Tinas Mutter schien das nicht zu stören. Mein Vater wäre längst reingekommen und hätte den Stecker aus der Wand gezogen. »So schnell wie möglich«, sagte Tina. »Aber man kann nie wissen, wie lang das dauert, sagt meine Mutter. Meine Eltern sehen keine Zukunft für uns hier. Mutti darf nicht auftreten und fühlt sich ständig überwacht. Sie sagt, ihr fehlt hier die Luft zum Atmen. Und meinem Vater haben sie auch gesagt, er müsse nicht mehr kommen. Der hatte immerhin Glück und hat von einem Pfarrer Arbeit als Hilfsgärtner auf einem Friedhof bekommen. **Ausreisefriedhof** nennen sie den, weil dort nur Leute arbeiten, die einen Ausreiseantrag gestellt haben.« Aus Tinas Mund klang das alles so klar und nüchtern. In meinem Kopf war nichts mehr am selben Fleck. »Und darum kriegste jetzt plötzlich ne Fünf?« »Das weiß ich nicht«, sagte Tina, »vielleicht hatte ich auch nur einen schlechten Tag.«

Zu Hause konnte ich natürlich nicht erzählen, was ich von Tina erfahren hatte. Aber das brauchte ich auch nicht. Irgendwoher wusste mein Vater es nämlich schon. Er war völlig außer sich. Er hätte ja immer gewusst, dass mit dieser Familie was nicht stimme, und nun sei es ja bewiesen. Und dass ich mich auf gar keinen Fall mehr mit Tina treffen dürfe. Das sei schlechter Einfluss für mich. Mutti war etwas ruhiger. Aber auch erst, als Vati nicht mehr im Raum war. Sie hat irgendwie versucht, das zu erklären. Dass im **Sozialismus** alle an einem Strang ziehen müssen. Und dass, wer abhaut, sich eben genau dagegenstellt. Deswegen sei Vati so wütend. Dann hat sie mich in den Arm genommen und ganz fest gedrückt.

Das war vor drei Wochen. Seitdem ist alles irgendwie anders. Tina kommt in der Schule nicht mehr dran, wenn sie sich meldet. Und wir dürfen auch nicht mehr nebeneinandersitzen. Tina muss jetzt ganz hinten in der Klasse sitzen. Natürlich treffen wir uns aber trotzdem noch. Sie ist jetzt meine geheime Freundin, meine Eltern dürfen nichts davon wissen. Tina darf uns auch nicht mehr besuchen.

Wir treffen uns jetzt bei ihr. Ich sage dann immer, dass ich länger Training habe oder noch bei Oma Ursel bin. Ein- oder zweimal in der Woche klappt das. Dann sitzen wir zusammen, hören Musik und lachen über die olle Meinsdorf mit ihren schrecklichen Haaren, die wie Spinnfäden vom Kopf runterhängen. Dann ist alles so wie immer.

An den anderen Tagen ist Tina oft traurig und still, manchmal weint sie sogar in der Schule. Einfach so. Kannst Du Dir das vorstellen?

Jetzt möchte ich wirklich Löcher in den Zement brennen. Zwei Stück. Und durch die krabble ich mit Tina durch auf die andere Seite. Wo wir einfach Freundinnen sein können. Und dann besuchen wir Dich und Du zeigst uns alles. Deine Schule, Deine Freunde, Deine komische Mutter und Deinen netten Vater. Und den Hund mit dem lustigen Namen will ich auch sehen.

Du findest Tina bestimmt auch super. Und Dein Vater berichtet dann im Radio über zwei seltsame

Löcher in der Mauer. Und Tinas Mutter wird eine berühmte Sängerin.

Wäre das nicht schön?

So, und nun muss ich rennen. Runter zu Oma Ursel, die bestimmt schon den Kakao fertig hat. Hoffentlich kommt unsere Brieftaube bald wieder geflogen, damit Du das alles schnell lesen kannst.

Bis bald,
Julia

Kreuzberg, 2. Mai 1988

Liebe Julia,

unsere Brieftaube kam hier mit ziemlicher Verspätung an. Sie hatte Deinen Brief ein paar Wochen in einer dunklen Ecke ihrer riesigen Handtasche vergessen. Erst letzten Sonntag kam Tante Christa zum Mittagessen vorbei und übergab mir Deinen Brief. Ist manchmal ein bisschen schwer, sie hierherzulocken. Christa ist zwar die netteste Großtante, die man sich vorstellen kann, aber sie findet unseren Stadtteil doch etwas gruselig. Wenn sie in ihrer gestärkten weißen

Bluse und ihrem Faltenrock unsere Straße herunterspaziert, hält sie ihre Handtasche immer extrafest. Hier gibt's ihr zu viele Türken und Punks. Sie war also ganz erleichtert, als sie nach dem Kaffee endlich wieder in die U-Bahn nach Dahlem steigen durfte. Dabei ist sie selbst doch der größte Revoluzzer: Wer traut sich schon, Briefe illegal über die Grenze zu bringen?

Sie hätte mal gestern hier sein sollen, da war richtig Krawall. Am 1. Mai ist Tag der Arbeit, da gibt's in Kreuzberg immer große Demos. Habt Ihr so was in Ostberlin auch? Es flogen Flaschen und Bierdosen quer durch den Stadtteil und die Polizei war im Dauereinsatz. Ich saß gemütlich auf der Fensterbank meines Zimmers und hab mir alles von oben angeschaut. Leider musste ich Jackie dauernd die Schnauze zuhalten, weil der pausenlos kläffte. Irgendwann habe ich ihn auf dem Klo eingesperrt.

Die ganze letzte Woche habe ich nach der Schule an meinem Projekt gearbeitet. Du weißt schon, Kimura Masahiko. Ich war für die Recherche sogar in der Amerika-Gedenkbibliothek. Er war wirklich ein großer Judomeister! Ich habe eine tolle Geschichte über ihn gelesen. Als Japan nach dem Zweiten Weltkrieg von den Amerikanern besetzt war, sah Kimura Masahiko, wie vier amerikanische Soldaten eine Gruppe japanischer Arbeiter misshandelten. Er griff ein und machte alle vier Soldaten nacheinander platt.

Sogar der amerikanische Truppenchef war beeindruckt. Kimura Masahiko erteilte ihm dann später Judounterricht und sie wurden sogar Freunde. Moral von der Geschichte: Lass Dir nichts gefallen.

Ich wünschte, Kimura könnte auch Deiner Freundin Tina helfen. An ihrer Stelle wäre mir auch zum Weinen zumute. Warum dürfen ihre Eltern nicht ausreisen, wenn sie nicht in der DDR leben möchten? Wie kann es sein, dass sogar die Schule da mitmacht? Mich macht das wahnsinnig wütend. Ich habe meinem Vater davon erzählt und er hat gesagt, dass das leider oft in der DDR passiert. Dass also nicht nur die Erwachsenen in Schwierigkeiten kommen, wenn sie den Staat kritisieren, sondern auch deren Kinder. Und dann hat er mir noch etwas erzählt, was ich irgendwie vergessen hatte: Dass ja auch meine Mutter als junge Frau die DDR verließ, weil sie dort nicht studieren durfte. Es war anscheinend immer ihr Traum gewesen, Medizin zu studieren. Weil ihr das nicht erlaubt wurde, ist sie geflohen. Ich muss mal rausfinden, wie genau es Marion gelang, rüberzukommen. Vielleicht hilft das ja Tina.

Übrigens ist mein Vater ziemlich besorgt wegen unserer Briefe. Er sagt, wir sollten sehr vorsichtig sein, sonst könnten Tante Christa, Oma Ursel und Du in Schwierigkeiten kommen. Er wollte ganz genau wissen, wie Christa die Briefe über die Grenze schmuggelt (beim letzten Mal hatte sie ihn über dem Steißbein in die Perlonstrumpfhose gestopft, eigentlich keine schöne Vorstellung) und wie oft wir uns schreiben. Er will mit Christa darüber sprechen. Aber keine Angst, er ist nicht sauer. Wahrscheinlich hat er es morgen eh wieder vergessen, er hat nämlich eine neue Freundin. Sie heißt Sabine und sieht aus wie Jodie in »Ein Colt für alle Fälle«. Groß, blond, schlank. Gestern kam Sabine zum Abendessen und es war klar, dass das ein offizieller »Kennenlernbesuch« war. Mein Vater hatte extra Toast Hawaii gemacht, mein Lieblingsessen. Also, sie kommt rein und schüttelt meine Hand. »Hallo Ines, ich bin die Sabine, toll, dich kennenzulernen«, sagt sie und guckt so, als ob sie sich wirklich ganz, ganz doll freut, mich endlich kennenzulernen. Dabei drückt sie aber so brachial meine Hand, dass ich fast in die Knie gehe. Was ist die, Möbelpackerin? So viel Kraft ist nicht normal. Sie hat dann dauernd versucht, sich mit mir zu unterhalten. Aber da kommt sie bei mir leider nicht weit. Ich habe nämlich so was von null Bock darauf, Papas neue Freundinnen kennenzulernen. Erstens sind sie blöd und zweitens eh bald wieder weg. Ich halte Dich auf dem Laufenden, ich gebe ihr sechs Wochen, mehr nicht.

Übrigens finde ich es sehr nett von Dir, dass Du so zu Tina hältst, obwohl alle dagegen sind. So eine Freundin würde ich mir hier auch wünschen. Habe ich leider nicht. Mit den Mädchen aus meiner Klasse komme ich nicht besonders klar, die meisten sind Tussis. Ich hasse die Schule eh. Und in der Nachbarschaft ist auch keine dabei, mit der ich mich gut verstehe. Der Einzige, den ich mag, ist Stefan. Er ist mein Kampfpartner beim Judo, also leider auch so klein und leicht wie ich! Wir haben viel Spaß, vor allem, seit wir die Würgetechniken gelernt haben. Aber ich fürchte, dass wir bald nicht mehr kämpfen können, er fängt nämlich endlich an zu wachsen. Gut für ihn, blöd für mich.

Übrigens, wusstest Du, dass Michael Jackson am 19. Juni in Berlin spielt? Er gibt am Brandenburger Tor ein Konzert, also direkt an der Mauer. Anders als Zehntausende Berliner habe ich leider keine Karte, mein Vater sagt, so viel Geld gibt er dafür nicht aus. Ich werde mich aber irgendwo auf eine Wiese setzen und zuhören. Und an Dich denken.

Schreib mir bald wieder!
Deine Ines

Liebe Ines,

seit Deinem Brief habe ich viel über Kimura nachgedacht. Viel weiß ich ja nicht über ihn, aber das, was Du mir geschrieben hast, klingt wirklich beeindruckend. Ja – so jemanden könnte ich hier manchmal gebrauchen. Tina wohl noch mehr. Seit es in der Klasse alle wissen, dass sie und ihre Eltern eigentlich nicht mehr hier sein wollen, geht sie nicht mehr gern in die Schule. Ich versuche immer, sie aufzumuntern, aber das ist gar nicht so einfach.

Ich gebe mir wirklich Mühe, aber manchmal fällt es mir auch schwer zu verstehen, was hier so falsch sein soll. Eigentlich ist doch alles ganz in Ordnung. Tina und ihre Eltern haben eine alte, aber ganz schöne Wohnung. Tina hat viele Freunde, geht gern zum Schwimmen (wie ich) und ist richtig gut in der Schule (anders als ich). Na ja, wenn man ehrlich ist, dann *war* sie richtig gut in der Schule. Ich hatte ja schon geschrieben, dass sie jetzt nur noch schlechte Noten bekommt, obwohl sie natürlich nicht plötzlich dümmer geworden ist. Mein Vater sagt, dass das nicht sein kann und dass sie wohl andere Dinge im Kopf hätte und deswegen nicht mehr genug lerne. Und das sei jetzt auch das Letzte, was er zu dem Thema sagen würde. Im Übrigen verbiete er mir den Kontakt mit Tina.

Ich verstehe ja, dass ihm das irgendwie Sorgen macht, aber warum sollte ich denn hier wegwollen? Gut, mein Bruder nervt ganz schön, aber das ist ja kein Grund, gleich die Koffer zu packen.

Dein Vater hat bestimmt recht, wenn er sagt, dass wir mit unseren Briefen aufpassen müssen, aber bisher weiß hier ja nur Oma Ursel davon und warum sollte die einer kontrollieren? Nur dem Krause, dem traue ich zu, dass er hier jeden im Haus überwacht.

Herr Krause wohnt im Erdgeschoss, gegenüber von Oma Ursel. Er ist ein buckliger, kleiner Mann mit kaum drei Haaren auf dem Kopf und einer viel zu großen Brille. Er nimmt sich wahnsinnig wichtig, denn jeder Besuch, der etwas länger bleibt, muss sich bei ihm anmelden. Dann räuspert er sich immer und holt ganz umständlich das Hausbuch heraus. Darin sind alle Menschen eingetragen, die in unserem Haus wohnen. Und solche, die über Nacht bleiben, muss er eintragen. **Westbesuch** muss sowieso eingetragen werden, egal wie lang der bleibt.

Herr Krause nimmt seine Aufgabe sehr ernst. Der scheint regelrecht hinter der Tür zu stehen, und immer, wenn einer nach Hause kommt, öffnet er sie einen Spalt, um herauszulinsen. Ich sag dann immer ganz freundlich »Guten Tag, Herr Krause!« und er murmelt dann irgendwas wie »Wollte grad den Müll rausbringen« oder »Erwarte meine Schwester«. Mir ist natürlich völlig klar, dass er einfach nur wissen will, wer im Haus aus- und eingeht.

Herr Krause ist mit Sicherheit jemand mit besonders großen Ohren, wie Oma Ursel immer sagt. Zum Glück bewahre ich unsere Briefe in einem Versteck auf. Ich schreibe Dir nicht, wo, falls doch mal jemand einen unserer Briefe bei unserer Brieftaube entdeckt.

Ich kann mir allerdings nicht vorstellen, was irgendjemand damit anfangen können soll. Wir sind doch bloß zwei Mädchen, die sich Briefe schreiben.

Weißt Du, warum Deine Mutter weggegangen ist aus der DDR? Wäre sie hiergeblieben, könnten wir uns heute besuchen. Aber dann würden wir uns jetzt auch keine Briefe schreiben.

Wie findet sie denn die neue Freundin von Deinem Vater? Oder kennt sie die noch gar nicht? Tut mir leid, dass das für Dich so doof ist. Ich kann mir gar nicht vorstellen, wie das ist. Dass Mutti und Vati mal nicht mehr zusammen sind – unvorstellbar. Die erzählen immer davon, wie sie sich kennengelernt haben (in der Schule) und dass sie gleich wussten, dass sie die Richtigen füreinander sind. Also – wenn ich ehrlich bin, erzählt das nur Mutti. Mit Vati kann ich über sowas nicht reden. Einmal hat er gesagt, dass sie schnell geheiratet haben, damit sie eine Wohnung bekommen konnten. Klingt irgendwie nicht besonders romantisch.

Wie haben sich denn Deine Eltern kennengelernt? Und warum haben die sich getrennt? Ich wünsch Dir sehr, dass sich die Freundin von Deinem Vater doch noch als nett herausstellt. Hatte er denn schon mehrere Freundinnen, seit Deine Mutter nicht mehr bei Euch wohnt?

So – und nun muss ich lernen. Vor den Ferien müssen wir noch eine Klassenarbeit schreiben. In zwei Wochen ist es endlich so weit: Sommerferien!

Dann fahren wir mit Mutti und Vati eine Woche in ein **Ferienheim** auf Usedom. Und danach bin ich noch im Ferienlager meiner Schwimmmannschaft. Mein nächster Brief kommt also bestimmt ein bisschen später, aber dafür stecke ich dann ein bisschen Sand von der Ostsee rein.

Bis bald,
Julia

Liebe Julia,

als ich vorgestern Abend aus den Ferien zurückkam, sah ich Deinen Brief auf meinem Schreibtisch liegen. Ich habe mich echt gefreut! Ich hoffe, Du sitzt jetzt noch mit den Füßen in der Ostsee an irgendeinem Strand.

Ich war auch im Urlaub, drei Wochen in Südfrankreich mit Papa und Sabine. Ich habe Dir sogar was mitgebracht: ein paar Zweige Lavendel, riech mal dran. Das duftet wie Sommer im Süden. Den Lavendel habe ich selbst gepflückt. Wir waren auf einem Campingplatz inmitten von Lavendelfeldern, direkt an einem kleinen Fluss. Papa und Sabine hatten ein schön großes luftiges Zelt und ich ein brutal heißes kleines Schlauchzelt – ich müsste das eigentlich beanstanden. Egal, es war trotzdem super. Jeden Morgen bin ich mit Sabine früh aufgestanden und Schwimmen gegangen. Das Wasser war noch ganz klar und kühl, wir sahen überall die Fische und oben zog ein Greifvogel seine Runde. Dann sind wir schnell ins Waschhaus und haben geduscht, um uns herum lauter Franzosen und Holländer in Pyjamas beim Zähneputzen. Zurück beim Zelt gab's dann französisches Frühstück: Kaffee, Tee, Orangensaft und Croissants. So könnte ich jeden Tag beginnen.

Überhaupt war der Urlaub klasse, vor allem wegen Sabine. Du weißt ja, die Blondine mit den kräftigen Händen, die ich eigentlich doof fand. Okay, sie ist doch ziemlich nett. Während mein Vater sich nämlich die ganze Zeit unter einem Sonnenschirm versteckte und merkwürdige Bücher las – eins hieß »Die Existenz des Universellen« oder vielleicht »Das Universelle der Existenz« oder war es doch »Universelle Existenzen«? – kann man mit Sabine eine Menge anfangen. Sie will andauernd was unternehmen oder Sport treiben. Sabine ist nämlich Sportredakteurin bei RIAS Berlin und deshalb an so gut wie allen Sportarten der Welt interessiert. Und – halt Dich fest – außerdem Karatemeisterin. Deshalb der kräftige Händedruck. Sie kann auch ein bisschen Judo. Sogar für mein Buchprojekt über Kimura Masahiko interessiert sie sich. Mit Sabine bin ich einen Tag Kajak fahren gegangen. Wir haben uns am Beginn einer 15 Kilometer langen Schlucht ein Zweierkajak geliehen und sind gemeinsam runtergepaddelt. Gottseidank bestand ich auf einer Schwimmweste, ich hatte ein bisschen Angst vor den Stromschnellen. Wir sind dann natürlich mitten in einer Stromschnelle auf einen Felsen aufgelaufen und gekentert. Während ich aber schnell wieder aufgetaucht bin, war Sabine ewig unter Wasser. Ich hatte richtig Angst. Als sie wieder auftauchte, hatte sie nur noch ihren Badeanzug und eine Socke an, ihre Shorts und Schuhe waren im Wasser verloren gegangen. Unser Kajak war inzwischen abgetrieben und irgendwo in der Böschung, aber Sabine hat es schließlich rausgezerrt bekommen. Es war alles ein bisschen heikel, aber aufregend! Ich hoffe, es hält zwischen ihr und Papa. Okay, es nervt, dass Papa und sie dauernd knutschen, aber das bin ich bereit, in Kauf zu nehmen. Besser als seine alten Freundinnen ist sie allemal. Die letzte war eine Praktikantin aus dem Sender, die höchstens zehn Jahre älter als ich war und überhaupt keinen Bock auf mich hatte. Sie wollte andauernd, dass ich das Wochenende bei meiner Mutter verbringe – vielen Dank! Die vorletzte eine spießige Literaturagentin, die Haarausfall und bestimmt auch Depressionen hatte.

Stichwort Mutter: Auf der Rückfahrt setzten Papa und Sabine mich in der Schweiz ab, wo ich Marion traf. Sie hatte eine kleine Ferienwohnung in einem Bergdorf in den Alpen gemietet. Die Wohnung war schön, vom Balkon aus schauten wir auf zweitausend Meter hohe Gipfel. Wenn die Sonne abends unterging, strahlten die Berge in rosa und orange. Kein Wunder, dass man das »Alpenglühen« nennt. Wirklich: als ob die Berge glühen. Mit Marion konnte ich im Urlaub allerdings nicht viel anfangen, sie ist ja leider dauererschöpft. Eigentlich saß sie die meiste Zeit auf dem Balkon und las. Vorsorglich hatte sie mir aber einen Kletterkurs gebucht, das war ziemlich nett. Nach dem ersten Tag wollte ich allerdings nicht mehr hin. Hingst Du schon mal in einer steilen Bergwand und konntest nicht mehr vor und zurück? Beine zittern, Arme zittern, unter Dir nur gähnende Leere und nach oben noch mehr Steilwand? So war das. Der Kletterlehrer meinte, ich hätte eine Panik-attacke gehabt, das käme am ersten Tag schon mal vor. Er kam mich schließlich retten, was nicht so übel war, weil er ziemlich gut aussah. Aber ab dem nächsten Tag war es dann richtig toll. Wenn man sich erst mal überwunden hat, zu klettern beginnt und ir-gendwann oben auf dem Berg ist, fühlt sich das groß-artig an.

Im letzten Brief hattest Du mich ja gefragt, wie meine Eltern sich kennenlernten und warum sie sich trenn-ten. Und da fiel mir auf: Das wusste ich selbst nicht mehr sooo genau. Meinen Vater wollte ich im Urlaub lieber nicht fragen, weil Sabine dabei war. Also be-schloss ich, Marion zu fragen, mit der brauchte ich eh Gesprächsthemen. Sie ist ja die große Schweige-rin. Wir saßen beim Abendbrot auf dem Balkon und bewunderten das Alpenglühen, als ich mich endlich zu fragen traute. »Warum willst du das wissen?«, fragte sie und schaute mich misstrauisch an. »Nur so«, antwortete ich. »Man kann ja mal fragen, wie seine Eltern sich kennengelernt haben.« Marion räusperte sich und sagte eine Weile gar nichts, son-dern starrte nur auf die Berge. Aber um ihre Augen herum war ein trauriger Zug, manchmal habe ich das

Gefühl, dass sie mit der Trennung doch nicht so glücklich ist. »Na gut«, sagte sie schließlich und fing an zu erzählen. Also: Sie hat meinen Vater 1975 auf einer Party kennengelernt, da war sie noch gar nicht lange in Westberlin. Sie lebte damals bei Christa und stand kurz vor ihrem Medizinstudium. Meine Eltern haben auf der Party angefangen, sich zu unterhalten, und stell Dir vor: Mein Vater plante gerade eine Sendung über die DDR und suchte noch Gesprächspartner. Und dann hat er sie ein paar Tage später dafür interviewt. So ging es los. Und dabei haben sie sich verliebt. Und knapp zehn Monate später war dann ich auf der Welt. Eigentlich ganz schön romantisch, oder? Beim Interview kennengelernt. Nur ging es dann leider nicht romantisch weiter. Ich quetschte sie weiter aus und Marion erzählte, dass sie sich immer öfter stritten, weil sie viel für ihr Studium tun musste und Papa sich zwischendurch auch mal in andere Frauen verliebte. Oh Gott, ich kann mir das alles ganz genau vorstellen. Mein Vater ist dauernd hinter Frauen her und meine Mutter nur hinter ihrer Arbeit. Ein bisschen erinnere ich mich auch daran, an laute Streitereien zum Beispiel, wenn ich abends im Bett lag. Davon erzählte ich Marion. Sie seufzte. »Wir haben natürlich versucht, unsere Probleme vor dir zu verbergen, aber das hat wohl nicht so gut geklappt«, sagte sie. »Am Ende war es besser, wir trennen uns. Aber manchmal bereue ich das auch, weil ich dich dadurch so wenig sehe.« Das war mir dann ein bisschen unangenehm. Weil ich sie ja nicht vermisse.

Nun habe ich noch zwei Wochen Ferien und werde ausschließlich in Berlin abhängen. Vielleicht treffe ich mich mal mit Stefan, wir wollen noch ein bisschen trainieren, im August geht's auf ein großes Judoturnier. Vor der Schule graut mir schon.

Übrigens, habe ich Dir schon vom Michael-Jackson-Konzert erzählt? Ich war tatsächlich da! Am Nachmittag des Konzertes überreichte mein Vater mir ganz geheimnisvoll einen Umschlag und – trara – da waren zwei Karten drin. Ich habe mich wahnsinnig gefreut. Wir sind sofort los ans Brandenburger Tor, schließlich waren ja Zehntausende Tickets verkauft. Als wir endlich einen guten Platz irgendwo in der Mitte gefunden hatten, ging die Warterei los. Die Bühne war von einem schwarzen Vorhang bedeckt, in der Mitte ein riesiger weißer Reißverschluss. Eine Stunde lang passierte gar nichts. Dann schließlich erklangen die ersten Takte von »Smooth Criminal« und der Reißverschluss öffnete sich langsam. Alles kreischte. Und dann stand er tatsächlich da – und zog zwei Stunden lang eine riesige Show ab, mit Tänzern, Akrobaten, Feuerwerk. In der Zeitung habe ich gelesen, dass auf der anderen Seite der Mauer mehrere Tausend Jugendliche zuhörten. Warst Du dabei? Ich habe an Dich gedacht und hätte am liebsten einen Ballon mit Deinem Namen aufsteigen lassen, damit Du das siehst.

Schreib mir bald, über Deinen Urlaub, Deine Familie und wie's mit Tina geht!
Deine Ines

Wilhelmsruh, 2.9.1988

Liebe Ines,

auch wenn jetzt wahrscheinlich Ostsee-Sand aus meinem Brief durch Deine Hände rieselt … die Schule hat wieder angefangen. Gestern früh standen wir zum **Fahnenappell** auf dem Schulhof, als wäre der Sommer nicht passiert. Dieses Jahr stand Tina als eine der Ersten im blauen **FDJ**-Hemd in Reih und Glied. Als **Pioniere** haben Tina und ich uns immer als Allerletzte das blaue Halstuch umgebunden, damit wir es möglichst kurz tragen mussten. Wir haben immer Witze über den Fahnenappell gemacht. Aber nun will sie um keinen Preis mehr auffallen. Sie verändert sich. Ach so, weißt Du eigentlich, was das ist, Fahnenappell? Also, nach den Sommerferien (und auch zu anderen Gelegenheiten) marschiert die ganze Schule auf dem Schulhof auf. Jede Klasse hat einen Wimpel, eine Fahne halt. Und dann begrüßen wir das neue Schuljahr. Erst werden so lange Lieder gesungen und Gedichte vorgetragen, bis einem die Beine vom vielen Stehen wehtun. Und zum Schluss brüllt der Direktor das obligatorische »Für Frieden und Sozialismus. Seid bereit«. Und dann rufen die **Jungpioniere**: »Immer bereit.« (Also eigentlich rufen die »immer breit«, aber natürlich so, dass es keiner merkt.) Dann ruft der Direktor: »Freundschaft.« Und wir FDJler bestätigen: »Freundschaft.« Und dann marsch, marsch ins Klassenzimmer.

Klingt albern? Ist es irgendwie auch. Aber ohne Fahnenappell kann ich mir die Schule gar nicht vorstellen. Tina könnte im Moment sicher gut drauf verzichten. Ihre Eltern reden nur noch ganz leise zu Hause oder stellen die Musik richtig laut, manchmal schreiben sie auf einen Zettel, was sie Tina sagen wollen. Sie haben Angst, dass sie überwacht werden, weil sie wegwollen. Kannst Du Dir so was vorstellen? Ich nicht. Wie soll denn in ihrer Wohnung jemand hören, was sie sagen? Tina ist aber überzeugt davon. Ich kann ihr das nicht ausreden. Mein Vater sagt auch, so was sei unmöglich und bloß westliche Propaganda. Woher er das wieder wissen will, sagt er allerdings nicht. Stattdessen musste ich mir wieder eine seiner Predigten anhören, über die Wichtigkeit des Sozialismus, dass da alle mitziehen müssen und nicht jeder eine Extrawurst bekommen kann. Ich schalte dann immer auf Durchzug. Weiß ich doch alles. Aber hier geht es um Tina, meine Freundin. Und der geht es schlecht. Dass wir uns nur noch heimlich treffen können, macht es nicht besser. Ist echt grad nicht so einfach.

Und unser Nachbar Krause aus dem Erdgeschoss geht mir auch noch auf die Nerven. »Naaa, wieder lange beim Training gewesen?« ... »Naaa, heute mal kein Training gehabt?« ... Egal, wann ich nach Hause komme, er steht in der Tür, als hätte er auf mich gewartet. Manchmal glaube ich, mein Vater hat ihn auf mich angesetzt, damit er selber nicht mit mir reden muss. Im Moment ist er wirklich schwierig. Weil Tina meine Freundin ist, komme ich mir vor wie das schwarze Schaf der Familie. Was kann ich denn dafür? Schließlich waren wir schon immer befreundet. Das ändert sich doch nicht einfach so von heute auf morgen.

Umso schöner zu hören, dass sich bei Dir alle verstehen. Klingt doch eigentlich ganz in Ordnung, die neue Freundin Deines Vaters. Immerhin wisst Ihr jetzt, worüber Ihr miteinander reden könnt. Und Deine Mutter? Seit wann ist sie eigentlich nicht mehr in der DDR? Hat sie Dir das auch erzählt? Frag sie doch mal, ob sie sich noch an den Fahnenappell erinnern kann. Und woran sie sich sonst noch erinnert. Und frag sie unbedingt, wie sie es geschafft hat, in den Westen zu kommen. Vielleicht kann ich Tina dann irgendwie helfen.

Dein Lavendelgruß liegt oben auf Deinen Briefen, dort, wo ich sie immer verstecke. Wann immer ich einen Brief dorthin lege, atme ich den Duft ein. Er riecht nach Sommer und Freiheit.

Bis ganz bald,
Julia

Kreuzberg, 5. September 1988

Liebe Julia,

als ich vorgestern aus der Schule nach Hause kam, winkte mir Georgios aus dem griechischen Lokal unter unserer Wohnung hektisch zu. »Inäs, Post«, rief er und wedelte aufgeregt mit Deinem grauen Umschlag. Ich erkannte gleich Deinen Brief. Aber Georgios wollte ihn noch nicht hergeben. »Sehr komisch«, flüsterte er mir verwundert zu. »Alte Frau hat Brief aus Pullover gezogen.« Georgios blickte mich besorgt an und zog dabei seine buschigen Augenbrauen zu einer gigantischen Monobraue zusammen. »Schon okay, Georgios«, sagte ich. »Das war meine Großtante, die hat die Haustür nicht aufbekommen.« »Warum nicht mit Post, Inäs?«, rief da seine Frau Eva skeptisch vom Tresen herüber. Georgios und Eva sind meine griechischen Zieheltern und passen auf, dass ich zu jeder Tages- oder Nachtzeit mit ausreichend Pommes und Eis versorgt bin. Ich liebe sie, aber leider neigen beide zur Überbehütung. »Weil sie Briefe über die Mauer für mich schmuggelt«, sagte ich und schnappte ihn aus Georgios Fingern. Ihre entsetzten Blicke im Rücken, schloss ich schnell die Haustür auf und rannte nach oben. Oh Mann. Ab jetzt werden sie vor unserem Haus wahrscheinlich nach der **Staatssicherheit** oder der **RAF** Ausschau halten.

Fahnenappell in FDJ-Uniform, so was Komisches habe ich übrigens lange nicht gehört. An meinem Gymnasium in Kreuzberg würden die Lehrer nicht wagen, die Deutschlandfahne auch nur rauszuholen. Unser stellvertretender Schulleiter hatte mal die Idee, bei der Abitur-Abschlussfeier die Nationalhymne singen zu lassen, wie in den USA. Am nächsten Tag stand »Nazischwein« auf seine Bürotür gesprayt. Er war dann nicht mehr lange an unserer Schule. Hier läuft das also ganz anders. Was Du mir von Tina erzählst, ist aber wirklich hart. Gut, dass Du ihr beistehst, sie braucht bestimmt gerade jetzt dringend eine Freundin.

Ich würde meine Mutter gern fragen, wie sie in den Westen gekommen ist, aber leider sprechen wir gerade nicht miteinander. Ich hatte es irgendwie versäumt, ihr in den Ferien mein Zeugnis zu zeigen und musste das für die Unterschrift letzte Woche leider nachholen – mein Vater hat mich quasi dazu gezwungen. Und da gab es ziemlich Ärger. Sie war völlig entsetzt. »Wie kannst du es dir erlauben, in Mathe auf fünf zu stehen«, rief sie und schüttelte dabei immer wieder ihren Kopf. »Und zwei Vieren in Physik und Chemie, das muss wirklich nicht sein. Du ahnst ja gar nicht, welche fantastischen Möglichkeiten du hier hast und was du alles mit besseren Noten anstellen könntest.« Und bla bla bla. Nur weil sie die Oberstreberin ist, muss sie mir nicht das Leben schwer machen. Ich wäre ja auch gern besser in Mathe. Wenigstens sind meinem Vater meine Zeugnisse egal. Ich habe ihm nun gesagt, dass ich Marion nicht mehr sehen will. Er kann mich ja nicht zwingen, hinzufahren.

Überhaupt ist das Thema Schule für mich eine Vollkatastrophe. Unsere Klassen sind nach den Ferien neu gemischt worden und nun bin ich mit den Beklopptesten aller Bekloppten in einer Klasse, nämlich den »Sexy Sandras«. Ja, Du hast richtig gelesen, so werden sie an unserer Schule genannt. Die beiden Sandras sind blond, groß und beste Freundinnen. Sie sind Regionalmeisterinnen im Synchronschwimmen und scheinen sich auch nach dem Training das Make-up nicht richtig abzuwischen. Ich kann sie mir ohne blauen Lidstrich und pinken Lippenstift nicht vorstellen, wahrscheinlich würde ich sie gar nicht erkennen. Die Jungs finden sie natürlich alle rattenscharf. Das Fiese: Die Sandras tun immer ganz lieb und harmlos – sie sagen Sachen wie »Lass uns telenieren« oder »Zum Bleistift«, sind aber tatsächlich richtig hinterhältig. Mich hassen sie. Wenn ich vorbeigehe, raunen sie »Guck mal, die kleine Lesbe«. Irgendwann haue ich ihnen mal eine rein. Sag das aber keinem. Und dann ist noch so ein komischer Vogel in meiner Klasse gelandet. Sie heißt Merle und ist neu an der Schule. Ein grimmiger Öko, mit Atomkraft-Nein-Danke-Stickern an ihrer fleckigen Ledertasche und Jutebeuteln für ihr Pausenbrot. Sie hat ziemlich wilde braune Locken und scheint keinen großen Wert auf gekämmte Haare oder Make-up zu legen. Manchmal schleppt sie eine Gitarre mit sich herum und sitzt dann in der Pause alleine im Musikraum und spielt Bob Dylan. Sie redet mit keinem, hat sich aber schon in der ersten Stunde mit meiner grauenhaften Chemielehrerin Frau Dr. Achilles über die Ursachen des Waldsterbens gestritten. Das fand ich allerdings gut, immer schön drauf auf Frau Achilles. Wenn sie mit mir noch die Sexy Sandras verhaut, mag ich sie vielleicht. Aber nur vielleicht.

Wen ich allerdings richtig mag, das ist Stefan. Wir hatten uns in den Ferien zum Joggen verabredet, zur Vorbereitung auf die Berliner Meisterschaft nächste Woche. Dabei haben wir uns völlig verlaufen und fanden uns irgendwo in Neukölln wieder, kommt davon, wenn man sich viel zu erzählen hat. Leider trainieren wir jetzt nämlich nicht mehr zusammen. Stefan ist aus meiner Gewichtsklasse rausgewachsen, so ein Pech aber auch. Ich würde ihn gern öfter sehen, aber ich weiß nicht, ob er mich mag. Soll ich ihn mal fragen, ob er mit mir ins Kino gehen will? Ich traue mich nicht. Was würdest Du tun?

Drück mir die Daumen für das Turnier. Halt Dich wacker. Lass Dich nicht erwischen.

Deine Ines

Wilhelmsruh, 30.9.1988

Liebe Ines,

ich sitze gerade auf einer Bank am Wilhelmsruher See, ganz in der Nähe von zu Hause. In letzter Zeit komme ich hier oft nach dem Training her und schaue noch ein bisschen aufs Wasser. Aber lange kann ich das nicht mehr machen. Denn man kann den Herbst schon spüren. Spätestens wenn Dich dieser Brief erreicht, wird es zu dunkel sein um diese Zeit. Aber was erzähle ich Dir das? Das Wetter einer Stadt kann die Mauer ja nicht trennen.

Ich habe jetzt immer Block und Stift in meiner Tasche (in einer extra Tasche, damit meine Schwimmsachen das Papier nicht aufweichen). So kann ich Dir jederzeit schreiben. In meinem Zimmer zu schreiben, ist irgendwie nicht so richtig möglich. Auch wenn ich nicht verstehen kann, warum irgendjemand unsere Briefe gefährlich finden sollte – Dein Vater hat bestimmt recht, wenn er sagt, dass wir vorsichtig sein sollen. Meinem Vater würde es sicher nicht gefallen und dann müsste ich mir wieder einen langen Vortrag anhören. Viel anstrengender aber ist es, mir andauernd Mirko vom Hals zu halten. Ich weiß nicht, ob er etwas wittert oder einfach nur gern herumschnüffelt, aber ich erwische ihn immer öfter in meinem Zimmer. Und dann ist ihm keine Ausrede zu bescheuert: »Och, ich hab' nur meine Fußballschuhe gesucht.«

Heute ist Freitag und ich freu mich schon auf heute Abend. Da gehe ich mit Tina und zwei Jungs aus der **EOS,** so heißt bei uns die Oberschule für die 11. und 12. Klasse, ins Lunik. Das ist das Kino gleich bei uns um die Ecke. Es ist schon lange ausgemacht, dass wir heute Abend dahin gehen. Schon lange, bevor das mit Tina angefangen hat.

Ich bin sehr gespannt, ob die Jungs heute Abend auftauchen. Seit Tina so schlecht in der Schule ist, wollen auch immer weniger Leute mit ihr zu tun haben. Das liegt natürlich nicht an ihren Noten, sondern wahrscheinlich einfach daran, dass sie immer so traurig wirkt und kaum noch mit jemandem redet. Außer mit mir. Na, ich könnte mir auf jeden Fall vorstellen, dass die Jungs grad kein' Bock auf so jemanden haben. Spricht sich ja schnell rum. Die Jungs, das sind übrigens Karl (den alle nur Kalle nennen) und Armin. Beides ziemlich coole Typen aus der EOS hier in Wilhelmsruh. Tina und ich haben sie vor ein paar Wochen beim Baden am Orankesee kennengelernt. Sonst waren mir die beiden noch nie aufgefallen. Aber so in Badehose und lässig mit der Kippe im Mund sahen sie plötzlich ziemlich schnieke aus. Fand Tina auch. Und Kalle fand Tina wohl ganz gut. Sonst wäre er wohl kaum zu uns rübergewackelt, um uns zu fragen, ob wir Feuer hätten.

»Und ob«, meinte ich. Tina guckte nur wie ein Mondkalb und war unfähig zu sprechen. Also musste ich das übernehmen. Und kam mir dabei ein bisschen vor wie ein Handpuppenspieler. Kalle fragte Tina etwas, ich antwortete für Tina. Dabei sah Kalle die ganze Zeit nur Tina an. Na, auf jeden Fall haben wir uns dann für heute Abend verabredet. Kino schien mir eine gute Idee. Da muss Tina wenigstens nicht reden. Ich glaube, Deinen »Sexy Sandras« wäre das nicht passiert. Denen ist wahrscheinlich nichts peinlich. Sei froh, dass diese Merle jetzt da ist. Die drei in einem Raum neutralisieren sich sicher gegenseitig.

Tut mir leid, dass es zwischen Marion und Dir grad nicht so gut läuft. Manchmal hat man es mit Eltern einfach nicht so leicht. Guck Dir Tina an. Die versteht sich zwar gut mir denen, aber ihretwegen hat sie jetzt nur Stress in der Schule. Und mit meinem Vater ist es ja auch nicht immer einfach. Er will immer nur wissen, ob ich meine Hausaufgaben gemacht habe, welche Noten ich schreibe und welche Zeiten ich beim Schwimmen schaffe. Wie es mir geht, fragt er eigentlich nie. Aber vielleicht machen Eltern das auch einfach nicht. Vielleicht sind dafür Freunde da.

Ach ja – übrigens – beim Schwimmen ist es grad richtig anstrengend. Weil ich ein paarmal nicht hingegangen bin (um mich heimlich mit Tina zu treffen), ist mein Trainer Norbert jetzt ganz schön sauer auf mich. Und damit er nicht meine Eltern anruft, muss ich jetzt statt dreimal sechsmal in der Woche zum Training. Ich glaube, ich bin diese Woche schon zehn Kilometer geschwommen. Mir tut jeder einzelne Muskel weh. Spätestens in einer Woche habe ich Schwimmhäute zwischen den Zehen. Tina kann ich deswegen im Moment nur in der Schule sehen und das ist ja irgendwie nicht dasselbe wie nachmittags. Ich hoffe sehr, dass ich heute Abend im Kino nicht einschlafe. Armin gefällt mir nämlich eigentlich ganz gut. Er hat braune Augen und dunkle Locken und trägt eine Brille. Und er ist mindestens einen Kopf größer als ich. Hast Du Dich jetzt schon mal

mit Stefan verabredet? Lass mich wissen, wie es mit
Euch beiden weitergeht.

Bis bald,
Julia

Kreuzberg, 16. Oktober 1988

Liebe Julia,

seit Du mir im letzten Brief schriebst, dass das Wetter
eine Stadt nicht trennen kann, muss ich manchmal in
den Himmel schauen. Scheint frühabends noch die
Sonne, stelle ich mir vor, dass Du jetzt wohl wieder
an Deinem See sitzt. Bei Regen denke ich: Hoffentlich wird Julia jetzt nicht auf dem Rückweg vom
Schwimmtraining nass. Ich kann es einfach nicht fassen, dass wir quasi um die Ecke voneinander leben –
13 Kilometer entfernt, um genau zu sein, ich habe
das gestern mal auf dem Stadtplan vermessen – und
doch so weit voneinander entfernt sind, als wärest
Du meine Brieffreundin aus Sydney oder Acapulco.
Deshalb habe ich gestern meinen Vater gefragt, ob
ich Dich nicht mal mit Tante Christa besuchen darf.
Einfach über die Grenze rüber, Dich bei Oma Ursel

treffen, nach Hause gehen. Aber er sagte, meine Mutter erlaubt es nicht.

Stichwort Mutter: Bisher war ich erfolgreich darin, ihr aus dem Weg zu gehen, aber für das Wochenende hat sie nun einen Besuch angekündigt. Mein Vater hat gesagt, ich muss da durch. Normalerweise ist ihm sowas ziemlich egal, aber dieses Mal ist er streng. Ich weiß auch, warum: Er will mich abschieben. Mein Vater macht sich nämlich aus dem Staub, er geht für ein halbes Jahr nach New York. Ohne mich, denn ich muss ja »leider zur Schule«, wie er sagte. Er wird Gastprofessor an der Columbia Journalism School, so einer berühmten Journalisten-Uni und ist deshalb schon jetzt völlig aus dem Häuschen. Dass das für mich vielleicht blöd ist und ich auf keinen Fall zu Marion will, ist ihm anscheinend nicht so wichtig. Ich werde mich aber auf jeden Fall widersetzen: Meine Mutter zieht hier nicht ein und ich ziehe auch nicht zu ihr. Mal gucken, wie weit ich damit komme. Sabine ist auch nicht gerade begeistert, dass mein Vater so lange weg sein wird. Ich verstehe mich richtig gut mit ihr und der Gedanke, dass ich auch sie dann weniger sehen könnte, gefällt mir auch überhaupt nicht. Sie nimmt mich jetzt manchmal zu Sportveranstaltungen mit, über die sie berichten muss. Neulich waren wir bei den German Open, einem Tennisturnier hier in Berlin. Wir haben Steffi Graf spielen sehen! Sie hat natürlich gewonnen und anschließend durfte

Sabine sie fürs Radio interviewen. Jetzt habe ich ein Autogramm, hurra!

Vielleicht kann ich mir aber echt mal ein paar Tricks von Merle abschauen. Die hat nämlich Haare auf den Zähnen. In der letzten Sportstunde hat sie mich schwer beeindruckt: Wir Mädchen mussten Jazzdance machen, was wirklich das Schwachsinnigste ist, was man sich vorstellen kann: bescheuerte Bewegungen zu bescheuerter Musik. Wir standen also in der Sporthalle unserer Schule, in der ersten Reihe natürlich die Sexy Sandras, die schon ganz heiß waren und kaum abwarten konnten, in ihren neuen Trikotanzügen endlich der dürren Frau Wagner nachzutanzen, in der zweiten Reihe die anderen Mädchen, in der letzten Reihe Merle und ich, mit ordentlich Sicherheitsabstand zwischen uns, weil ich davon ausging, dass Merle keine besonders gute Tänzerin war. In Sport ist sie nämlich eine echte Katastrophe: Beim Sprint trabt sie, beim Weitwurf wirft sie sich den Ball auf den Fuß, am Barren lässt sie sich einfach nur runterhängen. Dabei macht sie die ganze Zeit ein gequältes Gesicht. Sie besitzt nicht mal eine richtige Trainingshose, sondern nur so eine labberige Schlafanzughose, zumindest glaube ich, dass das eine Schlafanzughose ist. Jedenfalls hatte Merle noch viel weniger Peilung als ich, nach den ersten zwei Schritten hat sie schon aufgegeben und in der letzten Reihe ihr eigenes Ding gemacht, bisschen Arme heben, bisschen vor und zurück, aber mit absolut minimalem Aufwand. Irgendwann hatte Frau Wagner die Schnauze voll. »Merle, was machst du da eigentlich?«, motzte sie mit ihrer Piepsstimme. »Komm mal in die erste Reihe.« Merle musste sich neben Sexy Sandra zwei stellen, was eigentlich schon Strafe genug ist. Aber natürlich hatte Merle auch in der ersten Reihe noch keine Peilung und tanzte ein paarmal aus Versehen in Sexy Sandra zwei hinein, woraufhin die ihr zuzischte: »Pass mal auf, du Lesbe.« Das hätte sie nicht sagen sollen. Beim nächsten Tanzschritt nach links, als Frau Wagner gerade nicht guckte, blieb Merle einfach stehen und fuhr ihren Ellbogen aus, sodass Sexy Sandra zwei voll in sie reinkrachte und sich sofort wimmernd die Rippen hielt. »Sorry, Sandra«, sagte Merle. Und lächelte mir dabei ein ganz, ganz kleines bisschen zu. Vielleicht muss ich sie doch mal besser kennenlernen.

Ich bin übrigens richtig gespannt, wie es mit Kalle, Armin und Tina so läuft. Wart Ihr zusammen im Kino? Mit Stefan bin ich nicht so richtig weitergekommen, ich habe mich noch nicht getraut, ihn anzurufen. Dafür gehe ich achtmal am Tag in der Nähe seiner Wohnung mit Jackie spazieren, der arme Hund ist schon ganz erschöpft von so viel Bewegung. Einmal habe ich Stefan dabei rein zufällig getroffen. »Hey, was machst du denn hier?«, hat er mich gefragt und sah aus, als ob er sich freue, er kriegt dann nämlich so kleine Grübchen in den Wagen. »Mit dem Hund spazieren«, sagte ich, eine wahnsinnig originelle Antwort. »Ach so«, sagte Stefan und streichelte Jacques, der – peinlich wie immer – versuchte an Stefans Schritt zu schnuppern. Wir haben dann noch ein bisschen gelächelt, aber mehr fiel uns nicht ein. Das muss anders werden.

Aber beim Judoturnier haben wir uns neulich gesehen. Das war cool, Stefan hat den zweiten Platz gemacht, er ist nun Vize-Berlinmeister. Ich habe mich auch nicht schlecht geschlagen, immerhin unter den ersten fünf, aber es gibt da so ein paar Kampfmaschinen unter den Mädels, gegen die kann ich nicht ankommen. »Wir trainieren ab sofort Bizeps«, hat Thorsten, mein Trainer, hinterher gesagt. Oh Gott, beim Gedanken daran habe ich jetzt schon Muskelkater. Sabine hat zugeguckt. Und sie hat leider sofort gepeilt, dass ich auf Stefan stehe. Jetzt will sie unbedingt mit mir zum Friseur gehen, weil sie meint, man könnte noch viel mehr aus mir rausholen. Jetzt weiß ich nicht: Ist das ein Kompliment?

Ich freue mich auf Deinen nächsten Brief! Trainier nicht so hart!

Deine Ines

Liebe Ines,

was für eine verdrehte Welt. Wir sitzen hier wenige Kilometer voneinander entfernt und dürfen uns nicht sehen und Dein Vater entscheidet sich freiwillig, Dich eine Weile nicht zu sehen. Irgendwie seltsam. Ich wünschte, mein Vater würde auch mal eine Weile verschwinden. Stattdessen sitzt er mir ständig im Nacken. Will wissen, ob ich auch genug lerne und wie's beim **FDJ-Nachmittag** war. So Zeug halt.

Nach Amerika würde ich auch gern mal. Bist Du schon mal da gewesen? Ich stelle mir das irgendwie ganz anders vor als Berlin. Vor allem größer. Aber ich werde da wohl eh nie hinkommen. Selbst wenn ich könnte, hätte mein Vater bestimmt wieder was dagegen. Für ihn sind die Amerikaner natürlich Todfeinde. Dabei kennt er keinen einzigen.

Aber zurück zu Dir. Was machste denn jetzt? Zu Deiner Mutter willst Du ja bestimmt nicht. Darf er Dich denn einfach so alleine lassen? Und was ist mit seiner Freundin? Könntest Du nicht bei der bleiben? Wäre doch vielleicht ganz cool. Und was ist mit Jackie? Musst Du dann auf den aufpassen?

Vielleicht ist es ja aber doch ganz gut, wenn Du bei Deiner Mutter wohnst. Vielleicht versteht Ihr Euch dann besser. Das wäre doch eine Chance. Aber ich schätze, das ist echt das Letzte, was Du willst. Soll ich mal mit Oma Ursel darüber sprechen? Vielleicht hat sie eine gute Idee. Irgendwie fällt ihr immer was ein, wenn ich mal nicht mehr weiterweiß. Dabei ist sie doch Deine Oma. Zu blöd, dass Du sie nicht so gut kennst. Sie wüsste bestimmt, was zu tun ist.

Neulich war ich wieder bei ihr zum Kakao. Und sie hatte diesen wahnsinnig leckeren Apfelkuchen gebacken. Mit so kleinen Teigstreuseln obendrauf. Und als ich das erste Stück gegessen hatte, hab ich allen Mut zusammengenommen und sie gefragt: »Sag mal, warum ist deine Tochter eigentlich im Westen?« Sie hat mich lange angesehen und geschwiegen. Und ich hab mich schon ein bisschen geschämt. Dann hat sie gelächelt und gesagt: »Weil sie es so wollte.« Und ich habe gemerkt, dass ich besser keine weitere Frage stelle. Vielleicht möchte sie mit mir einfach nicht darüber reden. Schließlich bin ich ja nicht ihre Enkelin, sondern nur die Nachbarstochter. Tut mir leid, dass ich nichts für Dich rauskriegen konnte. Ich war dann auch gar nicht soo lange bei ihr an dem Nachmittag. Bin ja jetzt eigentlich jeden Tag beim Schwimmen. Norbert hat mich auf dem Kieker. Er lässt mich immer noch 200 Meter extra schwimmen. Danach schleppe ich mich total fertig nach Hause. Und Mirko macht mir jedes Mal mit demselben dummen Spruch die Tür auf: »Na, heute Weltmeister geworden?« Ich sag Dir, irgendwann boxe ich den. Gestern beim Abendbrot hat er von seinen Heldentaten in der Schule erzählt. Von seiner Eins in Mathe und davon, wie er bei der **Altstoffsammlung** mit seiner **Pioniergruppe** wieder am allermeisten gesammelt hat. »Ich sach' dir, Mutti, zweimal so viel wie der Michael von nebenan.« (Mein Bruder ist **Gruppenratsvorsitzender** seiner Pioniergruppe.) Dass er keinen Orden gekriegt hat, ist auch schon alles. Aber den bekommt er dann zu Hause. Mutti war ganz gerührt, dass ihr Kleener so ne große Nummer ist und mein Vater hielt wieder eine seiner berühmten Ansprachen. Darüber, wie froh er ist, dass wir hier alle zusammenhalten und uns gegenseitig helfen. Er hat ja recht, aber ich habe mich trotzdem gefühlt, als würde ich nichts auf die Reihe kriegen. Beim Schwimmen hinke ich hinterher. In der Schule könnte es besser laufen und Tina kann ich auch kaum sehen und ihr schon gar nicht helfen. Zum Glück treffen wir uns heute Abend wieder mit Kalle und Armin. Das lenkt Tina bestimmt ab. Abwechslung. Mittlerweile waren wir schon zweimal zusammen im Kino und zum Glück hat Tina inzwischen ihre Sprache wiedergefunden. Kalle ist aber auch ein ziemlich toller Typ. Für mich ist der natürlich tabu. Armin dagegen entpuppt sich als ziemlicher Langweiler. Redet immer nur von seiner Modellautosammlung. Kannst Du Dir etwas Langweiligeres vorstellen? Irgendwie muss ich den wieder loswerden. Ich hoffe bloß, dass ich dann nicht auch Kalle vergraule. Tina ist grad so glücklich. Heute Abend wollen wir auf ein Konzert gehen. Kalle wollte nichts verraten. Soll eine Überraschung sein.

Ich bin gespannt. Endlich ist mal was los. Wie sieht's mit Stefan aus? Taugt der was? Oder ist der auch so kreuzlangweilig wie Armin?

Schreib bald zurück. Ich bin schon gespannt.
Deine Julia

Kreuzberg, 14. November 1988

Liebe Julia,

bitte entschuldige, wenn dieser Brief etwas unleserlich ist, aber ich muss mich richtig beeilen. In einer Stunde treffe ich Christa an der U-Bahn Gneisenaustraße, um ihr den Brief zuzustecken, sie fährt gleich zu Oma Ursels Geburtstag. Die Chance wollte ich nicht ungenutzt lassen. Vielleicht bist Du ja auch eingeladen? Das wäre cool, dann hältst Du diesen Brief vielleicht schon in zwei Stunden in den Händen. Schneller als die Post, trotz Mauer und alledem! Oma Ursel habe ich auch eine Karte geschrieben, ich darf nicht vergessen, die beizulegen.

Während ich Dir schreibe, muss ich immer wieder in den Spiegel über meinen Schreibtisch schauen. Oh Gott, ich sehe so komisch aus. Ich war tatsächlich beim Friseur mit Sabine. Das Ganze ist etwas nach hinten losgegangen. Sabine hat mich gestern in ihren Friseursalon nach Charlottenburg geschleppt, so einen richtig teuren Laden mit Marmorboden und Kronleuchtern an den Decken. Überall saßen schöne blonde Frauen wie Sabine und ließen sich ihre Mähnen föhnen. Und ich dazwischen. Mein Friseur hieß Ali und drückte mir erst mal einen dicken Katalog in die Hand. Sabine zeigte natürlich gleich auf einen schulterlangen Stufenschnitt. »Ich dachte an etwas Frauliches, Weiches«, sagte Sabine, »Ines ist ja nun kein Kind mehr.« Dabei zwinkerte sie mir zu. Ali hielt meine schlappen braunen Strähnen in den Händen und guckte mich skeptisch an. Ich habe sofort panisch den Kopf geschüttelt. Gott sei Dank fiel Sabine in diesem Moment ein, dass sie noch mal kurz rausmusste, den Wagen umparken, der im Halteverbot stand. Innerhalb von drei Minuten hatten Ali und ich uns für eine andere Frisur entschieden, so einen asymmetrischen Schnitt, bei dem die eine Seite des Kopfes kurz rasiert und die andere kinnlang ist. »Perfekt«, sagte Ali, der anscheinend gern mal was anderes machen wollte, als blonde Mähnen zu föhnen. Dann ging alles superschnell. Als Sabine zurückkam, war meine linke Kopfhälfte schon rasiert. »Ines, was machst du?«, fragte sie entsetzt. »Du siehst aus wie ein Skinhead.« Dann redete Ali ihr gut zu und sie beruhigte sich ein bisschen. Jetzt ist das Haar auf der linken Seite meines Kopfes kurz rasiert und rechts kinnlang. Ich finde meinen Schnitt inzwischen gar nicht schlecht, ich sehe aus wie ein Kreuzberger Punk mit einer teuren Frisur. Aber ich kann mich noch nicht dran gewöhnen, dass ich das bin, die mich aus dem Spiegel anschaut. Außerdem ist mir jetzt immer so kalt am Nacken. Ich bin gespannt, welche Variation des Lesben-Spruchs die Sexy Sandras mir morgen in der Schule um die Ohren hauen werden. Wenn ich es mal schaffe, ein Foto zu machen, schicke ich Dir eins. Wollten wir nicht eh mal Fotos tauschen?

Übrigens hat sich die Wohnsituation für mich jetzt geklärt. Deine Idee, dass Sabine bei mir wohnen könnte, war echt gut! Ich habe sie einfach gefragt und sie hat Ja gesagt! Mein Vater war auch gleich einverstanden. Letzte Woche ist er nach New York geflogen und seitdem lebe ich nun also in einer WG mit Sabine. Wir sehen uns eh nur abends, weil sie arbeitet, aber dann kochen wir immer etwas gemeinsam. Manchmal gehen wir auch zusammen joggen. Ist sehr schön!

Meine Mutter musste ich natürlich erst mal überzeugen. Insgeheim hatte sie wohl gehofft, dass ich zu ihr ziehen und jeden Tag drei Stunden Chemie und Physik mit ihr lernen würde. Vielleicht ist sie auch ein bisschen eifersüchtig auf Sabine. Wir haben am Ende aber einen Kompromiss geschlossen: Statt bei ihr zu wohnen, fahre ich zweimal die Woche zum Lernen zu Marion. Leider kann ich nur wenige

Argumente dagegensetzen, weil ich in Physik und Chemie gerade zwei Fünfen geschrieben habe. Ich hasse die Schule, am liebsten würde ich gar nicht mehr hingehen. Die Lehrer quälen mich, die Sandras piesacken mich, Marion nervt mich. Aber darüber will ich gerade gar nicht nachdenken. Eine gute Sache ist bei der Lernerei mit meiner Mutter aber schon herausgekommen: Ich konnte sie am Montag mal danach fragen, wie sie eigentlich in den Westen gekommen ist. Und weißt Du was? Sie wurde freigekauft von der Bundesregierung. Die **BRD** hat 10 000 Mark für sie hingelegt, damit sie rüberkommen kann. Ich wusste gar nicht, dass das geht. Sie ist in **Karl-Marx-Stadt** in einen speziellen Bus gestiegen und in Gießen auf einem Waldparkplatz wieder ausgestiegen. Zack, war sie im Westen. Das hört sich total einfach an, oder? Wie schafft man es nur, freigekauft zu werden? Das wollte Marion leider nicht erzählen, sie redet ja nicht gern über diese Dinge. »Jetzt aber zurück zur Physik«, sagte sie mitten in unserem Gespräch mit spitzer Stimme. Und dann war Schicht im Schacht.

Oh verdammt, ich sehe gerade, in fünf Minuten soll ich an der U-Bahn sein. Ich muss Schluss machen. Eine Sache noch: Am Samstag treffe ich mich mit Stefan, wir schauen uns gemeinsam einen Bundesligakampf der 1. Herren am Tempelhofer Ufer an. Ich bin schon ein bisschen aufgeregt. Wenigstens sitzt die Frisur, haha. Jetzt muss ich aber rennen, damit der Brief noch warm bei Dir ankommt. Schreib mir schnell!

Bis bald
Ines

PS Ich wollte Dir noch sagen: Dein Bruder nervt echt. Leider kann ich ihm keine reinhauen, wegen der Mauer. Aber verdient hätte er es.

Wilhelmsruh, 22.11.1988

Liebe Ines,

wie aufregend! Dein Brief war tatsächlich keine zwei Stunden später bei mir. So schnell wäre nicht mal die normale Post. Tante Christa war selbst ein bisschen stolz, als sie ihn bei Oma Ursel abgab. Ich glaube, sie findet diesen Brieftaubendienst ziemlich aufregend, auch wenn sie es nicht zugibt. Ich war gerade zum Geburtstags-Kakao bei Deiner Oma und konnte den Brief also gleich entgegennehmen. Ich glaube, es war gut, dass Du für sie eine Karte mitgeschickt hattest. In der letzten Zeit hatte ich manchmal das Gefühl, sie ist ein bisschen traurig, dass Du nur mir schreibst und nicht ihr. Weil sie gestern Geburtstag hatte, habe ich ihr dann einfach spontan Deinen Brief vorgelesen. Außer Christa war ja kein anderer Gast da. Ich hoffe, das war okay? Erst war sie dagegen, dass ich das überhaupt mache, wegen des Briefgeheimnisses. Dann war sie aber doch ganz gerührt und hat sich alles angehört. Ich glaube, von Marion erfährt sie nicht viel über Dich. Und Christa kann ihr bestimmt auch nicht so viel erzählen. Dein Vater schreibt Ursel nicht, oder? Der hat doch immer so viel zu tun.

Ich hab ihr immer mal ein bisschen von Dir erzählt. Aber das mit Sabine noch nicht. Das hat sie beschäftigt, sie war ganz schön perplex, dass Sabine jetzt bei Dir einzieht, »eine fremde Person«. Sie hatte schon ein paarmal gesagt, dass sie es schade findet, dass Du nicht bei Marion wohnst.

Ich hab mich dann ein bisschen geärgert, dass ich Deinen Brief nicht erst alleine gelesen habe. Dann hätte ich das auslassen können. Ich wollte ihr ja eine Freude machen und sie nicht beunruhigen.

Viel spannender aber war, wie sie geguckt hat, als ich die Stelle mit Marions Freikauf vorgelesen habe. Also erst mal: verrückte Geschichte. Warum sollte man jemanden freikaufen. Und was bedeutet das überhaupt? Ich kann mir gar nicht vorstellen, dass es so was gibt. Oma Ursel offenbar schon. Sie schien auf jeden Fall nicht besonders erstaunt. Während ich vorgelesen habe, habe ich ein bisschen zu ihr rübergelinst. Sie hat etwas Milch in ihren Kaffee gegossen und dann viel zu lange darin gerührt. So, als wäre sie in Gedanken ganz woanders. »Oma Ursel? Alles in Ordnung?«, habe ich gefragt. Aber sie schien mich nicht zu hören. Dann hat Christa sie in die Seite gestoßen: »Brauchst du noch Zucker, Ursel?« »Oh ja, bitte. Ich wusste doch, ich habe etwas vergessen. Lies weiter, Julchen.«

So nennt sie mich manchmal. Ich bin sicher, sie weiß mehr über diese Geschichte und wie es dazu gekommen ist. Ich muss sie unbedingt noch mal fragen. Aber das wird sicher nicht einfach. Vielleicht schaffe ich es, wenn Du mir ein Foto von Dir schickst. Die paar, die Oma Ursel hat, sind so alt, da bist Du noch ein kleines Kind. Ich glaube, sie würde sich freuen zu sehen, wie Du jetzt aussiehst. Und ich auch. Deine Frisur klingt super! Mal sehen – vielleicht lasse ich mir die Haare auch so schneiden. Dann hätten wir etwas, das uns verbindet. Ohne dass es jemand weiß.

Ich lege Dir auf jeden Fall ein Foto von mir in diesen Brief. Ist nicht besonders neu und ein bisschen peinlich, aber man erkennt mich noch ganz gut. Meine Haare sind jetzt etwas länger und ich muss eigentlich eine Brille tragen. Mach ich aber meistens nicht.

Schon gar nicht, wenn Tina und ich mit den Jungs ausgehen. Tina und Kalle sind mittlerweile richtig verknallt. Und ich glaube, das spornt Armin an. Der legt jetzt immer den Arm um mich, wenn wir uns zu viert treffen. Zum Glück hat er noch nicht versucht, mich zu küssen. Dazu ist er wohl zu schüchtern. Gut für mich. Da ertrage ich echt lieber seine kreuzlangweiligen Modellautovorträge.

Ich hatte Dir doch von dem Konzert erzählt, auf das Kalle mit uns wollte. Also, das war vielleicht was.

Irgendwie hatte ich mir gar keine richtigen Gedanken gemacht, wo wir hingehen. Bisher war ich immer nur auf so Konzerten im **Jugendclub**. Aber Kalle hatte nicht vor, dahin zu gehen. »Das ist doch was für Kinder«, meinte er nur.

Wir fuhren ein paar Stationen mit der S-Bahn nach Friedrichshain, eine Gegend, in der ich mich überhaupt nicht auskenne. Ein bisschen unheimlich war mir auch. Mein Vater hätte mich sicher nicht freiwillig hierhergelassen. Kalle schien sich dagegen sehr wohlzufühlen, schob uns durch die Straßen vorbei an zwielichtigen Spelunken und verfallenen Häusern. Dann zog er uns durch ein Tor in einen Hinterhof und von dort in einen Keller, aus dem bereits Musik dröhnte, dass einem die Ohren wegflogen. Er war sofort verschwunden. Tina grinste mich unsicher an. Ich grinste zurück, versuchte ihr zu sagen: Na, los! Das macht bestimmt Spaß! Armin sagte: »Was grinst ihr so blöd?« und zog uns hinter sich her. Drinnen war es so voll, dass alle Bauch an Bauch tanzten und schwitzten. Kalle kam uns mit vier Bier in der Hand entgegen, fasste Tina um die Hüfte und schon waren sie im Gewackel der Tanzenden untergegangen. »Wie heißt denn die Band?«, brüllte ich Armin ins

Ohr. »Blaue Scherben!«, brüllte er zurück. »Kennst du die etwa nicht?« »Doch, doch«, log ich, »ich hab sie bloß grad nicht erkannt.« Tatsächlich hatte ich noch nie von dieser Band gehört. Im Radio lief ihre Musik zumindest nicht. Und auch in der Schule hatte noch nie einer von denen erzählt. »Hast du ne Platte von denen?«, brüllte ich Armin wieder an. »Nee, Mann. Die haben noch keine. Die dürfen doch eigentlich gar nicht auftreten.« Uff. Ich glaube, er hielt mich für total dämlich. Was hatte ich auch gedacht? Wir fuhren in ein Viertel, in dem ich noch nie war und landeten im Hinterhof eines baufälligen Hauses in irgendeinem Keller und ich glaubte immer noch, wir hätten es mit einem ganz normalen Konzert zu tun. Kalle hatte ja schon tagelang so ein Geheimnis um diesen Abend gemacht. Auftrittsverbot. Eine illegale Band. Mein Vater dreht durch, wenn er das erfährt. Wo er doch schon nicht wissen darf, dass ich mich überhaupt noch mit Tina treffe.

Die Punkband ratterte ihre Songs durch meine Ohren. Aber in mir hämmerte immer nur dieser eine Satz: »Die dürfen doch eigentlich gar nicht auftreten.« Nach einer Stunde drängte ich Armin, mich nach Hause zu bringen. »Was'n los? Haste deine Tage?« »Nee, nur Kopfweh. Können wir jetzt bitte gehen?« Wäre ich im Jugendclub gewesen, hätte ich längst aufbrechen müssen. Ich würde eh viel zu spät kommen. Also dachte ich: nur nach Hause jetzt. Ich habe mich dann nicht mal mehr bei Tina verabschiedet.

Armin verstand nur Bahnhof, aber immerhin brachte er mich bis nach Hause. Wahrscheinlich dachte er, wir würden auf dem Heimweg noch knutschen. Aber daraus wurde nichts. Denn unten vor der Haustür trafen wir meine Mutter. Und in ihrem ganzen »Wo-kommst-du-jetzt-her-weißt-du-eigentlich-wie-spät-es-ist?«-Gezeter war sogar Armin klar, dass Knutschen ausfiel. Nie zuvor habe ich mich so über das Gemecker meiner Mutter gefreut. Ihren Zorn bekam vor allem Armin ab. Der sich wortreich entschuldigte und eine Geschichte erfand. Mir sei schlecht gewesen im Jugendclub und deswegen hätte er mich nach Hause begleitet. So viel Fantasie hatte ich ihm gar nicht zugetraut. Keine Ahnung, ob wir uns noch mal wiedersehen. Was für ein blöder Abend. Ich weiß noch gar nicht, wie ich das Tina erklären soll. Die ist bestimmt tierisch sauer auf mich. Bin froh, dass ich Dir das jetzt erst mal alles schreiben konnte.

Bis bald,
Julia

Kreuzberg, 13. Dezember 1988

Liebe Julia,

puh, auf Deinen Brief musste ich dieses Mal aber ganz schön lange warten. Das lag natürlich nicht an Dir! Sondern an unserer Brieftaube Christa, die mit ihrem Chor auf »Tournee« in Dänemark war. Es dauerte echt ewig, bis sie Oma Ursel wieder besuchte und Deinen Brief abholen konnte. Dafür schreibe ich jetzt aber gleich zurück!

Danke, danke, danke für das Foto! Das Bild hängt jetzt über meinem Schreibtisch. Ich finde, Du siehst sehr hübsch aus, mit Deinen Grübchen und den langen braunen Haaren! Deine Augen sind ja richtig grün, der Hammer. Hätte ich auch gern gehabt. Meine Mutter hat auch grüne Augen, aber die habe ich natürlich nicht abbekommen, sondern die dunkelbraunen von meinem Vater. Ich sehe ihm sowieso viel ähnlicher als ihr. Was trägst Du da eigentlich auf dem Bild, eine Pfadfinderuniform oder so?

Ich lege Dir auch ein topaktuelles Polaroidfoto bei. Mit neuer Frisur und Jackie auf dem Schoß. Du siehst, ich sitze auf meinem Bett, daneben ist mein Schreibtisch, an dem ich gerade diesen Brief schreibe. Der unordentliche Stapel Papier neben der Lampe ist meine Kimura-Biografie, sie wächst und wächst.

Sabine hat vorgestern Fotos von mir gemacht, damit mein Vater in New York mal sehen kann, was ich mit meinen Haaren angestellt habe. Ich tippe mal, dass ihm das sowieso nicht auffallen wird. Er ist völlig begeistert von New York, am Telefon geht es immer nur um »Manhattan« oder »Brooklyn« oder »Harlem«. Ich komme kaum zu Wort. Er redet schon davon, dass wir doch alle nach New York umziehen könnten. Ja klar. Schule ist schon schlimm genug und dann noch auf Englisch – auf keinen Fall. Oder auch: no way.

Aber es ist schön, nach Hause zu kommen und zu wissen, Sabine ist da. Die Welt ist dann für mich irgendwie in Ordnung. Nach der Arbeit kocht sie immer für uns und fragt mich, wie mein Tag so war. Abends guckt sie sogar manchmal bei meinem Training zu, ich glaube, mein Trainer Thorsten steht voll auf sie. Sabine ist halt total sportverrückt, hab ich Dir ja schon mal geschrieben. Neulich haben wir sogar die Möbel im Wohnzimmer an die Wand gerückt und gekämpft, sie hat mir Karate gezeigt und ich ihr ein paar Judowürfe. Sie ist begabt, Kesa-gatame kann sie schon. Die Wohnung sieht auch viel besser aus, seit sie hier wohnt, sie hat die Gardinenstangen in meinem Zimmer endlich ordentlich angedübelt und im Bad den Waschbeckenabfluss repariert, sodass man nach dem Zähneputzen nicht immer in einer Pfütze steht. Jackie stinkt auch nicht mehr so, seit ihn Sabine ab und zu mit Shampoo wäscht.

Übrigens muss ich gleich was zu Deinem kleinen Ausflug sagen. Ich finde, Armin hört sich an wie ein Volltrottel. Aber die Geschichte mit der Punkband ist cool. Ich stelle es mir total aufregend vor, in irgendeinem Keller eine geheime Band zu hören. Blaue Scherben, was singen die denn so? Und was für Leute waren da unterwegs? Wenigstens erlebst Du was. Ich würde auch gern mal was Verbotenes tun. Aber leider fällt mir nix ein: Punkbands gibt's in Kreuzberg an jeder Ecke, ich darf auch überallhin, merkt eh keiner so richtig. Ich könnte vielleicht auf dem Schulhof heimlich hinter dem Fahrradhäuschen rauchen, das ist total verboten. Aber erstens hasse ich Zigaretten und zweitens ist da immer so viel los. Da stehen schon immer die ganzen Zehntklässler und qualmen. Ich würde viel lieber mit Dir und Tina zu den Blauen Scherben gehen. Kalle könnte ja gern mitkommen, aber Armin müsste ich wegen seiner blöden Sprüche eventuell zu Boden ringen und in einen besonders schmerzhaften Würgegriff nehmen.

Ich habe jetzt in den Pausen übrigens eine neue, deutlich bessere Freizeitbeschäftigung gefunden, als hinter einem Fahrradhäuschen zu quarzen. Ich hänge nun manchmal mit Merle ab. Wir müssen ja beide irgendwie den Sexy Sandras aus dem Weg gehen und da haben wir uns doch einfach zusammengetan. Das kam so: Vor ein paar Wochen sollten wir im Biologieunterricht Projektteams bilden, Thema Atmung. Wir sollten die Sauerstoffsättigung im Blut eines Kraken mit der eines Riesenkalmars bei verschiedenen Temperaturen vergleichen. Kannst Du Dir so einen Schwachsinn vorstellen? Typisch Frau Dr. Achilles. Selbst Merle, die ja ein echter Biologie-Crack ist, fand die Arbeitsaufgabe bescheuert. Ich habe mich gleich verweigert. Also hat Merle die Aufgabe in den ersten drei Minuten für uns erledigt, sie musste einfach irgendwas ausrechnen, ich bin da eh raus. Den Rest der Zeit haben wir uns leise unterhalten. »Warum bist du bloß so fit in Bio und Chemie?«, habe ich sie gefragt.

Und dann hat sie mir erzählt, dass ihre Eltern beide Biologen sind. »Meine Mutter forscht über das Ozonloch«, hat sie gemeint. »Wir unterhalten uns beim Abendessen ständig über irgendwelche chemischen Prozesse, über FCKW und Singulett-Sauerstoff und dieses ganze Zeug. Da ist es doch kein Wunder, dass ich gut in den Naturwissenschaften bin. Geht gar nicht anders.« Ich hatte keine Ahnung, wovon sie sprach. Merle ist halt ein Freak. Sie hat mir dann erzählt, dass sie noch nicht lange in Berlin lebt und aus Bonn kommt, da haben ihre Eltern für die Grünen gearbeitet. Jetzt sind beide bei irgendeiner Umweltstiftung in Berlin und reisen dauernd um die Welt, ich tippe mal, um sich dieses Ozonloch anzuschauen. Merle scheint ihre Eltern nicht gerade viel zu sehen. »Ich hab keine Ahnung, wie so ein normales Familienleben geht«, hat sie ganz fröhlich gesagt, »eigentlich wohne ich in einer WG mit meinem Bruder.« Ich wollte ihr gerade erzählen, dass ich damit leider auch keine Erfahrung habe. Aber dann konnten wir nicht weitersprechen, weil uns die dicke Achilles gehört hatte. »Ist euch etwa langweilig? Ich kann euch gerne eine Extraaufgabe geben.« »Überhaupt nicht, wir haben uns ja gut unterhalten«, hat Merle geantwortet und mich angegrinst. Gott sei Dank läutete in dem Moment die Schulglocke. Seitdem sitzen wir in den Pausen meistens zusammen. Morgen Nachmittag besuche ich sie mal. Bin gespannt auf ihre WG.

Weil mir zwischendurch langweilig war, habe ich übrigens Nachforschungen in dieser Freikauf-Geschichte angestellt. Ist ein heißes Thema. Marion hat mir natürlich nicht geholfen, sie will darüber ja nicht sprechen. Sie ist schon misstrauisch wegen meiner Brieffreundschaft zu Dir. »Ich verstehe nicht, warum du dir nicht eine Brieffreundin in einem schönen Land wie Frankreich oder Amerika suchst«, hat sie mir letzten Dienstag gesagt, als ich sie noch mal gefragt hatte, warum sie denn freigekauft wurde. »Stattdessen schreibst du in die DDR, in diesen elenden Verbrecherstaat.« Ganz schön hart, oder? Sie hat noch gesagt, dass sie nie wieder einen Fuß dorthin setzen will und ich mir gar nicht erst wünschen solle, dass ich Dich dort besuchen könne. Egal, ich habe dann Sabine gefragt, ob sie mir helfen kann. Sie hat mir die Nummer von einem ihrer Kollegen aus der

Politikredaktion von RIAS gegeben, den ich anrufen durfte, weil er sich damit auskennt. Der harte Heiner. So heißt er, weil er immer so unnachgiebig bei seinen Interviews mit Politikern ist. Der harte Heiner war aber sehr nett. Er wollte natürlich wissen, warum mich das interessiert, aber ich habe dann einfach so getan, als ob ich für ein Schülerreferat recherchiere … clever, oder? Er hat mir erklärt, dass man nur dann freigekauft werden kann, wenn man in der DDR im Gefängnis sitzt. Die BRD zahlt also Geld an die DDR, damit die Häftlinge in den Westen dürfen. Nur politische Gefangene, also solche, die die DDR kritisieren oder zu fliehen versuchen, kommen für den Freikauf infrage. Allerdings ist das Ganze geheim, man weiß zwar, dass es passiert, aber offiziell gibt es das nicht. Es wird auch längst nicht jeder freigekauft, man muss quasi ausgewählt werden. Der Redakteur hat noch gesagt, dass die DDR mit dem Freikauf ein gutes Geschäft macht, weil sie pleite ist und West-Geld braucht. Das finde ich alles ziemlich schlimm, Menschen zu verkaufen. Aber noch viel schlimmer ist der Gedanke, dass Marion ja auch im Gefängnis gewesen sein muss, um freigekauft werden zu können. Davon hat sie natürlich nichts erzählt. Aber das erklärt ihren Hass auf die DDR. Ich traue mich gerade nicht, sie direkt zu fragen. Vielleicht weiß mein Vater was. Wenn er wieder hier ist, frage ich ihn mal. Oder weiß Ursel etwas darüber? Müsste sie doch.

Eins wollte ich Dir noch schnell erzählen, bevor ich gleich zum Judotraining muss: Ich war ja mit Stefan beim Bundesligakampf der 1. Herren in Berlin. Ich glaube, da passiert doch nichts mit uns. Es war jetzt nicht gerade romantisch. Stefan ist während der Kämpfe die ganze Zeit aufgesprungen und hat geschrien: »Alter, geht's noch?«, »Dreh dich« oder »Würgen, würgen«. Also, er ist ziemlich mitgegangen. Danach war er ganz erschöpft. Als wir hinterher im Eiscafé waren, haben wir nur über Judo geredet. Er hat mir erzählt, dass er in seiner Gewichtsklasse nun unbedingt deutscher Jugendmeister werden will. Ich habe ihm von meiner Kimura-Biografie erzählt, er war total begeistert. Ich glaube, da habe ich meinen ersten Leser. Dann hat er unser Eis bezahlt und musste schnell wieder zum Training. Na ja, hat trotzdem Spaß gemacht. Ich glaube, wir bleiben doch lieber nur Freunde.

Schreib mir schnell, wie's weitergeht mit den Blauen Scherben! Anbei das Foto. Jetzt muss ich dringend mal mit Jackie raus, der pinkelt gleich an die Haustür. Christa kommt in zwei Stunden und dann muss ich ihr gleich Deinen Brief geben!

Bis ganz bald,
Deine Ines.

Liebe Ines,

ich muss lange Luft holen und mein Handgelenk vorher noch mal schütteln, denn ich habe viel zu erzählen oder vielmehr – zu schreiben. Dein Foto hängt jetzt über meinem Bett (versteckt unter einem **Puhdys**-Poster, damit mir niemand blöde Fragen stellt). Du siehst genauso nett aus, wie Du schreibst. Deine Frisur ist echt schräg, aber sie gefällt mir. Und sie lässt Dich bestimmt zwei Jahre älter aussehen, als Du bist. Bin gespannt, was Dein Vater dazu sagt. Meiner hätte mich sicher gleich wieder zum Friseur geschickt. Mit so einer hätte er sich nicht auf die Straße getraut. Als ich im letzten Jahr mal mit einer Dauerwelle nach Hause kam (mühsam zusammengespart) hat er mich einen Pudel genannt. Als die Haare wenig später abbrachen wie Spaghetti, hab ich fast den ganzen Sommer eine Mütze getragen. Ich hab also erst mal genug von Friseuren. Meine Haare wachsen jetzt einfach so vor sich hin.

Was Du da mit dem Freikauf herausgefunden hast, klingt ganz schön verrückt. Ich kann das irgendwie nicht glauben. Meinst Du nicht, dass Deine Mutter sich das ausgedacht hat, um Dir eine möglichst spannende Geschichte zu erzählen? Warum sollte die DDR denn ihre Bürger verkaufen? Mein Vater müsste wissen, ob es so was gibt, aber den kann ich das nicht fragen. Vielleicht versuche ich es noch mal bei Oma Ursel. Die weiß sicher was. Vor allem auch, ob Marion im Gefängnis war. So was weiß man doch als Mutter. Ich werde sie morgen mal besuchen. Es ist immer so schön weihnachtlich bei ihr. Mit Kerzen und Musik. Und dazu gibt es ihre selbst gebackenen Plätzchen.

Auch wenn es bei Oma Ursel immer sehr gemütlich ist, so richtig weihnachtlich will mir dieses Jahr einfach nicht werden. Vor allem wegen Tina. Mit Kalle geht es ihr gut, glaube ich. Sie ist richtig verliebt. Ist ja auch ein dufter Typ. Aber zu Hause ist es wohl ziemlich schwierig. Die leiden alle sehr unter der Situation. Zweimal die Woche kommt Tinas Oma zum Trösten mit einem selbst gebackenen Kuchen vorbei und sagt immer: »Im Krieg war's schlimmer, Kinder.« Ob das was hilft?

Tina ist auf jeden Fall ganz schön fertig. Gut, dass es Kalle gibt. Mit dem darf sie sich wenigstens treffen. Mit mir ist das ja immer schwierig. Vor allem, seit meine Mutter mich an dem Abend mit Armin vor der Tür getroffen hat. Seither komme ich abends immer schwerer raus. Muss genau sagen, wohin ich gehe und wann ich wiederkomme. Manchmal holt mich mein Vater sogar ab. Voll peinlich, sag ich Dir. Wer will schon mit fast 16 von einer Party abgeholt werden.

Zu so einem coolen Konzert wie von den »Blauen

Scherben« traue ich mich erst mal nicht mehr. Auch wenn Armin immer wieder davon anfängt. »Da sind doch viel coolere Leute als im Jugendclub«, findet er. Das stimmt natürlich. Aber die sind ja auch alle älter als wir. Bestimmt schon zwanzig. Manche hatten Frisuren wie Papageien, Punks halt. Dagegen siehst Du ziemlich brav aus. Und ich sowieso. Ach ja, auf dem Foto, das ist keine Pfadfinderuniform. Das ist mein **FDJ-Blauhemd**. Das kennste natürlich nicht. Haben hier alle, die in der FDJ sind. Und das ist irgendwie jeder. Sogar Tina. Unser Blauhemd haben wir aber natürlich nicht immer an. Eigentlich nur bei FDJ-Veranstaltungen. Am letzten Schultag zum Beispiel, wenn es Zeugnisse gibt. Oder eben am 7. Oktober, dem **Tag der Republik.** Dann gibt es hier eine große Parade durch Berlin mit Musik und jeder Menge Wagen und Panzern. Aber vor allem: mit Thüringer Rostbratwürstchen satt. Dann hängt an der Häuserfront aus jeder Wohnung die Fahne der DDR (auch bei uns) und es ist überall sehr feierlich. Bei uns wäscht meine Mutter am Tag vorher immer extra die Fahne, damit sie auch richtig leuchtet. Und mein Vater hängt sie dann stolz draußen auf. Ich mach mir nicht so viel aus Fahnen und auch das Blauhemd ist mir nicht so wichtig. (Es zwickt auch ganz schön). Aber ich mag diese Tage trotzdem. Ich hab dann immer das Gefühl, das wir irgendwie alle gemeinsam für eine gute Sache kämpfen. Den Frieden eben. Und wer könnte da dagegen sein?

Armin sieht das anders. Er findet solche Umzüge peinlich und überflüssig. »Es geht doch gar nicht um den Frieden. Es geht doch bloß um die Partei.« Tina findet das sicher auch. Aber sie sagt es nicht. Manchmal habe ich das Gefühl, dass sie mir gegenüber nicht mehr ganz ehrlich ist. Oder zumindest glaubt, sie dürfte nicht mehr alles sagen. Weil meine Eltern eben anders sind als ihre. Aber ich finde das Quatsch. Wir sind doch Freundinnen. Da erzählt man sich doch alles. Das sehe übrigens nicht nur ich so. Denn neulich in der Schule ist etwas sehr Seltsames passiert. Grade hatten wir der ollen Meinsdorf nach dem täglichen Gruß »Freundschaft« unser »Freundschaft« zurückgemeldet und ich hatte aufgezählt, welche Schüler heute fehlen, da ging die Tür auf und die Sekretärin vom Direktor kam herein. Sie murmelte Frau Meinsdorf irgendwas ins Ohr und dann sagte die: »Julia, der Direktor erwartet dich.« Mir wurde heiß und kalt. So etwas passiert ja sonst nicht so oft. Also eigentlich nur, wenn man etwas ausgefressen hat oder besondere Leistungen erbracht hat. Von beidem konnte keine Rede sein. Mein Vater hatte schon lange nicht mehr bei seinen Freunden damit angegeben, dass mein Zeugnis nur aus Einsen und Zweien bestand. Die Dreien in Chemie und Astronomie halten sich hartnäckig. Aber wegen ein paar Dreien wird man ja nun auch nicht gleich zum Direktor gerufen. Ich konnte mir aber beim besten Willen nicht vorstellen, was ich sonst ausgefressen habe sollte.

Also stand ich auf und folgte Frau Letzke zum Büro des Rektors. Aber Herr Hagemann war gar nicht in seinem Büro. Stattdessen saßen dort zwei Männer in grauen Jacken. Einer hatte einen Schnurrbart, der andere eine dicke Brille. Sie waren sehr freundlich und boten mir sogar Schokolade an. Ich sollte mich setzen. Ich fand das ziemlich seltsam. Immerhin hatte ich die Männer noch nie gesehen. Aber Frau Letzke schien sie zu kennen. Jedenfalls benahm sie sich ganz normal. Ich wartete die ganze Zeit darauf, dass Herr Hagemann kommen würde. Aber er kam nicht. Stattdessen fing der mit dem Schnurrbart an, mir zu erzählen, dass sie ja wüssten, wie gut ich in der Schule sei. Und vor allem, was ich für eine gute Schwimmerin sei. Und dann sei ich ja auch noch ein vorbildliches FDJ-Mitglied. Die DDR sei stolz auf mich, weil ich so eine gute Sozialistin sei. Ich verstand gar nichts mehr. Wer waren die und woher wussten die das alles über mich? Zugegeben – ich fühlte mich irgendwie geehrt. Von meinem Vater kriege ich ja immer nur zu hören, was ich schon wieder alles nicht geschafft habe. Aber ich fand dieses Treffen trotzdem seltsam.

Dann fragten sie mich, was ich denn beruflich machen wolle. Jetzt haben sie dich, dachte ich. Ich weiß es nämlich einfach nicht. Auch darüber muss ich mich ständig mit meinem Vater streiten. Er findet, ich sollte Lehrerin werden. Ich denke, ich bin froh, wenn die Schule endlich vorbei ist. Die Männer sahen aber so aus, als würden sie diese Antwort nicht dulden. Also log ich: »Ich möchte gern Erzieherin werden.« Der mit der Brille grinste. Meine Antwort schien ihm zu gefallen. Ich dachte, vielleicht ist das hier ein Test für Schüler, die nicht so gut sind und war froh, eine richtige Antwort gegeben zu haben. »Das ist ein schöner Beruf«, sagte der mit dem Schnauzbart, »Darin wirst du sicher gut sein.« Woher er das wissen wollte, verriet er mir nicht. Dann sagte er: »Und deine Freundin Tina – was will die mal werden?« Seltsame Frage, dachte ich. Was hat denn jetzt Tina mit meinem Test zu tun? »Tina will Physikerin werden«, erzählte ich. Stimmt ja auch. Da verzog der mit der Brille die Miene. »Meinst du, ihr ist klar, was sie tun muss, um das zu erreichen?« »Na, ich nehme an, studieren«, sagte ich. »Richtig«, sagte der mit dem Schnauzbart. »Aber vorher muss sie erst mal ihr Abitur schaffen. Und das sieht ja gerade nicht gut aus.« Ich rutschte auf meinem Stuhl herum. Sollte ich jetzt sagen, dass Tina eigentlich Klassenbeste war? »Sie scheint in der Schule ja gerade große Probleme zu haben. Vor allem an Betragen und Mitarbeit scheint es zu hapern.« Ich schwieg. »Sie ist doch deine Freundin«, sagte der mit der Brille. »Möchtest du ihr nicht helfen, sich zu verbessern.« Ich schwieg erst. Dann stammelte ich: »Doch, natürlich. Aber wie soll ich das machen?« Wieder grinste der mit der Brille. Und dann ließ er die Katze aus dem Sack: »Das ist ganz einfach. Tina braucht jetzt deine Unterstützung. Sie ist traurig, weil ihre Eltern sich vom Sozialismus abgewandt haben. Sie braucht jetzt eine Freundin, die ihr zurückhilft auf den rechten Weg. Willst du diese Freundin sein?« Was hieß da, willst du das sein? Ich *bin* ihre beste Freundin. Ich nickte stumm und verstand doch kein Wort. »Schön« seufzte der mit der Brille. »Du hilfst deiner Freundin und wir werden dir dabei helfen. Aber du musst uns natürlich erzählen, wenn du Schwierigkeiten hast. Wenn sie sich doch wieder abkehrt vom Sozialismus. Nur wenn du uns das erzählst, können wir dir helfen. Das verstehst du doch, oder?« Ich schluckte. Dann nickte ich. Der mit dem Schnauzbart schob mir noch ein Stück Schokolade rüber. Aber mir war der Appetit vergangen. Dann schob er mir ein Blatt Papier über den Tisch. Das sollte ich unterschreiben. Darauf stand, dass ich niemandem von diesem Treffen erzählen sollte. Mir wurde plötzlich so schlecht, dass ich mich übergeben musste. Ich konnte gerade noch den Papierkorb greifen. Die beiden Graujacken schauten mich entsetzt an. Dann würgte ich die zweite Ladung in den Papierkorb. Frau Letzke stürzte herein. Offenbar hatte sie gehört, wie es mir ging. »Das Kind muss auf die Toilette«, sagte sie bestimmt und griff mich am Arm. Die beiden Männer mit den grauen Jacken ließ sie einfach sitzen. Mit ihrem Papier und ihrer Schokolade. Auf dem Klo flüsterte sie mir zu: »Das hier ist nie passiert. Wenn die anderen fragen: Der Rektor wollte dir mitteilen, dass deine Großtante gestorben ist. Du hast doch eine, oder?«

Ich nickte. Großtanten kommen ja eh nie zu Besuch. »Geht's wieder?« Ich nickte. »Und jetzt zurück in deine Klasse. Ich werde die Herren bitten, zu gehen.«

Ines, ich hätte nie geglaubt, dass die Letzke mir mal das Leben retten würde. Aber genauso fühle ich mich. Was, wenn ich das unterschrieben hätte? Ich hätte Tina nie mehr in die Augen sehen können. Ich wäre ein **Spitzel** gewesen. Eine Freundin, die ihre Freundin ausspioniert. Die Männer waren von der **Staatsicherheit**. Da bin ich mir sicher. An der Schule hab ich sie jedenfalls noch nie gesehen.

Tina habe ich nichts erzählt von der Geschichte. Auch wenn ich ihr genau angesehen habe, dass sie mir das mit der Großtante nicht glaubt.

Ich könnte hier jetzt gut so jemanden wie Merle gebrauchen. Eine, die sich was traut. Ich zittere immer noch, wenn ich an die beiden Typen denke.

Vielleicht ist ja doch was dran an der Geschichte mit Deiner Mutter.

Deine Julia

Kreuzberg, 20.12.88

Liebe Julia,

ich habe gerade Deinen letzten Brief bekommen und kann echt nicht fassen, was Dir passiert ist. Was ist das für ein Land, wo Du Deine Freundin bespitzeln sollst? Was sind das für ekelhafte Typen, die wollen, dass Du Deine Mitschüler ausspionierst? Ätzend. Aber anscheinend passiert das nicht so selten: Ich hatte Dir doch von diesem Journalisten von RIAS geschrieben, den ich zum Thema Freikauf interviewt hatte. Er hat mir erzählt, dass viele politische Gefangene in der DDR von Menschen ganz aus ihrer Nähe verraten wurden, also von Freunden, Kollegen und Verwandten. Manchmal sogar vom eigenen Ehemann oder der eigenen Ehefrau! Im Auftrag der **Stasi** wurden sie so ausspioniert und durch diese Informationen in den Knast gebracht. Was Du schreibst, passt genau dazu.

In den Mülleimer zu kotzen war also genau die richtige Reaktion, darauf muss man erst mal kommen. Ich hoffe nur, dass Du deshalb keine Probleme bekommst. Lass Dich bloß nicht wieder anquatschen von denen. Die arme Tina. Vielleicht solltest Du ihr das erzählen!

Jetzt, wo ich darüber nachdenke, wundert es mich eigentlich nicht, dass Marion immer so misstrauisch ist. Wenn ein Auto mehr als drei Straßen lang hinter uns herfährt, denkt sie gleich, wir werden verfolgt. Sie hat auch Panik, wenn es mal im Telefon knackt. Oder merkt sich, bevor sie das Haus verlässt, immer genau, wo alle Gegenstände in ihrer Wohnung liegen. Wenn sie nach Hause kommt, kontrolliert sie also sofort, ob ihre Lesebrille noch genau da ist, wo sie sie hinlegt hat oder ob das frisch ausgeschüttelte Kissen inzwischen Dellen hat. Ich fand das immer wahnsinnig nervig. Aber vielleicht verstehe ich nun, warum. Vielleicht gab es all das mal wirklich in ihrem Leben.

Heute ist der Donnerstag vor Weihnachten und eigentlich müsste ich in der Schule sein. Jetzt wäre die dritte Stunde und ich hätte Deutsch bei Herrn Abramowitsch, das einzige Fach, das ich nicht gern verpasse, weil wir in Deutsch tolle Bücher lesen und Herr Abramowitsch voll in Ordnung ist. Aber ich sitze hier zu Hause und habe Zeit, Dir zu schreiben. Und morgen auch noch! Ich bin nämlich ein paar Wochen vom Unterricht ausgeschlossen. Das heißt: keine Schule bis nach Neujahr. Eine erzieherische Strafmaßnahme, wie unsere Direktorin Frau Heller mir erklärte. Irgendwas hat die Heller da allerdings falsch verstanden: Ich finde es super, nicht zur Schule zu gehen! Marion sieht das anders, wie Du Dir vorstellen kannst. Sie ist komplett ausgerastet, als Heller sie angerufen hat. Und mein Vater weiß es noch gar nicht, der sitzt gerade im Flugzeug, wahrscheinlich mit einer Menge Weihnachtsgeschenke aus dem tollen »Big Apple« im Gepäck. Nachher muss ich ihn mit Sabine abholen. Mal sehen, wie er's nimmt.

Ich gebe zu, dass ich vielleicht ein bisschen überreagiert habe. Trotzdem finde ich, dass die Sexy Sandras alles verdient haben. Ich habe Dir ja schon mal geschrieben, wie sie drauf sind: zickig und gemein, mit einer kleinen Fangemeinde von Mädels aus unserer Klasse um sie herum, die sich nicht trauen, auch mal eine eigene Meinung zu vertreten. Aber in letzter Zeit waren sie noch schlimmer drauf. Vielleicht liegt es an den neuen Frisuren, die sie sich zugelegt haben, so fürchterliche Kreppwellen, für die sie morgens bestimmt eine Stunde früher aufstehen müssen. Da wäre ich auch schlecht gelaunt. Merle meint, dass die beiden frustriert sind, weil es mit ihrer Synchronschwimmerkarriere nicht so läuft. Ich kenne mich ja nicht aus, aber anscheinend sind sie gerade aus ihrem Schwimmteam geflogen, wahrscheinlich wegen Kotzbrockigkeit. Egal, in den letzten Wochen haben sie Merle und mir richtig zugesetzt, vor allem Merle, auf die haben sie's besonders abgesehen.

Und am letzten Freitag eskalierte dann alles. Die Sandras standen in der Pause am Kellereingang der Schule und rauchten heimlich, dabei lästerten sie über jeden, der vorbeiging. Sie waren nicht zu übersehen, Sandra eins trug eine grüne Bomberjacke mit pinkfarbenem Schal und Sandra zwei knallrote Ohrenschützer und einen silberglänzenden Anorak, der ihr irgendwie etwas Außerirdisches verlieh. Da schlurfte Merle vorbei mit ihrer Gitarre, wie immer in ihrem alten Armeeparka und der selbst gestrickten Mütze in Braun und Grün. Hinter ihr Daniel, ein Typ aus der Elften, der in der Schulband Schlagzeug spielt. Manchmal proben die beiden zusammen im Schulkeller, meistens für einen Auftritt in irgendeinem Jugendzentrum. Ich wie immer hinterher, zum Zuhören. »Äh, die Lesben gehen wieder in den Musikraum«, rief Sandra zwei und verzog angeekelt ihr Gesicht. »Vergiss nicht hinterher zu lüften, Daniel.« Wir drei reagierten gar nicht, wie immer. Was die Sandras meistens noch wahnsinniger macht.

Aber nach der Pause ging es weiter. Wir hatten Sport und zogen uns in der Umkleide um. Merle trug wieder ihre merkwürdigen Trainingsklamotten, also ihre Pyjamahose und ein altes ausgeleiertes T-Shirt, das leider ein bisschen schmutzig war, weil in Merles Wohnung gerade die Waschmaschine kaputt ist. Bis ihre Eltern wiederkommen, wäscht sie im Spülbecken, klar, dass die Sportsachen da keine große Priorität haben. Es ist ja auch nicht so, dass Merle beim Sport groß schwitzen würde. Sie sah aber insgesamt ein bisschen verlottert aus, im Gegensatz zu allen anderen Mädels in ihren Jazzdance-Anzügen und

Stulpen. »Äh, was hat die denn wieder an?«, sagte da Sandra eins und stellte sich vor Merle. Die anderen Mädchen kicherten, sie wussten schon, was kommt. »Boah«, sagte Sandra zwei, »diese Gammelhose. Und dann dieser Pennergeruch. Mann, Lesbe, kannst du dich nicht mal waschen? Was ist mit deinen Eltern, sagen die dir nicht, dass du stinkst? Oder stinken die selber so?« Sie wedelte sich mit ihrer Hand vor der Nase herum. Merle zeigte beiden wortlos den Mittelfinger und drehte sich zur Wand, um ihre Schuhe zuzubinden. Sie tat so, als ob ihr das scheißegal wäre. Aber ich wusste, dass das nicht stimmt. Ich sah es an ihren Augen, die ein bisschen mehr glänzten als sonst. Manchmal ist es eben anstrengend, mit seinem Bruder in einer WG zu wohnen und niemanden zu haben, der sich um den Abwasch oder die Wäsche kümmert und schaut, dass das Kind ordentliche Sportklamotten hat. Ich habe ja wenigstens Sabine, die ist zwar nicht meine Mutter, aber immerhin da. Und wenn meine Mutter könnte, würde sie alles kontrollieren.

Das machte mich wütend, so wütend, dass ich vergaß, dass ich den beiden Sexy Sandras eigentlich aus dem Weg gehen wollte. Es gibt ja diesen Spruch, dass man rot sieht, wenn man ausflippt. Echt, so ähnlich hat sich das angefühlt, in mir stieg so eine Wut auf, dass ich keine Angst mehr spüren konnte. Ich war so schlagartig auf hundertachtzig, dass mir alles egal war. Ich marschierte auf Sandra zwei zu. »Hältst du jetzt mal bitte deine blöde Fresse?«, sagte ich und schubste sie ein bisschen. »Ich kann deinen Schwachsinn nicht mehr hören.« Sandra zwei schaute mich ungläubig an. »Ey, fass mich nicht an.« Aber ich sah auch ein bisschen Angst in ihren Augen, sie merkte wohl, dass ich in Rage war. Sie ist ein bisschen schlauer als Sandra eins, das gebe ich zu, aber genauso beknackt. Sandra eins fing ungläubig an zu lachen. »Ey, jetzt verteidigt der kleine Freak seine Lesbenkollegin«, rief sie und schubste mich heftig zurück, sodass ich mit dem Rücken gegen die Garderobe knallte. Und schnüffelte plötzlich in der Luft. »Alter, die Zecke stinkt ja genauso wie ihre Freundin.«

Und da flippte ich komplett aus. Sandra eins ist zwar einen Kopf größer als ich, aber beim Judo kommt es aufs Gewicht an, da liegen wir beide ungefähr bei 40 Kilo. Ich packte sie am Kragen ihres schwarzen Tanzanzugs und riss sie zu Boden mit O-soto-gari, eine meiner Lieblingswurftechniken beim Judo, bei der man dem Gegner einfach die Füße wegfegt. Sie knallte auf den Rücken und schrie, mehr aus Überraschung denn aus Schmerz. Dann warf ich mich auf sie drauf und fixierte sie mit Kesa-gatame, so einem Haltegriff, mit dem der Gegner praktisch bewegungsunfähig wird. Die anderen standen um uns herum und kreischten, Sandra Zwei riss von hinten an der Kapuze meines Sweatshirts, um mich von ihrer Freundin runterzuziehen. Aber das merkte ich kaum, ich war irgendwie im Rausch, es war ein tolles Gefühl, Judo endlich mal sinnhaft anwenden zu können. Sandra eins brüllte vor Wut. »Lass mich los, du Scheißkuh«, schrie sie und versuchte, sich freizustrampeln. Sie sah richtig wahnsinnig aus. Ich lag auf ihr drauf und schaute ihr tief in die Augen. »Entschuldigst du dich jetzt?«, fragte ich leise, »Oder soll ich dir noch was zeigen?« Sandra eins zappelte wie wild, um sich aus meinem Griff zu drehen. »Verpiss dich«, kreischte sie. »Lass mich sofort los.« Dann versuchte sie in ihrer Verzweiflung, mir ins Gesicht zu spucken. Ganz schlechte Idee, wenn man unten liegt. Durch die Gesetze der Schwerkraft landete der Rotzplacken nämlich auf ihrer Nase. Ein paar von den anderen Mädchen mussten kichern.

Trotzdem fand ich das echt unverschämt. Und dann tat ich, was ich nicht hätte tun sollen. Ich machte Shime-waza, eine Würgetechnik, für die ich streng genommen noch etwas jung bin, aber ich kann sie trotzdem schon ziemlich gut. Dabei übt man mit den Unterarmen Druck auf die seitliche Halsschlagader des Gegners aus und klemmt so die Sauerstoffversorgung des Gehirns ab. Die Gegner denken dann, sie werden gewürgt, tatsächlich werden sie aber langsam ohnmächtig durch den Druck auf die Halsschlagader. Hat mein Trainer mir erklärt. Passiert bei Wettkämpfen auch ziemlich häufig, da werden dauernd

Kämpfer erst blau und dann ohnmächtig. Ich drückte also ganz sachte und sah, wie Sandra eins realisierte, was geschah. Sie riss ihre Augen auf, voller Panik. Sagen konnte sie natürlich nichts mehr, so ohne Luft. Sandra zwei kapierte, was los war und begann zu kreischen. Sie sprang mir auf den Rücken und versuchte, mich von Sandra eins herunterzuziehen. Ich wartete noch zwei Sekunden, nur um zu zeigen, dass ich hier die Stärkere war, dann ließ ich los. Ich wollte ja nicht ernsthaft, dass Sandra eins ohnmächtig wird, sondern nur, dass sie weiß, dass ab jetzt nicht mehr alles durchgeht. Dann stand ich auf. Sandra eins begann zu husten und japsen, dann rappelte sie sich auf und begann zu heulen, sofort umringt von einer Traube Mädchen. Ich fing Merles Blick auf, die immer noch an der Wand bei ihren Klamotten stand. Sie schaute mich etwas verschreckt an. Just in dem Moment kam Frau Wagner durch die Tür, um uns zum Unterricht zu rufen. Und das war's dann, Minuten später saß ich mit den Sexy Sandras, Merle und Frau Wagner bei Frau Heller im Büro. Ich bekam sofort einen schriftlichen Verweis, wegen der Anwendung körperlicher Gewalt. Aber immerhin kriegten auch die beiden Sexy Sandras Verwarnungen. Ich weiß jetzt gar nicht, wie ich mich fühlen soll. Ich bin einerseits stolz auf mich und andererseits nicht. Hm.

Am schlimmsten war das alles, glaube ich, für meine Mutter. Sie zitterte richtig, als sie mich bei der

Direktorin abholen musste. Auf dem Rückweg musste ich mir dann wieder einen ellenlangen Vortrag anhören, über die tollen Möglichkeiten, die ich an meiner Schule hätte und die Wichtigkeit, diese auch zu nutzen. Da sagte ich: »Ich weiß ja nicht genau, was du früher alles so gemacht hast. Aber soweit ich verstehe, hast du dir auch nicht immer alles gefallen lassen. Manchmal muss man sich doch wehren.« Da sagte sie nichts mehr, sondern fuhr mich schweigend nach Hause. Nun habe ich zur Strafe die Auflage, dass ich an ihren freien Tagen zu ihr kommen muss, um mit ihr Chemie zu üben. Toll.

So, da bin ich wieder. Hat gerade geklingelt, Merle hat mir die Hausaufgaben gebracht, die muss ich leider trotzdem machen. Mal gucken, ob ich das wirklich tue, ich habe überhaupt keine Lust, jemals wieder zur Schule zu gehen. So wie mein Halbjahreszeugnis aussehen wird, wäre meine Versetzung eh gefährdet. Ich habe mir stattdessen vorgenommen, in den nächsten Tagen an meinem Kimura-Buch zu arbeiten. Am Freitag gehe ich mit Merle und ihrem Bruder dann auf eine Friedensdemo, gegen Atomkraft und die Chemiepolitik der Bundesregierung. Viel sinnvoller als Schule. Ich werde jetzt politisch, was sagst Du dazu?

Gleich kommt Sabine nach Hause und wir müssen los zum Flughafen. Ich mache lieber Schluss. Ich lege

Dir eine Weihnachtskarte für Oma Ursel bei und auch ein kleines Geschenk für Dich, es musste schön flach sein, damit Christa es in ihren BH oder ihre Strumpfhose gestopft kriegt. Kann sein, dass das erst nach Weihnachten ankommt. Aber vielleicht freust Du Dich ja trotzdem drüber. Wie Dein Weihnachtsfest wohl sein wird, mit Deinem nervigen Bruder? Ich kriege sicherlich erst mal auf den Deckel wegen des Schulverweises. Am ersten Weihnachtstag fliegen wir dann nach Hamburg zu meinen anderen Großeltern, darauf freue ich mich. Ich liebe die Elbe!

Schreib mir schnell wieder!
Deine Ines

Wilhelmsruh, 13.1.1989

Liebe Ines,

vielen Dank für die Kassette! Was für eine tolle Idee. Sie ist mein schönstes Weihnachtsgeschenk. Natürlich habe ich sie nicht mit unter den Tannenbaum gelegt, das ging ja nicht. Aber ich habe sie die ganzen Weihnachtstage leise vor mich hin gesummt. Deine Lieblingslieder gefallen mir richtig gut. Und einige

Bands kannte ich auch noch gar nicht. Die werde ich mal Armin und Kalle vorspielen. Finden die bestimmt auch super. Ich meine übrigens, dass Du echt das Zeug zur Radiomoderatorin hast. Deine Ansagen zwischen den Liedern waren echt witzig. Hast Du das von Deinem Vater?

Überhaupt: Wie ist das so, seit er wieder da ist? Verstehen sich Sabine und er noch? Die haben sich ja auch ganz schön lange nicht gesehen. Und Marion? Hast Du Dich mit ihr wieder vertragen? Fiese Geschichte, das mit dem Schulverweis. Aber ich kann gut verstehen, dass Du Dir das von den Sandras nicht länger gefallen lassen wolltest. Merle kann froh sein, so eine Freundin zu haben. Wie ist es denn jetzt so in der Schule? Sind die Lehrer irgendwie komisch zu Dir?

Ich kann mir vorstellen, dass es bei uns nicht einfach so weiterginge. Sieht man ja an Tina. In letzter Zeit fühlt sie sich immer weniger wohl. Neulich sagte sie mal, sie fühle sich, als würde sie nirgendwo mehr dazugehören. Als würde sie immer seltsam angesehen. Als wäre niemand mehr zu ihr so wie vorher (außer mir natürlich). Und als würde sie die Menschen um sich herum jetzt noch einmal neu kennenlernen.

Ich kann gut verstehen, was sie meint. Denn seit ihre Eltern den Ausreiseantrag gestellt haben, hat sie außer mir keinen Menschen mehr, dem sie vertraut. Kalle vielleicht noch. Ich habe ihr von dem Vorfall im

Büro des Direktors erzählt. Natürlich habe ich das. Sie hat mir die Ausrede mit der gestorbenen Großtante sowieso nicht geglaubt, denn sie weiß ja, dass ich gar keine Großtante habe. Tina war natürlich ganz schön besorgt. »Was, wenn diese Männer wiederkommen?« Ihre Mutter hat versucht, sie zu beruhigen. »Sie werden nicht wiederkommen. Ich habe den Eindruck, Julia hat ihnen eine sehr deutliche Antwort auf ihre Frage gegeben.«

Ich hoffe sehr, dass sie recht hat. Meinen Eltern habe ich nichts davon erzählt. Ich kann mir irgendwie nicht vorstellen, was dabei herauskommen soll. Von meinem Vater gäbe es sicher Hausarrest dafür, dass ich dem Staat nicht geholfen habe. Und dazu noch eine extralange Standpauke. Deren Inhalt kann ich mir auch alleine runterbeten: Es geht um Solidarität und Gemeinschaft. Man müsse einander helfen und damit eben auch dem Staat, der doch seinem Volk nur Gutes wolle. Und so weiter und so fort. Und am Ende würde er mir sicher damit drohen, dass es sich auch auf meine schulische Laufbahn auswirken könnte. Und Mutti – tja, die wäre sicher besorgt, weil ich gekotzt habe. Und über alles andere würde sie einfach nicht sprechen. Ich weiß ehrlich gesagt nicht, ob sie selbst nicht darüber sprechen will oder bloß Angst hat, dass mein Vater es hört. Also habe ich ihnen nichts erzählt. Aber Oma Ursel. Die hat gleich gesehen, dass mit mir etwas nicht stimmt. Komisch, oder? Dabei ist sie nicht mal meine richtige Oma, sondern Deine. Als ich an dem Tag nach Hause kam, humpelte sie gerade vor mir zu ihrer Wohnung und stützte den rechten Arm auf einen Gehstock. So hatte ich sie noch nie gesehen. »Was ist denn mit dir los?« Ich hielt ihr die Tür auf. »Ach, Julchen, ich hab mir ganz furchtbar den Fuß verstaucht, als ich die Gardinen abnehmen wollte. Ich bin von meinem Hocker gerutscht, und jetzt kann ich nicht mehr gut auftreten. Dabei müsste ich heute einkaufen gehen«, ächzte sie. »Das kann ich doch machen.« Sie lächelte erleichtert, gab mir ihren Einkaufsbeutel und zehn Mark und schickte mich zum nächsten **Konsum**. Als ich wiederkam, hatte sie mir schon einen großen Becher Kakao gekocht. Nachdem wir die Einkäufe im Kühlschrank verstaut hatten, stellte sie ein paar Kekse auf den Tisch. Dann setzte sie sich und schaute mich genau an. Ich hatte das Gefühl, dass sie mir sofort ansah, dass etwas passiert war. Ich erzählte ihr alles, von den Männern, von ihren Fragen und wohlmeinenden Worten, von dem Mülleimer, von Frau Letzke (meiner Heldin) und von Tina. Es sprudelte aus mir heraus, mir fielen Worte und Kekskrümel gleichzeitig aus dem Mund. Und als ich alles erzählt hatte, sackte ich auf dem Stuhl zusammen, als hätte ich einen schweren Rucksack abgesetzt. Oma Ursel sah mich an. »Das war sehr mutig von dir«, sagte sie. Ich selbst finde mich nicht besonders mutig. Sondern nur peinlich. Wie peinlich, vor allen Leuten in einen Mülleimer zu kotzen. Mutig wäre doch gewesen, laut

NEIN zu sagen. Aber das hatte ich nicht geschafft. Oma Ursel ist da anderer Meinung. »Es war mutig, nicht zu unterschreiben. Und es war mutig, Tina und mir davon zu erzählen.« So hatte ich es noch gar nicht betrachtet. »Weißt du, Julchen, nicht viele Menschen trauen sich, darüber zu reden, wenn ihnen so etwas passiert. Weil sie fürchten, dass die Leute auf sie herabblicken. Oder weil sie fürchten, dass die Leute dann nicht mehr mit ihnen reden wollen. Aber nur, wenn du darüber redest, entziehst du diesen Männern ihre Macht.« Das hatte ich erst nicht verstanden. Ich hatte eher Angst, dass die Männer mich dafür bestrafen würden, dass ich darüber geredet hatte. Wie konnte das etwas Gutes sein? »Wer redet, ist wertlos für die Staatssicherheit«, sagte Oma Ursel. Da war es, das Wort: Staatssicherheit. Aus Oma Ursels Mund klang es wie eine Gewissheit. Es war die Stasi, die mich einspannen wollte. Ich fühlte mich, als hätte mir jemand einen Eimer kaltes Wasser über den Kopf gegossen. »War es so auch bei Marion?«, fragte ich vorsichtig. »Ganz anders«, sagte sie. Dann lehnte Oma Ursel sich in ihren Sessel zurück und schaute mich lange an. »Willst du herausfinden, wie?« Ich wusste nicht ganz, was das zu bedeuten hatte und guckte sie über meine Kakaotasse fragend an. »Willst du für deine Freundin Ines herausfinden, wie ihre Mutter hier in der DDR gelebt hat?« »Klar«, sagte ich und erwartete, dass sie mir jetzt die Geschichte von Deiner Mutter erzählen würde. Aber das tat sie nicht. Sie lächelte nur geheimnisvoll und humpelte zur alten Kommode, auf dem ein Foto von Marion steht. Sie wuchtete die Schublade heraus und griff nach einem Stück Papier. Die Unterseite war lila geblümt. Ein Stück Schrankpapier. Auf der anderen Seite stand eine Adresse: Boxhagener Straße 34 in Friedrichshain. Ich zuckte zusammen. Da ganz in der Nähe war ich doch mit Kalle, Armin und Tina gewesen. Oma Ursel sagte: »Da haben Marion und ich früher gewohnt. In dem Haus gibt es einen Konditor, der die besten Schokoladenplätzchen backt. Einmal im Monat fahre ich hin und kaufe mir welche, aber jetzt – mit meinem Fuß – geht das nicht. Könntest du vielleicht für mich welche besorgen? Dann kannst du auch gleich sehen, wo Marion früher gewohnt hat und es Ines schreiben. Sie freut sich bestimmt.«

Tja, Ines, und das habe ich nun vor. Und ich bin sehr gespannt, was ich Dir danach berichten kann.

Bis bald also,
Julia

Kreuzberg, 30. Januar 1989

Liebe Julia,

ich bin so gespannt, was Du über Marion rausfindest. Du musst mir unbedingt als ALLERERSTES schreiben, was Du weißt. Mir erzählt meine Mutter ja nichts, je mehr ich nachbohre, umso weniger sagt sie. Sehr unbefriedigend. Und mir graut sowieso schon vor unserem nächsten Treffen.

Ich bin so froh, dass dieser Scheißmonat fast vorbei ist. Seit ich Dir das letzte Mal geschrieben habe, ist so viel Mist passiert wie in den ersten 14 Jahren meines Lebens nicht. Nicht dass ich mich an alles davon erinnere. Aber die letzten Wochen werden garantiert in mein Langzeitgedächtnis eingehen. Das Schlimmste zuerst: Papa und Sabine haben sich getrennt. Mein hirnverbrannter Vater hat mal wieder alles versaut und kapiert anscheinend noch immer nicht, was er angerichtet hat. Dann ist da noch die Scheißschule, zu der ich seit einem Monat nicht mehr hingehe. Und außerdem kann ich die nächsten vier Wochen kein Judo machen, weil ich mir den Fuß verletzt habe und nun humpele. Richtiger Mist.

Wo fange ich an? Mit Papa und Sabine. Ich hätte nie gedacht, dass es zwischen den beiden so schnell vorbei sein kann. Dabei war Weihnachten eigentlich noch schön. Mein Vater kam aus New York zurück und hatte jede Menge tolle Geschenke im Gepäck, ich bekam einen tragbaren CD-Player, drei CDs und einen super Judo-Bildband, Sabine einen Computer und eine Halskette von Tiffany's, die ich hässlich fand, aber Sabine ist durchgedreht vor Freude. Dazu noch lauter Baseballklamotten und natürlich ohne Ende amerikanische Süßigkeiten wie Reese's Erdnussbutterpralinen und Kaugummi in den merkwürdigsten Geschmackssorten, die wir dann im Wohnzimmer unter dem Tannenbaum durchprobierten, bis Sabine übel wurde. Ich stecke Dir ein paar in Deinen Brief, aber Achtung: Eine Sorte ist höllisch sauer.

Auch die Sache mit der Schulsuspendierung war kein Problem, mein Vater war noch in seinem »New York ist so toll und ich erlebe gerade die beste Zeit meines Lebens«-Film und konnte sich über gar nichts aufregen. Als ich ihm von meinem Streit mit den Sandras erzählte, hat er sogar gelacht! »Haben sie verdient«, sagte er. »Aber einmal reicht.« Am zweiten Feiertag sind Papa und ich für ein paar Tage nach Hamburg geflogen, zu meinen Großeltern Erika und Peter, die in der Nähe der Elbe in Ottensen wohnen. Wir sind am Hafen spazieren gegangen, haben Karten gespielt und wahnsinnig viel gegessen. Sabine konnte nicht mit, sie wollte ihre Familie in Frankfurt besuchen und unbedingt das neue Baby ihrer Schwester sehen. Du musst wissen: Sabine liebt Kinder über alles, insbesondere Babys. Wenn ich mit ihr und Jackie spazieren gehe, schaut sie in jeden Kinderwagen und sagt: »Süüüüüß.«

Die Probleme gingen erst am Silvesterabend los. Wir waren alle wieder in Berlin, Papa und Sabine hatten ein paar Freunde eingeladen. So eine Stunde vor Mitternacht fingen alle an, von ihren Wünschen fürs nächste Jahr zu reden. Ich natürlich nicht, ich hatte Merle zu Besuch und wir haben unser eigenes Ding gemacht: laut Musik hören, in meinem Zimmer tanzen, rumalbern, Essen vom Büfett wegschleppen. Aber ein bisschen zugehört haben wir doch. Als ich in die Küche ging, um Saftcocktails für Merle und mich zu mischen, hörte ich meinen Vater ganz laut sagen: »Mein Wunsch fürs nächste Jahr ist, dass Sabine und Ines mit mir nach New York ziehen. Ich wollte es eigentlich erst nach Mitternacht ankündigen, aber gut: Ich habe eine Vollzeit-Professur an der Columbia University angeboten bekommen. Im Sommer könnte ich anfangen.« Und dabei schaute er total stolz in die Runde. Alle klatschten und beglückwünschten ihn, außer Sabine, die völlig überrascht guckte. Mein Vater strahlte sie an: »Sabinchen, was sagst du … New York? Besser geht's doch nicht, oder?« Das war so typisch für meinen Vater. Er denkt immer, dass alle anderen genauso fühlen wie er … und wenn nicht, dann ist er ganz verwirrt. Ich gab Sabine keine Chance zu antworten. »Also, ich fahr schon mal nicht mit«, rief ich von der Küche aus. »Meinetwegen kannst du alleine nach New York ziehen. Icke bin Berlina.« Am liebsten hätte ich hinterhergerufen: Und Sabine bleibt auch hier. Was dann geschah, bekam ich aber nicht mehr mit. Ich knallte meine Zimmertür zu und kam nur kurz zum Anstoßen raus.

Aber am frühen Morgen, als alle weg waren und Merle längst auf meinem Ausziehsofa schnarchte, hörte ich ihren Streit. »Frank, du kannst doch nicht einfach erwarten, dass ich meinen Job schmeiße und dir hinterherziehe«, rief Sabine wütend. »Mein Leben ist doch hier. Und das deiner Tochter genauso.« »Mein Gott, Sabine, Dinge verändern sich«, hat mein Vater da ganz ruhig gesagt, »und so eine Professur an der Columbia, das ist eine unglaubliche Sache. Das ist die Chance meines Lebens. Du kannst da als freie Reporterin arbeiten, ist doch ein Traum! Und Ines wird sich an den Gedanken schon gewöhnen.« Ich konnte ihn durch die Tür nicht sehen, aber ich weiß genau, wie er aussah: gesenkter Kopf, flehentlicher Blick aus dunkelbraunen Augen, absolut herzerweichend. Die Frauen drehen durch, wenn er so guckt, ich kenne das ja schon. Aber Sabine ließ sich anscheinend nicht beeindrucken. »Mal ehrlich«, sagte sie ganz ruhig, »ich bin 32. Ich habe keine Lust, als dein Anhängsel durch die Welt zu gehen. Ich stelle mir unser Leben ganz anders vor. Ich will, dass wir eine richtige Familie werden. Ich will ein Kind mit dir und dass wir vier dann alle zusammen in Berlin bleiben.« Pause. Lange, lange Pause. Dann sagte mein Vater ganz klar und deutlich. »Auf keinen Fall, Sabine. Kein Kind. Ich habe Ines und bin sehr glücklich, dass ich sie habe. Aber noch mal das Ganze: nein.« Da wusste ich, dass es schlimm wird. Weil mein Vater richtig stur sein kann. Und Sabine unbedingt ein Kind will. Sie braucht ein Kind, das ist vollkommen klar. Mein Vater, Sabine, ich und ein Baby, das wäre echt schön. Eine richtige Familie. Eine Schwester habe ich mir schon immer gewünscht. Sobald sie laufen könnte, würde ich anfangen, sie im Judo zu trainieren. Wenn sie dann im Jahr 2016 bei den Olympischen Spielen antritt und die Goldmedaille gewinnt, wird sie sagen: Das alles verdanke ich meiner großen Schwester, die leider selbst nicht genug Talent hatte, aber mich hervorragend trainiert hat. Kleiner Scherz.

Aber daraus wird wohl nichts. Den ganzen nächsten Tag haben Sabine und mein Vater weitergestritten und am Abend haben sie beschlossen, sich zu trennen. Zwei Tage später ist mein Vater wieder abgeflogen. Sabine hat gesagt, sie bleibt noch bei mir wohnen, bis Papa aus New York zurückkommt, aber dann zieht sie aus. Sie kann nicht ihre »fruchtbaren Jahre« mit einem Mann verbringen, der kein Kind haben will, obwohl das ihr Lebenswunsch ist – genau so hat sie mir das erklärt. Ich bin richtig sauer auf meinen

Vater. Immer nur »ich, ich, ich«. Am liebsten würde ich mit ihr ziehen. Vielleicht kann Sabine mich ja adoptieren, dann bin ich meine blöden Eltern los.

Und dann ist ja auch noch die Kacke mit meinem Fuß passiert. Ich hatte Dir ja geschrieben, dass ich mit Merle auf eine Demo gehe. Und da waren wir auch, kurz vor Weihnachten haben wir auf dem Ku'damm gegen die Chemiepolitik der Bundesregierung demonstriert. Es ging um das Ozonloch, Merles absolutes Lieblingsthema, Du weißt schon. Ich habe inzwischen auch begriffen, was genau das Problem ist: Durch chemische Stoffe in Spraydosen und Kühlmitteln wird die Ozonschicht der Erde zerstört, also die unterste Schicht der Erdatmosphäre, die ungefähr 90 Prozent der Luft enthält. Das ist echt ein Problem, finde ich, ich würde ja gerne noch weiteratmen können, wenn ich alt bin. Außerdem kann durch das Loch in der Ozonschicht die Sonneneinstrahlung nicht gut gebremst werden und bald holen wir uns alle Monster-Sonnenbrände. Die Industrie sieht das aber anders, sie möchte ihre Spraydosen produzieren und damit schön viel Geld verdienen.

Also haben wir auf der Demo ordentlich Stress gemacht. Wir waren ungefähr fünfhundert Leute und sind mit Transparenten und Trillerpfeifen den Ku'damm runtergelaufen. Am Anfang war noch alles ganz friedlich, aber dann kamen wir bei der Firmenzentrale eines großen Kosmetikkonzerns an. Das war wahrscheinlich kein Zufall. Und da sind einige Demonstranten etwas ausgetickt. Erst haben sie Farbbeutel auf das Haus geworfen, ganz vorne dabei war Merles Bruder Jan, er ist 17 und ziemlich drin in der Umweltaktivisten-Szene. Ich glaube, er macht das professionell, zur Schule geht er jedenfalls nicht so oft. Und dann haben einige Idioten angefangen, Autoscheiben einzuschlagen. Das waren echt nur eine Handvoll schwarz gekleideter Typen, aber natürlich hingen wir alle mit drin. Innerhalb weniger Minuten war die Polizei da und hat uns eingekesselt. Keiner kam mehr raus, die Polizisten haben einen Ring um uns gezogen und sind rein und haben zwischendurch ziemlich brutal Leute rausgeholt. Das hat einige Typen noch mehr angestachelt, sie sind auf die Polizisten losgegangen. Merle und ich waren mittendrin, wir hatten richtig Schiss.

Und dann kam plötzlich eine weiße Dunstwolke auf uns zu und alle haben panisch geschrien »Achtung, Tränengas, Tränengas«. Die erfahrenen Demonstranten haben sich sofort Tücher vor den Mund gebunden und manche haben sich sogar Schweißerbrillen aufgesetzt – sah richtig Scheiße aus – aber Merle und ich hatten ja keinen Plan. »Wir müssen raus«, hat Merle da gesagt und mich in die entgegengesetzte Richtung der Wolke geschubst. Da fingen unsere Augen schon an zu tränen und wir mussten husten. Ich konnte fast nichts mehr sehen. Wir sind dann blind nach vorne gestürmt und etwas hat mich am Kopf getroffen. Keine Ahnung, was es war, vielleicht eine Flasche. Ich bin sofort gestürzt und dabei fies umgeknickt, es tat wahnsinnig weh. »Geht's?«, hat Merle mich besorgt gefragt, aber da lief mir auch schon Blut übers Gesicht und ich konnte nicht mehr auftreten. Ein jüngerer Polizist hat das gesehen und uns rausgeholfen. Gleich am Rand parkte vorsorglich ein Krankenwagen und die haben mich dann gleich mitgenommen. »Du bist ja noch ein Kind«, hat der Sanitäter, so ein dickbäuchiger älterer Typ, gesagt. »Dass deine Eltern zulassen, dass du in so eine Situation gerätst.« Oh Kacke, dachte ich da, meine Mutter.

Wegen der Platzwunde am Kopf musste ich eine Nacht im Krankenhaus bleiben. Aber viel schlimmer war, dass ich mir den Knöchel angebrochen habe. Der Gips ist nun zwar ab und ich kann auch wieder locker durch die Gegend humpeln, aber Sport darf ich frühestens in einem Monat wieder machen. Wieder kein Judo also. Und meine Mutter ist komplett durchgedreht. Sie hat in ihrem Job alles stehen und liegen lassen und ist sofort ins Krankenhaus. Sie war panisch und musste mich erst mal von oben bis unten untersuchen, bis sie sich versichert hatte, dass ich doch nicht tot bin. Ich kenne jetzt alle neurologischen Tests. »Mach so was nicht noch mal, Ines«, hat sie an meinem Bett gesagt und mich obereindringlich angeguckt. »Es ist kein Spaß, sich mit der Polizei anzulegen. Ich möchte nicht, dass du in Schwierigkeiten gerätst.« Ich habe nur stumm genickt, aber das heißt ja nicht, dass ich es nicht noch mal mache.

Ich glaube, ich bin gerade ihr fleischgewordener Albtraum. Auch wegen der Schule, ich gehe ja fast nicht mehr hin. Im Halbjahreszeugnis steht wahrscheinlich eh, dass ich die Versetzung nicht schaffe, also sehe ich keinen Sinn, regelmäßig aufzutauchen. Ich hatte die ersten zwei Januarwochen ein Attest wegen meines Knöchels, da durfte ich also schon mal zu Hause bleiben. Dann habe ich mich auch noch die restliche Woche krankgemeldet. Magen-Darm, hab ich gesagt. Sabine hat das noch nicht so richtig spitzbekommen, sie ist ja meistens vor mir weg und nach mir da. Schwieriger war es diese Woche, da bin ich auch nicht hin, habe mich aber nicht krankgemeldet. Heute Vormittag hat andauernd das Telefon geklingelt, das war bestimmt die Schule. Es kann nicht mehr lange dauern, bis irgendjemand auf die Idee kommt, meine Mutter anzurufen. Garantiert will sie auch bald mein Zeugnis sehen. Das wird noch Ärger geben. Immerhin arbeite ich aber jeden Tag an meinem Kimura-Buch, ich bin schon auf Seite 60.

Eben hat Christa angerufen. »Du armes Kind, wenn's kommt, dann kommt's aber auch dicke«, hat sie am

Telefon gesagt, als ich ihr alles erzählt habe. Sie besucht mich morgen auf dem Weg zu Oma Ursel und nimmt dann meinen Brief an Dich mit. Hoffentlich bringt sie selbst gebackene Mandelkekse mit, macht sie immer, wenn ich krank bin. Manchmal hat sie auch welche für Oma Ursel dabei! Dann kriegst Du bestimmt auch einen. Sonst würde ich an Deiner Stelle mal gezielt danach fragen. Übrigens hat sie mir erzählt, dass Du vor vier Tagen Geburtstag hattest! Herzlichen Glückwunsch nachträglich, meine allerliebste Brieffreundin, nur noch zwei Jahre, dann bist Du erwachsen und kannst endlich tun, was Du willst. Mehr oder weniger jedenfalls! Ich humpele gleich noch los, um Dir ein Geschenk zu besorgen, ich weiß auch schon, was!

So, es tat gut, das alles aufzuschreiben! Vielleicht höre ich ja bald wieder von Dir. Ein bisschen Mitleid kann gerade nicht schaden.

Liebe Grüße über die Mauer,
Ines

Liebe Ines,

in meinem Kopf prickelt alles, und ich weiß nicht, ob
das von den extrasauren Kaugummis aus Deinem
Brief kommt, die mir fast die Zunge zerfetzt haben
(danke dafür!), dem Foto vom Michael-Jackson-Konzert (super Geschenk!) oder von all dem, was Du mir
geschrieben hast. Mensch Ines, was ist da nur los
bei Dir? Ich komm gar nicht hinterher. New York?!
Was sollst Du denn in New York? Was für ein Egoist.
Sabine ist er wohl los, was? Oh Mann ... vertrackte
Situation. Du solltest mal zu Oma Ursel auf einen
Kakao rüberkommen. Die rückt die Welt immer so
schön wieder grade. Weiß auch nicht genau, wie sie
das macht. Aber wenn ich von ihr die paar Treppen zu
mir nach Hause gehe, geht es mir immer viel besser.
Vielleicht sind Eltern auch einfach nicht die richtigen
Leute, um über Probleme zu reden. Sie beziehen irgendwie immer alles auf sich. Und wenn Dein Vater
wirklich nach New York geht? Wohnst Du dann doch
bei Marion? Ich weiß, ich weiß, vermutlich hast Du auf
all meine Fragen auch noch keine Antwort, und es hilft
nicht gerade, wenn ich auch noch blöde Fragen stelle.

Aber jetzt im Ernst: Ich hatte Dir doch geschrieben,
dass Oma Ursel sich den Fuß verknackst hat und mich
zur ihrem Lieblingskonditor geschickt hat – wegen

der guten Plätzchen. Vorher hat sie mir noch etwas zu viel Geld ins Portemonnaie gesteckt. Damit ich mir auch eine Tüte von den Plätzchen kaufen konnte. »Als Reiseproviant«, sagte sie und zwinkerte mich so geheimnisvoll an. Aber erst, als ich den Laden gefunden, zwei Tüten Plätzchen bestellt hatte und das Geld herausziehen wollte, fiel mir ein lila geblümter Zettel vor die Füße. Den musste Oma Ursel mir heimlich zwischen die Falten des Scheins gesteckt haben. Was sie wohl noch alles auf ihr Schrankpapier schreibt? Ich hob ihn schnell auf, steckte ihn die Tasche und bezahlte. Als ich vor die Tür trat, faltete ich ihn vorsichtig auseinander. »Klingel bei Rebmann, 2. Hinterhof, links«, stand darauf. Mehr nicht. Na toll. Ein kleines bisschen mehr Information hätte nicht geschadet. Man kann doch nicht einfach bei irgendwem klingeln und sagen: Guten Tag, ich bin Julia.

Doch, kann man. Zumindest hab ich es getan. Agnes Rebmann wohnte in dem Haus, in dem auch Oma Ursel und Marion früher gewohnt haben. Ein ziemlich bröckliges altes Haus, das vermutlich von dem Zuckerguss zusammengehalten wird, den der Konditor in seinem Ladengeschäft täglich produziert. Der Duft von warmen Plätzchen zieht durchs Treppenhaus. Die Haustür stand offen. Also ging ich erst mal hinein, ohne zu klingeln und erwartete jeden Moment einen Hausbuch-Krause, der fragt, zu wem ich will. Aber entweder gibt es den hier nicht oder er war gerade einkaufen. Die Tür zum Hinterhof stand ebenfalls offen. Ich lugte hindurch, sah aber nichts außer ein paar Fahrrädern. Es schien, als wäre niemand im ganzen Haus zu Hause. Kurz verließ mich der Mut, als plötzlich hinter mir jemand fragte: »Suchst du jemanden?« Mannometer, hab ich mich erschreckt. Die Frau hatte lange blonde Haare. Nicht so schick wie Deine Sabine, eher wie mehrere Pakete viel zu lange Nudeln, die ihr vom Kopf herunterhingen. Aber sie lächelte freundlich. »Ich ... Ich ... Ich suche Frau Rebmann«, stotterte ich. »Da hast du aber Glück«, sagte die Frau. »Ich bin Agnes Rebmann. Kennen wir uns?« »Nein,« sagte ich, »aber Oma Ursel schickt mich. Also, Ursel, die hier früher gewohnt hat. Mit ihrer Tochter. Marion.«

»Ursel? Das ist ja eine Überraschung. Ist das lange her«, sagte Agnes Rebmann. »Ach, willst du vielleicht kurz reinkommen? Ich muss jetzt dringend mal diese Taschen loswerden.« Ich nickte. Drinnen stellte sie die Einkäufe in der Küche ab, und wir setzten uns auf ein Sofa mit großen Blumen. Und dann musste ich erstmal erzählen. Wie es Ursel geht, woher ich sie kenne und warum sie nicht selbst gekommen ist. Und dann fragte sie: »Und warum hat sie dich zu mir geschickt?« Ich musste mir etwas ausdenken. Ich konnte ja schlecht von Dir erzählen. Und von unseren Briefen. Einfach so. Also sagte ich, dass Oma Ursel immer so gern von früher erzählen würde und da wollte sie mir mal zeigen, wo sie früher gewohnt hat. »Na, und weil sie sich nun den Fuß verknackst hat, hat sie mich wohl zu Ihnen geschickt. Waren Sie befreundet?« Agnes Rebmann grinste. »Immer noch die alte Ursel«, murmelte sie. »Ich war Marions beste Freundin«, erzählte sie.

»Dann vermissen Sie sie bestimmt sehr«, sagte ich.

»Ja. Manchmal möchte ich ihr schreiben, aber ich weiß ja, dass sie das nicht will. Sie hat hier mit allem abgeschlossen.«

Kurz hatte ich das Gefühl, als sei Agnes Rebmann eine ähnlich verschlossene Dose wie Marion. Dann sagte sie: »Wir kannten uns seit dem Kindergarten. Damals sind meine Eltern mit mir hergezogen und Ursel und Marion wohnten auf demselben Stockwerk. Was Schöneres gibt es überhaupt nicht – eine Freundin im selben Haus, auf demselben Stockwerk. Wir mochten uns sofort. Marion wusste schon damals genau, was sie wollte und war immer viel mutiger als ich. Ich hab mich fast nie irgendetwas getraut. Aber Marion musste immer alles ausprobieren. Vor allem das, was verboten war. Ein paarmal musste Ursel böse Briefe aus der Post fischen. Von der Schule. Und einmal wurde sie sogar zum Rektor zitiert. Ich war immer sehr stolz auf Marion. Weil sie immer sagte, was sie dachte und irgendwie vor nichts Angst hatte. Und Ursel – die hat sie immer in allem unterstützt.«

Ich war ziemlich geplättet – irgendwie klang das alles so anders als das, was Du mir von Marion bisher geschrieben hast. »Ich mochte sie immer. Auch, als sie es irgendwann übertrieb mit ihrem Protest.«

»Was heißt denn das? Hat sie was Verbotenes getan?«

»Sie war so furchtbar wütend, weißt du? So wütend auf alles und jeden. Manchmal sogar auf mich. Wenn irgendjemand sie an etwas hindern wollte, konnte sie fuchsteufelswild werden. Ich habe immer versucht, sie ein bisschen zu beruhigen. Es ist ja nicht alles verkehrt hier bei uns. Aber Marion war da anderer Meinung.«

»Was hat sie denn so wütend gemacht?«

»Na, alles eben. Die Schule, die Lehrer, ihre Mutter und irgendwann der ganze Staat. Und dann – eines Tages – hatte sie neue Freunde. Die waren eher so wie sie. Wenn sie sich mit denen traf, wollte sie mich meistens nicht dabeihaben. Über die hat sie dann auch den Uwe kennengelernt – ihren Freund.« Agnes Rebmann holte uns ein Glas Wasser. Dann erzählte sie weiter. »Naja, und dieser Uwe, der hat sie so richtig mitgerissen. Sie ist auf Partys gegangen, die es eigentlich nicht geben durfte. Manchmal hat sie mir noch davon erzählt. Dann bin ich zum Studieren nach Leipzig gegangen. Einmal noch, als ich meine Eltern hier besucht habe, habe ich sie gesehen. Da war sie gerade schwanger. Später, als mein Vater gestorben war und meine Mutter krank wurde, bin ich dann wieder hier in die Wohnung gezogen. Da war Marion aber schon längst weg.«

Ich schluckte. »Marion war schwanger? Und wo ist das Kind jetzt?«

»Das weiß ich nicht. Bei ihr vermutlich. Aber wer weiß, ob sie es jemals bekommen hat. War ne wilde Zeit, damals.«

Ich sah auf die Uhr. Draußen war es bereits dunkel geworden. Meine Eltern würden sicher gleich zu Hause sein. Ich musste los. »Vielen Dank, Frau Rebmann. Das war wirklich nett, dass Sie Zeit für mich hatten und mir so viel erzählt haben, aber ich muss jetzt schnell nach Hause.« Sie lächelte. »Schön, dass du vorbeigekommen bist und mich an die alten Zeiten erinnert hast. Weiß Ursel denn, wie es Marion geht?«

»Nein. Marion möchte das wohl nicht. Sagen Sie, dieser Uwe ... wohnt der noch in Berlin?«

Agnes Rebmann zuckte die Schultern. »Das weiß ich nicht. Ich habe ihn aber mal mit Marion zusammen besucht. Bei seinen Eltern im Garten. Soll ich dir die Adresse geben?«

Ich nickte. Dann stand sie auf, schrieb etwas auf einen Zettel und gab ihn mir. »Uwe Meier« stand darauf. Und eine Adresse. »Vielleicht kann er dir mehr erzählen.« Ich bedankte mich, versprach, Ursel schöne Grüße zu bestellen und stürzte die Treppen hinunter, durch den Hinterhof und zur Tür hinaus. Gerade noch rechtzeitig zum Abendbrot traf ich zu Hause ein. Mirko hatte schon auf mich gewartet. Aber es schien diesmal nicht ums Tischdecken zu gehen.

»Na, Schwesterchen« grinste er. »Bisschen spät dran heute? Was hast du denn da?« Mist. Ich hatte vergessen, Ursel ihre Kekse zu bringen. Ich hatte sie noch immer in der Hand. »Geht dich gar nichts an«, fauchte ich und schob ihn zur Seite. »Heimlichkeiten?«

»Geh zur Seite, Mirko. Du nervst.«

Als ich in mein Zimmer kam, traute ich meinen Augen nicht. Auf meinem Bett lag ein Umschlag von Dir. Schnell schob ich ihn unter mein Kopfkissen. Aber Mirko hatte ihn natürlich längst gesehen und selbst dort hingelegt. »**Westkontakte**, was? Bin gespannt, was unser Vater davon hält, wenn er es erfährt.«

»Mirko, halt ja die Klappe«, sagte ich. »Na klar«, sagte er, »Ehrensache. Aber das kostet dich was.«

»Wie bitte?!«

»Sagen wir: dein halbes Taschengeld bis ans Ende deines Lebens?«

»Du spinnst ja! Pluster dich bloß nicht so auf.« Aber mir war klar, dass er mich in der Hand hatte. Wenn mein Vater erfahren würde, dass ich mir heimlich mit Dir Briefe schreibe, würde er durchdrehen.

Mirko setzte sich auf mein Bett. »Wie du willst…«

»Du Assel« zischte ich. »Einverstanden. Aber ab jetzt hast du Hausverbot in diesem Zimmer.«

Er grinste blöde und verzog sich. Ich muss ab jetzt noch viel vorsichtiger sein. Deine Briefe werde ich jetzt woanders verstecken. Ich schreibe Dir lieber nicht, wo.

Aber viel wichtiger ist: Wir müssen unbedingt herausfinden, was mit diesem Baby passiert ist. Du hast vielleicht einen Bruder oder eine Schwester!

Gleich Morgen muss ich mit Ursel darüber sprechen. Es kann doch nicht sein, dass sie nichts darüber weiß.

Bis bald,
Deine Julia

Kreuzberg, 10. März 1989

Liebe Julia,

ich habe Deinen letzten Brief nun schon einige Tage auf meinem Schreibtisch liegen. Jeden Tag habe ich draufgeglotzt, konnte aber noch nicht zurückschreiben, weil ich erst ein paar wichtige Dinge herausfinden musste. Ich war ganz schön aufgeregt nach Deinem Brief. Ich dachte schon, irgendwo in der Welt läuft ein Bruder oder eine Schwester von mir herum. Ich musste erst mal Marion dazu interviewen. Ihr gefiel das alles natürlich überhaupt nicht. Sie will die Vergangenheit ja lieber »ruhen lassen«, bla bla bla. Inzwischen weiß ich mehr darüber. Aber ich muss alles der Reihe nach erzählen, sonst komme ich durcheinander.

Mit Marion zu sprechen war für mich nicht so einfach. Wir hatten nämlich eine ziemlich lange Funkstille. Ich glaube, Dein letzter Stand war, dass ich nicht mehr zur Schule gehe. Das ist immer noch so. Nur gehe ich jetzt ganz offiziell nicht mehr zur Schule. Herr Abramowitsch hat mich nämlich besucht, an einem Donnerstag vor ungefähr drei Wochen. Das war vielleicht ein Schock. Sabine und ich saßen gerade beim Abendessen, als es an der Tür klingelte. Ich dachte, das sei wieder der gut aussehende Physikstudent aus der WG über uns, Martin, der sich dauernd Spülmittel oder den Quirl oder eine Bohrmaschine leihen will. Irgendwas braucht der immer, wahrscheinlich steht er heimlich auf Sabine. Ich bin also zur Tür und falle fast um vor Schreck, als plötzlich Herr Abramowitsch dasteht. In meinem Treppenhaus. In denselben Cordhosen und demselben geringelten Wollpulli, den er auch in der Schule immer trägt.

»Ines«, sagt er ganz freundlich, »da bist du ja. Ich habe mir schon Sorgen gemacht. Sind deine Eltern da?« Ich schüttelte den Kopf. Streng genommen stimmte das ja. Aber bei der fremden Stimme wetzte leider gleich Jackie kläffend um die Ecke und sofort war auch Sabine an der Tür. Abramowitsch lächelte sie knapp an. »Darf ich reinkommen?« Sabine warf mir einen fragenden Blick zu. »Das ist mein Deutschlehrer«, erklärte ich. Sie bat ihn ins Wohnzimmer und Abramowitsch ließ sich sofort auf unser Sofa plumpsen. Er schaute sich interessiert um. Ich musste Jackie die ganze Zeit am Halsband halten, damit er nicht zu ihm hinlief und ihm im Schritt herumschnüffelte, das macht er ja gern bei fremden Männern. »Ich bin nicht die Mutter«, sagte Sabine vorsichtshalber, »ich wohne nur bei Ines, solange ihr Vater beruflich unterwegs ist. Worum geht es denn?«

Abramowitsch atmete tief ein und guckte mir superernst in die Augen. »Ines«, sagte er schon wieder, »ich würde gern wissen, warum du seit einem Monat nicht mehr in die Schule gehst und trotzdem hier quietschfidel auf dem Sofa sitzt.« Sabine schaute Abramowitsch verständnislos an. Dann schien der Groschen bei ihr zu fallen. Sie drehte sich zu mir um. »Warst du nicht in der Schule?«, fragte sie mich. Autsch, das tat ziemlich weh. Ich hatte sie nicht anlügen wollen. Deswegen hatte ich immer, wenn sie mich fragte, wie es in der Schule gewesen war, gesagt: »Ach, Schule ist doch immer scheiße.« Aber ich hatte ihr auch nicht gesagt, dass ich nicht mehr zur Schule gehe. Und Sabine hatte nichts kapiert.

»Oh ja, Ines geht schon seit Januar nicht mehr zur Schule«, sagte Abramowitsch zu Sabine und nickte ausdauernd. »Erst war sie ja krankgeschrieben und dann ist sie einfach nicht mehr gekommen. Was ist los, Ines? Warum kommst du nicht mehr?« Ich hatte Panik und dachte kurz darüber nach, zu flüchten. Aber dann sah ich Sabines erschrecktes Gesicht und beschloss, ehrlich zu sein. »Weil ich die Schule hasse«, sagte ich, »Ich hasse Physik, ich hasse Chemie, ich hasse Mathe. Ich hasse Frau Achilles und ich hasse es, mit meiner Mutter zu lernen. Ich hasse die Mädchen in meiner Klasse, bis auf Merle. Ich gehe nicht mehr hin, auf keinen Fall. Sie können mich nicht zwingen. Da können Sie absolut nichts machen.« So, es war raus. Ich hatte ein bisschen Angst vor meinem eigenen Mut, fühlte mich aber auch erleichtert. Sabine schaute entsetzt, Abramowitsch war jedoch erstaunlich entspannt. Er nahm einen Schluck aus seinem Wasserglas. »Hasst du auch Deutsch?«, fragte er. »Nein, Deutsch nicht«, sagte ich. Er sah ein bisschen erleichtert aus. Doch dann wurde er wieder ernst. Er legte mein Halbjahreszeugnis auf den Tisch und ich sah auf den ersten Blick, dass ich in Mathe eine Vier und Chemie und Physik jeweils eine Fünf hatte. Aktueller Stand: keine Versetzung.

»Ines, das hier sieht nicht so gut aus«, sagte er und wedelte mit seiner Hand Richtung Zeugnis, »aber trotzdem ist das kein Grund, nicht zur Schule zu gehen. Erstens, weil Schulpflicht besteht. Und zweitens, weil man schlechte Noten auch im zweiten

Halbjahr noch ausbügeln kann. Da gibt es bestimmt eine Menge Leute, die dir dabei helfen würden.« Ich schüttelte wieder den Kopf. Er guckte mich lange an und dachte nach. Dann seufzte er leise.

»Na gut«, sagte er, »ich bespreche das mal mit deinen Eltern. Wir müssen alle zusammen überlegen, wie wir weitermachen. Du auch. Okay?« Er nickte Sabine zu, die irritiert zurücknickte. Dann schüttelte er uns beiden die Hand. An der Tür drehte er sich noch mal um. »Ach, ich habe noch eine kleine Hausaufgabe für dich. Du hast ja jetzt viel Zeit. Schreib bitte einen Text. Irgendwas: Erzählung, Roman, philosophischer Aufsatz, was auch immer dich interessiert. Nicht unter zehn Seiten. Schick ihn mir einfach in die Schule, ich sammele gerade Texte für einen Schülerwettbewerb und da hatte ich voll auf dich gesetzt.« Ich nickte stumm. Dann war er auch schon weg. Und ich alleine mit Sabine, der ich alles noch mal von vorne erklären musste. Das Schlimme war, dass sie mir keine großen Vorwürfe machte, sondern vor allem sich selbst. Dabei konnte sie ja überhaupt nichts dafür. Als ich im Bett war, rief sie meinen Vater an, was mich überraschte, weil die beiden ja eigentlich nicht mehr miteinander sprachen.

Doch der echte, richtig schlimme Alarm kam am nächsten Tag. Marion stand plötzlich vor der Tür, Abramowitsch hatte sie wohl angerufen. Sie war richtig blass vor Zorn. Zeit für eine Begrüßung hatte sie nicht. »Bist du wahnsinnig?«, rief sie. »Nicht zur Schule zu gehen? Was willst du denn machen mit deinem Leben ohne Schulabschluss? Warum hast du mir nichts gesagt?« Es ging weiter und weiter und weiter. Ich brauchte gar nichts zu sagen. Irgendwann sank sie auf den Küchenstuhl. »Ich verstehe das einfach nicht«, sagte sie matt. »Ich habe so gekämpft dafür, um lernen und studieren zu können. Und du ... du bist einfach so undankbar für alles.« Da reichte es mir. Ich zog meine Jacke und Schuhe an, nahm Jackie an die Leine, schnappte mir mein Portemonnaie und meinen Schlüssel und ging. Ich war drei Stunden unterwegs, streifte durch die Stadt und wusste nicht, wohin. Als ich schließlich in der Dämmerung nach Hause kam, war sie weg.

Und dann klingelte Gott sei Dank das Telefon. Merle war dran und fragte mich, ob ich Lust hätte, am nächsten Morgen mit auf eine Anti-**AKW**-Demo nach Bayern zu fahren. In Nordbayern gibt es so ein Dorf, Wackersdorf, in dem eine Wiederaufarbeitungsanlage für **Atommüll** gebaut werden soll. Also eine Anlage, in der Atommüll aus Atomkraftwerken zu Plutonium aufbereitet werden soll, ein richtig giftiger Stoff, der dann in Atombomben eingebaut wird. Die Bewohner sind alle dagegen, schließlich strahlt das Zeug wie verrückt. Du erinnerst Dich ja, was vor drei Jahren in **Tschernobyl** passiert ist. Ich sagte sofort zu. Abhauen, das kam mir wie gerufen. Ich legte für Sabine einen Zettel auf den Küchentisch, »Schlafe bei Merle«, und fuhr dann zu Merle. Aber ich vergaß dazuzuschreiben, dass ich das Wochenende in Bayern und erst am Sonntag wieder zu Hause sein würde. Vielleicht war es mir auch ein bisschen egal. Jedenfalls war unsere kleine Reise ziemlich cool. Wir fuhren Samstagfrüh mit einem Reisebus mit bestimmt fünfzig anderen Demonstranten los und nahmen mit Tausenden Menschen an dieser riesigen Demo teil. Sie war viel friedlicher als die Demo in Berlin. Vormittags gab es Kundgebungen von Umweltschützern und nachmittags spielten sogar ein paar Bands. Ey, die Leute haben sogar getanzt! Nachts fuhren wir mit dem Bus zurück und hauten uns gleich bei Merle aufs Ohr. Als ich dann Sonntagmittag zu Hause ankam, gab es richtig Ärger. Ich hatte Sabine noch nie schreien hören, aber nun war es so weit. Ich bekam richtig auf den Deckel von ihr und zur Strafe muss ich nun jeden Tag Abendessen kochen, eine andere Strafe fiel ihr auf die Schnelle nicht ein. Sie hatte sich Sorgen gemacht, weil sie bei Merle niemanden erreichen konnte. Ich musste ihr versprechen, nie wieder wegzufahren, ohne Bescheid zu geben.

Damit sie mich besser unter Kontrolle hat, muss ich nun ein Praktikum in ihrem Radiosender machen. Ich bin jetzt schon seit ein paar Tagen dabei und durfte in dieser Zeit den Veranstaltungskalender pflegen, Kaffee kochen, beim Kopieren helfen und einmal einen kurzen Beitrag einsprechen. Es ist ziemlich langweilig, aber immerhin besser als Schule. Wahnsinn, wie viele alte Männer mit Bierbäuchen in der Sportredaktion arbeiten, ich hätte gedacht, Sportredakteure wären sportlich, wie Sabine. Nächste Woche darf ich endlich mal mit auf eine Recherche, irgendwas mit Fußball. Und: Nächste Woche beginnt auch meine Psychotherapie. Die Schule hat darauf bestanden, dass ich zu einer Therapeutin gehe, um meine »Schulangst« zu überwinden und über meine Probleme zu sprechen. Was soll ich der denn sagen: Meine Eltern nerven, die Schule ist beschissen und ich bin nutzlos in Mathe, Physik und Chemie? Das weiß ich auch selbst. Mein Vater muss dafür sogar extra anreisen. Er muss mit Marion nämlich auch zu dieser Therapeutin.

Immerhin habe ich mein Kimura-Buch beendet. Okay, es ist keine 500-Seiten-Huldigung mit Hochglanzfotos geworden, wie ich es eigentlich vorhatte, sondern nur ein geheftetes Bändchen von 80 A4-Seiten mit ein paar Bleistiftskizzen, die Stefan beigesteuert hat. Aber: Ich habe Kimuras Lebensgeschichte erzählt und seine Kampftechniken dargestellt, was nicht einfach war, weil es kaum Bücher über ihn gibt und ich ja leider kein Japanisch kann. Die meisten seiner Techniken musste ich mir aus uralten Judoheften raussuchen und beim Training an Stefan ausprobieren, um zu kapieren, wie sie gehen. Ich habe ein Exemplar gestern an Herrn Abramowitsch geschickt, ich sollte ihm ja einen Text schicken. Dir würde ich das Manuskript auch gern senden, aber ich glaube nicht, dass Christa mich 80 Seiten in ihren BH stopfen lässt. Ich bringe es Dir mit, wenn ich volljährig bin, okay? Dann kann Marion mich nämlich nicht mehr davon abhalten, Ostberlin zu besuchen.

Ach ja, Marion. Als ich Deinen Brief bekam, rief ich sie sofort an und fragte, ob ich vorbeikommen könne. Sie freute sich, von mir zu hören. Sie hatte nämlich schon drei oder vier Nachrichten für mich hinterlassen, mit verlockenden Angeboten wie »Ich würde gern morgen mit dir Eis essen« oder »Möchtest du am Wochenende mal mit mir in den Zoo gehen?« Als ich ankam, hatte sie schon Tee gekocht und saß erwartungsvoll auf dem Sofa. Sie hoffte bestimmt, dass wir uns wieder vertragen würden. Ich setzte mich auf einen Sessel, möglichst weit weg von ihr. Erst wusste ich gar nicht, wie ich anfangen sollte, aber dann beschloss ich, nicht lange herumzufackeln. »Marion, habe ich Geschwister?« Sie schaute mich irritiert an. »Was?« Ich zögerte. »Ich habe gehört, dass du vor mir schon mal schwanger warst. Vielleicht habe ich ja eine Schwester oder einen Bruder, von denen ich nichts weiß.« Sie wurde ganz starr. »Woher weißt du das?« »Ich weiß es halt.« »Von wem?« Ich wusste nicht, was ich sagen sollte. »Du kannst es nur von Ursel wissen. Schnüffelt sie wieder in meinem Leben herum?« Ich sagte lieber gar nichts. Ich wollte Dich ja nicht erwähnen. Auch sie schwieg, ziemlich lange. »Bist du deshalb hier?« Ich nickte. »Gut. Ja, ich war mal schwanger. Aber ich habe das Kind verloren. Ich wünsche dir, dass du so was nie erleben musst. Ich will auch nicht mehr daran denken, sonst träume ich wieder davon.«

Sie sah mich an, fast flehentlich, irgendwie tat sie mir sogar ein bisschen leid. »Lass mich in Ruhe mit deinen Nachforschungen, Ines. Das bringt uns nirgendwohin. Ich bin froh, dass ich hier bin. Und ich will nur noch nach vorne schauen.« Dann sagte sie nichts mehr, sondern blieb mit geschlossenen Augen auf dem Sofa sitzen, ganz still, wie eingefroren. Nach vorne schauen geht definitiv anders. Irgendwas in mir wurde ein bisschen traurig, ich wollte sie gern trösten, wusste aber nicht, wie, und außerdem wäre mir das auch peinlich gewesen, wir fassen uns ja nie an. Eine ganze Weile blieb ich noch unschlüssig in ihrem Wohnzimmer sitzen. Dann stand ich auf und ging. Und dachte, dass das, was die Spaghetti-Haar-Frau über Marion gesagt hat, diese Agnes Rebmann – dass Marion immer sagt, was sie denkt und irgendwie vor nichts Angst hat –, nicht mehr stimmt. Meine Mutter sagt nicht, was sie denkt. Und sie hat immer Angst.

Trotzdem: Mach weiter. Ich bin gespannt, was dieser Uwe Dir erzählt. Und pass auf, dass Dein bescheuerter Bruder Dich nicht erwischt.

Bis bald, Deine Freundin
Ines

Wilhelmsruh, 15.4.1989

Liebe Ines,

in meinem Kopf dreht sich alles, und ich möchte gar nicht wissen, wie es in Deinem aussieht, wenn Du diesen Brief gelesen hast. Aber vermutlich dreht sich bei Dir eh schon alles. Nicht zur Schule gehen und dann noch der Stress mit Marion. Kommt Dein Vater jetzt vielleicht mal nach Hause? Oder was muss eigentlich passieren?

Komisch auch, dass das bei Euch geht – nicht zur Schule gehen. Hier ginge das keinen Tag. Meine Eltern würden da natürlich auch nicht mitmachen. Ich bekäme die Predigt meines Lebens von meinem Vater und dann noch die Enttäuschung meiner Mutter. Dazu eine saftige Strafe wie Stubenarrest, bis ich alt und grau bin. Und im Zweifel würden sie mich jeden

Tag zur Schule eskortieren. Aber das wäre noch nicht einmal das Schlimmste. Wer bei uns nicht zur Schule geht, kommt ziemlich schnell in so ein **Spezialheim**. Das habe ich mal gehört. Ich will gar nicht so genau wissen, was das bedeutet. Das Wort klingt ja schon gruselig genug.

Wie gut, dass Du Dein Kimura-Buch fertig geschrieben hast. Endlich mal etwas Gutes. Du kannst echt stolz auf Dich sein. Ich hätte das nie geschafft. Schon gar nicht mit dem ganzen Stress drum herum. Gehst Du denn jetzt eigentlich schon wieder zur Schule? Mach mal. Ich weiß, dass es blöd ist. Aber vielleicht wird es ja besser. Immerhin hast Du doch Merle. Überhaupt, Merle: Wo bist Du mit ihr gewesen? Auf einer Demonstration? Ist das nicht ziemlich gefährlich? Und bringt das wirklich was? Kernenergie wird doch vor allem friedlich genutzt. Sagt mein Vater immer. Obwohl – nach Tschernobyl haben wir auch eine Weile keine Rohkost mehr gegessen. Meine Mutter wollte das nicht. Aber wir durften es niemandem erzählen, noch nicht mal Papa. Meine Mutter hat einfach keine mehr gekauft. Und in der Schule haben wir sie stehen lassen.

Ach egal. Viel wichtiger: Ich habe mit Uwe gesprochen. Erinnerst Du Dich? Agnes Rebmann, die Frau mit den Nudel-Haaren, hatte mir seine Adresse gegeben. Weil er doch damals mit Marion zusammen war. Ich habe ihn besucht.

Aber zuerst habe ich natürlich mit Oma Ursel gesprochen. Ich konnte schließlich nicht warten, bis Du mir schreibst, was Marion gesagt hat. Außerdem musste ich Ursel ja eh die Kekse von ihrem Lieblingskonditor bringen und von dem Besuch bei Agnes erzählen. Also, nachdem ich Mirko abgeschüttelt hatte, der hartnäckig wie ein Terrier vor meiner Tür lauert, seitdem er Deinen Brief gefunden hat, griff ich die Kekse und lief die Treppen runter zu Oma Ursel. Es war ja schon spät und meine Eltern kamen jeden Moment nach Hause, aber ich musste einfach zu ihr. Schon allein, weil sie sich sonst sicher Sorgen gemacht hätte. Ich klingelte und biss mir auf die Lippen, als ich hörte, wie Oma Ursel langsam zur Tür schlurfte. Extra für mich hatte sie einen Schlüssel versteckt, damit sie wenigstens, wenn ich kam, nicht zur Tür humpeln musste. Das hatte ich in der Aufregung ganz vergessen. Aber sie lächelte nur, als sie die Tür öffnete und ich ihr die Kekstüten entgegenstreckte. »Eine ist doch für dich, Julchen.« So ist sie eben, Deine Oma. Sie humpelte zurück zu ihrem Sessel und ich ließ mich auf den Stuhl gegenüber sinken. »Und? Hast du schon eins probiert«, wollte sie wissen. Ich konnte nicht anders. Ich musste einfach damit herausplatzen. »Ist es wahr, dass Marion schwanger war, bevor sie die DDR verlassen hat?« Oma Ursel lächelte wieder. Dann sagte sie: »Du hast Agnes getroffen.«

»Ja, das habe ich. War ganz schön peinlich. Ich wusste ja noch nicht mal, wer sie eigentlich ist.«

»Ich nehme an, sie war trotzdem sehr freundlich, oder?«

»Ja. Aber es hat mich ganz schön umgehauen, was sie mir erzählt hat. Wusstest du das?«

Oma Ursel legte ihren kaputten Fuß umständlich auf einen Hocker und richtete sich im Sessel auf.

»Natürlich wusste ich das, Julchen.«

»Und warum hast du es mir nicht gesagt?« Ich merkte plötzlich, dass ich ein bisschen wütend wurde. Vielleicht gar nicht richtig auf Oma Ursel. Vielleicht war da auch noch ein bisschen Wut auf Mirko mit drin. So genau konnte ich das nicht trennen. Oma Ursel seufzte jetzt. Dann sagte sie: »Ich wollte, dass du es selbst herausfindest. Siehst du, wenn ich es dir erzählt hätte, hättest du Agnes nie kennengelernt. Und ich nehme an, sie hat dir auch ein bisschen was über Marion erzählt, das du jetzt Ines erzählen kannst. Alles, was ich dir erzählt hätte, wäre doch immer nur meine Meinung gewesen. Ich wollte aber, dass du auch hörst, was Marions Freunde zu erzählen haben. Ist das wirklich so schlimm?«

Ich sah zu Boden.

»Nee. Aber ein bisschen seltsam schon. Ich habe Ines alles geschrieben. Sie muss doch wissen, dass sie vielleicht einen Bruder oder eine Schwester hat. Ich schätze, es wird sie ziemlich umhauen.«

Oma Ursel lächelte. »Ja, das sollte sie wissen.«

Ich fragte sie natürlich, ob sie wüsste, wo dieses Geschwisterkind heute sei, ob es überhaupt noch am

Leben sei und ob sie den Namen wüsste, vielleicht sogar eine Adresse. Sie lächelte wieder. »Hat Agnes dir nicht weiterhelfen können?«

»Sie hat mir eine Adresse gegeben. Von einem gewissen Uwe. Der soll damals mit Marion zusammen gewesen sein. Kennst du ihn?«

»Nur flüchtig«, sagte Oma Ursel. »Marion hat ihn einmal mitgebracht. Ein ganz sympathischer Typ. Bisschen grün hinter den Ohren war er damals noch.«

Ich sah auf die mächtige Standuhr in Oma Ursels Rücken. In wenigen Minuten würden meine Eltern nach Hause kommen – und wie ich Mirko kannte, war der Tisch noch nicht gedeckt. Sie würden blöde Fragen stellen. (Ich war schon wieder nicht beim Schwimmtraining, weil mir der Trainer einfach so auf die Nerven geht und ich Oma Ursel den Gefallen tun wollte.) Es half nichts – ich musste schnell nach oben.

»Es tut mir leid. Ich muss nach Hause«, sagte ich. »Können wir bald weitersprechen?«

»Besuch doch erst mal diesen Uwe und hör dir an, was er zu erzählen hat«, schlug Oma Ursel vor.

Ja, und das habe ich dann auch gemacht. Aber erst musste ich noch durch das Donnerwetter meines Vaters. Diesmal blitzte es sogar. Denn er war ausnahmsweise schon etwas früher nach Hause gekommen und hatte praktischerweise noch schlechte Nachrichten mitgebracht. Mein Schwimmlehrer hatte ihn angerufen. Bei der Arbeit. Na, Du kannst Dir sicher vorstellen, wie ihm das gefallen hat. »Wo treibst du dich eigentlich herum, wenn du beim Schwimmen sein solltest«, fauchte er mich an, kaum dass ich zur Tür rein war. Ein gutes Gefühl für den richtigen Zeitpunkt hatte er irgendwie noch nie. Hinter ihm grinste Mirko blöde. Meine Mutter war noch nicht zu Hause. »Hallo«, sagte ich erst mal. »Ich war unten bei Oma Ursel. Sie hat sich den Fuß verstaucht und brauchte Hilfe. Ich war einkaufen für sie.«

Meinem Vater schien schon alles egal zu sein. »Das ist nicht deine Aufgabe! Du sollst zum Training gehen!« Ich wusste nicht recht, was ich darauf sagen sollte. »Ich weiß. Es tut mir leid. Aber sie brauchte wirklich Hilfe.«

»Das ist mir vollkommen egal. Sie soll gefälligst jemand anderen fragen. Jemanden, der Zeit dafür hat. Morgen gehst du zum Training. Ich werde dich persönlich dort abholen. Und mit unserer Nachbarin werde ich mal ein Wörtchen reden. Und jetzt essen wir.«

Er drehte sich um, knallte die Wohnzimmertür zu und ließ mich im Flur stehen. Ich lehnte an der Haustür. Hatte mich gar nicht von dort wegbewegen können und merkte kaum, wie meine Mutter die Tür aufschloss und sich dagegenlehnte.

»Was ist denn hier los? Warum hältst du die Tür zu, Julia?«

Ich machte einen Schritt nach vorn und murmelte nur: »Nichts. Bin grad nach Hause gekommen«, und verschwand in meinem Zimmer. Beim Abendbrot schaffte mein Vater es irgendwie, das Thema zu umgehen. Meine Mutter erfuhr nichts von unserem Streit. Warum, habe ich bis heute nicht verstanden.

Das mit Uwe musste also bis zum Wochenende warten. Sonst wäre mein Vater komplett durchgedreht. Reichte ja schon, dass er mit Ursel sprechen wollte. Ich glaube, es war ihm eh schon lange ein Dorn im Auge, dass ich sie ab und zu besuchte. Irgendetwas gefällt ihm nicht an ihr. Aber er sagt es nicht. Na, jedenfalls ist er gleich am nächsten Tag runter zu ihr. (Sie hat es mir später erzählt.) Offenbar ist er – wie immer – mit der Tür ins Haus gefallen. Hat sich wohl aufgeführt, als wäre sie eine von seinen Verdächtigen und er hätte sie bei einer Straftat erwischt. Oma Ursel war ziemlich überrumpelt. Aber irgendwie konnte sie ihn wohl beruhigen. Immerhin lässt er sie jetzt in Ruhe.

So – und jetzt zu Uwe. Ehrlich gesagt – als ich ihn gesehen habe, konnte ich mir erst nicht vorstellen, dass er und Marion sich mal gemocht haben. Aber der Reihe nach. Die Adresse, die Agnes mir gegeben hatte, war gar nicht weit entfernt von der Konditorei in Prenzlauer Berg, in der ich für Deine Oma die Kekse gekauft hatte. Am Samstag, als meine Familie bei Freunden eingeladen war, log ich, dass ich noch dringend einiges für die Schule nachholen wollte. Meinen Vater schien das so sehr zu freuen, dass er gar nicht misstrauisch wurde. Und sobald meine Eltern samt Mirko aus der Tür waren, nahm ich den Zettel und machte mich auf den Weg.

Die Adresse war mir gleich so komisch vorgekommen. »Hinterer Weg 2a«. Ich musste ganz schön lange suchen. Doch dann half mir so ein Typ, der mich für ziemlich verwirrt gehalten haben muss. »Na, Kleene, wat suchste? Gib ma her, deinen Zettel. Dit ha'm wa gleich … Achso … dit is ne **Laube**. Da musste gleich da vorne links am Volkspark und dann siehste dit schon.« Uwe wohnt also tatsächlich in einer Laube, so einer kleinen Holzhütte mit Blechdach in einem verwilderten Garten mit lauter pieksenden Brombeersträuchern am Rande des Volksparks. Am Zaun hängt ein Schild, »Bin immer verreist«, steht da drauf. Was das heißen sollte, erfuhr ich einige Minuten später. Uwe saß in eine Wolldecke gewickelt in einem Schaukelstuhl vor seiner Laube und wippte langsam vor und zurück. Er hat einen roten Bart, mit dem man Pullover stricken könnte und eine Brille, die ihn wie einen Maulwurf aussehen lässt. Freundlich lächelte er mir zu, als ich unsicher am Gartentor von einem Fuß auf den anderen trat. »Suchste wat?«, rief er herüber. Ich wurde rot. »Sind Sie Uwe?«, fragte ich. Peinlicherweise wusste ich ja noch nicht mal seinen Nachnamen. »Wer will denn das wissen?«, fragte er zurück. »Ich bin Julia. Agnes Rebmann schickt mich«, platzte ich heraus. »Na, denn trau dich mal rein.«

Ich öffnete die Pforte und löste damit ein Glocken-geläut aus, das für mindestens zehn Türen gereicht hätte. Erschrocken sprang ich zur Seite. Uwe lachte. »Beeindruckend, was? Das ist meine Alarmanlage. Hier kommt keiner rein, ohne dass ich das mitkriege.«

Zögerlich ging ich näher. Obwohl er freundlich lächelte – ein bisschen merkwürdig fand ich ihn schon, wie er da so hockte, mit seinen zerzausten Haaren inmitten von Mohn und Klee und allerlei anderen Blumen. »Setz dich«, sagte er und schob mit dem Fuß einen Hocker in meine Richtung. »Und dann erzähl mal. Was hat Agnes für eine Botschaft für mich. Hab lang nichts mehr von ihr gehört.«

Und dann erzählte ich. Von mir und von Oma Ursel und woher ich sie kannte und von Dir natürlich und ein bisschen von Marion und davon, was Agnes Rebmann mir erzählt hatte. Uwe hörte geduldig zu, zündete sich eine Pfeife an und paffte dann und wann daran. Als ich fertig war, atmete er lange aus. Dann sagte er: »Mannometer. Da hast du ja eine ganz schöne Geschichte mitgebracht. Und nun kommste zu mir und willst wissen, was ich darüber weiß, was?« Ich nickte.

»Schön, mal wieder was von Marion zu hören. Is lange her, alles. Hast du sie mal kennengelernt?« Ich schüttelte den Kopf. »Magste nen Tee?« Ich nickte wieder. Er schlurfte nach drinnen und kam kurz danach mit einem Becher dampfendem Pfefferminz-tee und einer Wolldecke zurück, die er mir um die

Schultern legte. Ich wärmte meine Hände am Tee. Irgendwie will sich der Frühling ja dieses Jahr nicht richtig einstellen.

Uwe wickelte sich wieder in seine Decke, pustete in seinen Teebecher und lehnte sich zurück. »Na, dann will ich dir mal ein bisschen bei deiner Suche nach der Wahrheit helfen.« Er grinste. »Marion und ich haben uns damals über einen Freund kennengelernt. Da waren wir beide noch richtig grün hinter den Ohren, wir waren gerade mal zwanzig, schätze ich. Ich mochte sie gleich. Sie war irgendwie so kompromisslos, wusste genau, was sie wollte. Das hat mir imponiert. Ich wusste nichts damals. Nicht, was ich wollte, nicht, wer ich war. Ich wusste nur, dass einiges schieflief in diesem Land. Da kam Marion genau richtig. Sie hatte viel vor, wollte auf nichts verzichten, war fröhlich. Sie hat mich einfach mitgerissen mit ihrer Art.« Kannst Du Dir das vorstellen, Ines? Marion? Irgendwie erkenne ich sie gar nicht wieder. »Ich war ziemlich verknallt in sie. Hat sie auch gleich gemerkt. Agnes hatte recht. Wir waren mal kurz zusammen. Kurz bevor…« Er stockte. »Na, kurz bevor ich dann mal länger einen festen Wohnsitz hatte.« Ich wusste nicht recht, was er damit meinte, aber ich musste auch nicht lange darüber nachdenken. »Na, bevor ich ein Ein-Raum-Apartment vom Staat bekam.« Weißt Du, was das bedeutet, Ines? Es stimmt also, er war im Gefängnis. Ob Marion da auch war? Ich muss das unbedingt Ursel fragen. »Marion war da schon längst untergetaucht. Auch Ursel wusste nicht mehr, wo sie wohnte. Das mit dem Kind habe ich aber alles erst viel später erfahren.«

Ich schluckte. »Was ist denn mit dem Kind?«, fragte ich.

»Na, das weiß niemand so genau.« Ich schluckte wieder.

»Was heißt das?«, traute ich mich zu fragen.

»Naja, sie muss es ja bekommen haben im Gefängnis. Aber bei ihr ist es ja offenbar nicht.«

»Sie hat es verloren, sagt sie.«

Uwe schüttelte heftig den Kopf: »Das glaube ich nicht.«

»Aber wenn sie es doch sagt.«

Uwe schüttelte nochmal den Kopf: »Ich glaub's trotzdem nicht. Das haben die ihr sicher nur erzählt. Woran soll es denn bitte schön gestorben sein?«

»Das hat sie nicht erzählt.«

»Eben. Weil sie es nicht weiß. Ich sag dir was. Das Kind lebt. Da bin ich sicher. Und irgendwann werde ich es auch finden.«

Ich war verwirrt: »Aber wo soll es denn sein, wenn nicht bei seinen Eltern?«

»Tjaaa«, sagte er gedehnt, zog an seiner Pfeife und blies ein paar Wölkchen in die Luft, »Das ist die Frage. Entweder in einem Heim oder man hat es in eine andere Familie gegeben.«

Ich glaub, ich bin ziemlich blass geworden. Jedenfalls sagte er: »Oh, entschuldige. Ich wusste nicht, dass dich das so mitnimmt. Deine Freundin ist dir ziemlich wichtig, oder?« Ich nickte.

Ines, wir müssen das rauskriegen. Dringend. Auf mich wirkt Uwe zwar ein wenig seltsam, aber so was kann man sich doch nicht einfach ausdenken. Wir müssen vorsichtig sein, Ines. Wenn da was dran ist, dann wird es sehr schwer werden, die Wahrheit herauszufinden. Ich glaube, wir brauchen jetzt Deinen Vater. Er muss uns einfach helfen.

Morgen kommt unsere Brieftaube. Endlich.

Bis bald,
Deine Julia

Liebe Julia,

ich hoffe, dass Dich dieser Brief überhaupt erreicht. Nach dem, was Du mir letztes Mal geschrieben hast, mache ich mir ein bisschen Sorgen. Wenn Dein Vater Dich nicht mehr zu Ursel lässt und Dein Bruder, die alte Zecke, Dir hinterherspioniert, bekommst Du meine Briefe vielleicht nicht mehr. Und bei dem, was gerade alles passiert, könnte ich das kaum verkraften. Mich nervt schon, dass Christa andauernd komische Kommentare macht.

Letzte Woche war sie zum Kaffeetrinken hier, weil mein Vater zu Besuch aus New York ist. Ha, »zu Besuch« sage ich schon, dabei wohnt er ja eigentlich hier. Also, sie war hier und hat offensichtlich mit meinem Vater über unsere Briefe gesprochen. Ich bekam nicht alles mit, weil ich gerade in der Küche den Apfelkuchen anschnitt, den Sabine gebacken hatte. Aber ich hörte sie immer sagen: »Die Ursel sollte das lassen. Das ist keine gute Idee. Aber so war sie schon immer, die Ursel. Das hat schon die Marion genervt.«

Mein Vater machte zustimmende Geräusche, die aber – wenn man ihn kennt – in erster Linie bedeuten, dass er gerade mit seinen Gedanken woanders ist. Ich trug den Kuchen ins Wohnzimmer. »Was ist denn mit Ursel? Was nervt denn die Marion?«

Christa sah mich missmutig an. »Ich habe jetzt Ärger mit deiner Mutter wegen deiner Brieffreundschaft«, sagte sie mürrisch, »sie hat mich angerufen und meint, dass Ursel sich aus ihrem Leben raushalten soll.«

Ich tat überrascht. »Ursel hat damit gar nichts zu tun. Ich stecke doch meine Nase in ihr Leben. Und ich darf das. Ich bin ja ihre Tochter. Außerdem mag ich meine Brieffreundin. Wir schreiben uns über Jungs und Popmusik und so, das ist ganz wichtig für mich, eine Brieffreundin zu haben. Du darfst uns jetzt nicht im Stich lassen, Tante Christa! Du musst unbedingt weiter unsere Brieftaube sein.«

Sabine warf mir einen skeptischen Blick zu.

Aber Christa seufzte. Sie hat ein großes Herz und darin habe ich einen besonders großen Platz, wegen meines schweren Lebens. »Das bringt alles nur Unruhe«, sagte sie kopfschüttelnd. »Aber so ist es dann wohl.«

Ich legte ihr ein extragroßes Stück Apfelkuchen mit Sahne auf den Teller. Ich muss Tante Christa unbedingt bei der Stange halten. Wir brauchen doch unsere Brieftaube. Aber ich habe mir in letzter Zeit schon Gedanken gemacht über Oma Ursel. Ohne sie hätten wir uns doch nie kennengelernt, ohne sie wärst Du nicht zu Agnes und Uwe gegangen, ohne sie hätte ich meine Mutter nie zu ihrer Vergangenheit befragt. Was will Oma Ursel eigentlich? Es stimmt ja, was Marion nun sagt: Alle stecken die Nase in ihr Leben. Ich glaube, Ursel hat diese Geschichte mit Marions Kind irgendwie gewusst und möchte nun herausfinden, wo es ist. Und das sollen wir für sie erledigen, weil sie selbst es nicht kann und Marion nicht mit ihr spricht. Warum, weiß ich inzwischen nämlich auch. Halt Dich fest.

Ich hatte Dir ja letztes Mal geschrieben, dass ich ein Praktikum beim Radio mache, genauer, bei RIAS. Du weißt ja: damit ich beschäftigt bin, weil ich nicht zur Schule gehe und sonst keiner ein Auge auf mich werfen kann. Erst kam es mir vor wie eine Strafe. Am Anfang hatte keiner Zeit für mich und ich saß tagelang bei Frau Stuckowski und Frau Behrmann im Sekretariat der Sportredaktion, zwei Kettenraucherinnen, die mich immer nur zum Kopieren schickten.

»Da isse ja wieder, unsere Kleene mit der komischen Frisur«, hieß es jeden Morgen, wenn ich in ihr Büro kam. »Dann wollen wa ma sehen, was wa heute für dich ham.«

Und schon wurde ich wieder zum Kopierer geschickt. Nun bin ich aber seit zwei Monaten bei RIAS und möchte am liebsten gar nicht mehr weg. Nach ein paar Tagen erbarmte sich nämlich Sabine und holte mich aus der Raucherhöhle raus. Sie stellte mich ihrem Kollegen Hans-Peter zur Seite, der in Berlin über den Regionalsport berichtet. Hans-Peter sieht aus wie ein bärtiger kleiner Troll und hat es sich zur Aufgabe gemacht, mir was beibringen zu wollen. Seitdem schleift er mich quer durch die Stadt: zum Oberliga-Fußball, zum Hockey, zum Basketball, sogar zu Schwimmwettkämpfen. Ich darf mir alles mit ansehen und ab und zu mal das Mikro halten. Das ist mehr Arbeit, als es sich anhört. Ich muss nach jeder unserer Touren nämlich einen Bericht schreiben, den er gnadenlos umschreibt und mir mit vielen Anmerkungen zurückgibt. Zwei davon wurden aber schon gesendet, eine Geschichte über die deutsche Meisterschaft im Hindernislauf im Olympiastadion und eine über die Bundesjugendmeisterschaften im Fechten.

Das sind übrigens ganz komische Typen, diese Fechter. All das ist tausendmal besser, als zur Schule zu gehen – und sogar besser, als zu Hause rumzuhängen. Kannst Du Dich mit Deiner Schwimmmannschaft nicht mal für irgendwas hier in Westberlin qualifizieren? Dann kann ich so tun, als ob ich Dich interviewe und wir gehen heimlich Cola trinken.

Warum schreibe ich Dir das alles? Weil ich Dir ja von Ursel und Marion erzählen wollte. Ich habe nämlich etwas rausgefunden. Du hattest vorgeschlagen, dass ich meinen Vater zu Marion befrage. Das war in den letzten Monaten allerdings nicht so einfach, weil mein Vater ja in New York war. Am Telefon war es ziemlich sinnlos, ihn zu Marion auszuquetschen, er sagte immer nur: »Lass sie doch in Ruhe, sie hatte es schwer« oder »Das kann Marion dir alles später selbst erzählen, wenn sie so weit ist«. Er wollte nicht reden und hatte auch keine große Lust, sich damit zu beschäftigen. Also hatte ich eine geniale Idee. Du weißt doch, dass meine Eltern sich ein Jahr vor meiner Geburt auf dieser Party kennengelernt haben und mein Vater meine Mutter dann für diese Sendung über die DDR interviewt hatte. Also beschloss ich, genau diese Sendung zu suchen. Alles, was auf RIAS gesendet wurde, ist nämlich dort noch im Archiv zu finden.

Vor zwei Wochen hatte ich endlich Zeit dafür, ich hatte im Sender einen ganzen Vormittag lang nichts zu tun, weil Hans-Peter und Sabine auf irgendeiner geheimen Redaktionskonferenz waren. Also machte ich mich auf die Suche nach dem Archiv und fand im Keller des Gebäudes einen riesigen, fensterlosen Raum mit Neonröhren an der Decke und endlosen Regalen, in denen Tausende verstaubte Tonbänder lagerten. Inmitten des Raumes stand ein total zugemüllter Schreibtisch, an dem ein großer und hagerer Typ mit Pferdeschwanz und einer dicken Nickelbrille saß, der panisch irgendetwas suchte. »Hallo«, sagte ich und klopfte schüchtern an den Türrahmen.

»Hi«, sagte er, ohne aufzugucken, »kleinen Moment noch.«

Er wühlte ein bisschen weiter, dann zog er plötzlich einen Fünfzigmarkschein aus dem Papierhaufen. »Gottseidank, da isser«, sagte er, »die Woche ist gerettet. Sonst hätte ich bis Monatsende Kartoffeln essen müssen.«

Verwirrt schaute ich ihn an. Da fiel mir auf, dass er noch ganz schön jung war, vielleicht ein Student. Ein ziemlich chaotischer und kurzsichtiger Student. Er blinzelte mich durch seine dicke Brille an und musste sich anscheinend mächtig anstrengen, mich zu erkennen.

»Hey! Bist du Praktikantin? So habe ich hier auch mal angefangen. Kann ich dir helfen?«

Ich erklärte ihm, dass ich eine Sendung von 1973 suchte. Der Archivtyp sah wenig beeindruckt aus. »Da haben wir eine ganze Menge. Wofür brauchst du das?«

Ich log ganz spontan.

»Äh, soll ich mir mal für eine Recherche anhören, wegen so einer Sendung über die DDR.«

Er zog einen rosafarbenen Zettel aus dem Haufen vor ihm und kramte nach einem Stift. Mann, war sein Schreibtisch unordentlich.

»Thema? Autor?«

Als ich ihm den Namen meines Vaters nannte, war er beeindruckt.

»Kenn ich, großartiger Radiojournalist, einer meiner Lieblingsautoren hier im Sender. Ist doch gerade in New York, oder? Dann suchen wir mal. Ich bin übrigens Kai.«

Wir gingen quer durch den Raum und standen schließlich vor einem sehr hohen Regal, in dem die Beiträge meines Vaters von 1973 archiviert waren. Kai pustete den Staub von den Tonbandhüllen und fuhr mit seinem langen Finger über die Bänder.

»Okay, 1973«, sagte er, »Was haben wir denn hier … eine Besprechung von Pink Floyds Album ›Dark Side of the Moon‹, geiles Album. Das suchst du aber schon mal nicht. Eine Reportage über **Fluchthelfer** aus Westberlin, die im **Interzonenzug** festgenommen wurden. Ist es das?«

Ich zuckte mit den Schultern.

»Weiß nicht«, sagte ich, »Ich glaube eher nicht.«

Kai zog eine eng beschriftete weitere Tonbandhülle aus dem Regal und hielt sie dicht vor seine Nickelbrille.

»Das **Frauengefängnis Hoheneck** in der DDR. Inhaftierte erzählen. Oktober 1973«, las er. »Das? Gutes Thema für eine Reportage.«

Du kannst Dir denken, dass es mir kalt den Rücken runterlief. Frauengefängnis. Das musste es doch sein. Ich versuchte, cool zu bleiben.

»Kann schon sein. Darf ich mir das mal ausleihen?«

Kai schüttelte den Kopf.

»Geht nicht«, sagte er. »Um es mit hoch zu nehmen, brauchst du eine Unterschrift von deinem Redakteur. Oder du hörst es dir hier an.«

Er deutete auf ein Tonbandgerät in der Ecke.

»Ich würde mithören, wenn das okay ist«, sagte er. »Interessiert mich auch. Ich studiere Geschichte. Schreibe gerade meine Diplomarbeit über die Stasi.«

Und so saßen wir beide vor dem Tonbandgerät und hörten der Stimme meines Vaters zu, der schreckliche Dinge über Hoheneck erzählte. Ich machte viele Notizen, Kai schrieb auch mit, für seine Diplomarbeit. Hast Du schon mal von Hoheneck gehört? Spricht man in der DDR auch darüber? Das ist ein riesiges Frauengefängnis im Erzgebirge, in den 1970er-Jahren waren da bis zu 1600 Frauen in Haft. Sie waren längst nicht alle Verbrecherinnen, viele von ihnen waren politische Gefangene, also einfach Frauen, die versucht hatten, aus der DDR zu fliehen oder nicht einverstanden waren mit der Politik. Um die ging es im Beitrag meines Vaters. Er hatte drei von ihnen nach ihrer Freilassung interviewt.

Die Stimme meiner Mutter erkannte ich sofort, obwohl sie sich natürlich jünger anhörte. Sie erzählte, dass sie im Sommer 1972 aus der DDR fliehen wollte. Monatelang hatte sie ihre Flucht über die Ostsee vorbereitet, sie wollte von Wismar nach Travemünde schwimmen. Anscheinend war sie mal eine sehr gute Schwimmerin. Doch ihr Plan flog auf. Kurz vor ihrem Fluchtversuch wurde sie von der Stasi verhaftet. Dann kam sie nach Hoheneck.

»Hoheneck ist eine alte Burg«, erzählte sie leise, »Kalt, feucht und zugig. Wir lebten dort nicht viel besser als Ratten. Ich teilte mir eine Zelle mit mehreren Frauen, einige von ihnen waren Mörderinnen, andere **Oppositionelle** wie ich. Anfangs musste ich auf dem Boden schlafen, weil unsere Zelle völlig überbelegt war. Aber viel schlimmer als die Haftbedingungen war die körperliche und seelische Folter. Als ich dort ankam, konnte ich nicht glauben, dass Menschen anderen Menschen so etwas antun.« Beim Erzählen stockte Marion immer wieder. Man hörte, dass die Erinnerungen nicht leicht für sie waren. »Die Wärter und Wärterinnen quälten vor allem uns politische Gefangene, wir waren für sie der Abschaum. Manchmal steckten sie mich zur Bestrafung tagelang in eine stockdunkle enge Zelle im Keller. Noch schlimmer war es, wenn sie mich in die **Wasserzelle** steckten, eine Spezialzelle, in der es Löcher im Zellenboden gab, durch die Hunderte Liter eiskaltes Wasser einliefen. Ich hatte oft Angst, zu ertrinken.«

Zehn Monate war sie in Hoheneck, von August 1972 bis Juni 1973. Dann wurde sie endlich vom Westen freigekauft und durfte raus. Am Ende sagte sie: »Was ich in Hoheneck erlebt habe, war das Grauen. Diese Demütigungen, diese Quälereien … was Menschen einander antun können, macht mich immer noch sprachlos. Ich glaube, ich habe dadurch mein Vertrauen in die Welt verloren. Das hat einen anderen Menschen aus mir gemacht.«

Das zu hören, machte mich traurig und wütend. Weil es ja zu dem passt, was Agnes Dir erzählt hat … dass Marion früher ganz anders war, viel unbeschwerter und mutiger. Hat die Stasi sie kaputtgemacht? War sie deshalb so komisch, so angestrengt und angespannt? Und ewig so misstrauisch? Aber von einem Kind hat sie nicht gesprochen. Und mal ehrlich: Wie hätte sie denn schwanger von Wismar nach Travemünde schwimmen können? Kaum möglich. Oder – noch schlimmer – mit einem Baby im Bauch in den Knast nach Hoheneck gehen?

»Wetten«, sagte Kai, als der Beitrag zu Ende war, »wetten, dass es den Knast noch gibt? Und dass da immer noch Frauen einsitzen? Die Stasi-Gefängnisse sind nach wie vor rappelvoll.« Er erzählte mir, dass viele politische Gefangene noch heute in Stasi-Gefängnissen wie **Bautzen** oder **Hohenschönhausen** einsitzen. Kai hatte wirklich eine Menge schlimmer Geschichten über die Stasi auf Lager. Aber irgendwann musste ich weg aus diesem Archiv. Luft holen. Gedanken sortieren. Und raus in die richtige Welt.

Ich musste unbedingt meinen Vater dazu befragen. Da traf es sich gut, dass er wenige Tage später ja auf Urlaub aus New York zurückkam. Sabine und ich holten ihn gemeinsam vom Flughafen ab, was komisch war, weil die beiden ja kein Paar mehr sind. Gott sei Dank musste Sabine aber gleich zum Dienst, sodass ich meinen Vater sofort ausquetschen konnte. Während er seine Sachen auspackte, kochte ich uns einen Tee und wartete mit Jackie auf dem Sofa auf ihn. Ich wollte das gleich hinter mich bringen.

»Endlich wieder zu Hause«, ächzte er, als er sich aufs Sofa plumpsen ließ. »Wie geht's dir, Hasi?«

Hasi, so hatte er mich zuletzt genannt, als ich sechs Jahre alt war, keine Ahnung, wo das plötzlich herkam. Ich erzählte ihm von meinem Praktikum. Mein Vater lachte sich schlapp und meinte, dass ich großes Glück gehabt hätte, weil Hans-Peter ein guter Typ sei und der Rest der Sportabteilung – außer Sabine – »totale Dumpfbacken«. Kann ich jetzt nicht bestätigen, aber Sport war meinem Vater schon immer egal. Dann erzählte ich ihm, dass ich seine Sendung über Hoheneck im Archiv gefunden hätte. Da wurde er schlagartig ernst.

»Okaaaaay«, sagte er langsam, »dann weißt du ja jetzt eine Menge über deine Mutter. Wahrscheinlich mehr, als Marion lieb ist.«

»Warum?«

»Weil sie dich damit nicht belasten wollte. Sie redet ja nicht gern darüber. Am liebsten würde sie das alles vergessen.«

Er erzählte, dass Marion in den ersten Jahren jede Nacht Albträume von Hoheneck hatte. Immer wieder wachte sie schweißgebadet auf, weil sie in der Wasserzelle zu ertrinken glaubte. Anschließend lag sie stundenlang wach. Sie wurde außerdem weiterhin von der Stasi beobachtet, vermutlich, weil sie noch Kontakt zu Oppositionellen in der DDR hatte. Manchmal erhielt sie merkwürdige Telefonanrufe, wenn mein Vater dran war, hörte er aber immer nur ein Knacken in der Leitung. Hin und wieder standen auch seltsame Männer mit Kameras gegenüber von unserem Haus. Ein Nachbar hatte außerdem gesehen, wie sich jemand an unserem Türschloss zu schaffen machte. Als das passierte, hatte sie einen Zusammenbruch. Sie bekam Angstattacken und konnte nicht mehr schlafen. Für einige Wochen musste sie sogar in eine Klinik.

»Ihre größte Furcht war, dass die Stasi dich entführen würde«, erzählte mein Vater, »davon war Marion überhaupt nicht abzubringen. Sie traf dann die Entscheidung, einen Schlussstrich unter die DDR zu ziehen, also zu allen ehemaligen Freunden aus der DDR den Kontakt abzubrechen und nicht mehr über ihre Erfahrungen zu sprechen. Sie wurde sehr misstrauisch und wusste nicht mehr, wem sie trauen konnte. Es machte sie ganz verrückt, dass irgendjemand ihre Fluchtpläne verraten haben musste und auch ihre Adresse in Westberlin. Nur eine Handvoll Leute waren informiert gewesen. Und weißt Du, auf wen sie tippte?«

»Nee.«

»Auf ihre Mutter. Auf Ursel.«

»Oma Ursel?«, fragte ich ungläubig. »Warum das denn? So was würde Ursel doch nie tun.«

»Marion war sich nicht so sicher«, sagte mein Vater, »Sie glaubte, dass Ursel verhindern wollte, dass sie in den Westen ging und ihre Fluchtpläne deshalb verriet. Und sie fürchtete, dass Ursel versuchen würde, auch dich nach Ostberlin zu schaffen. Deshalb durftest du keinen Kontakt zu ihr haben.«

Mir wurde ganz kalt.

»Glaubst du das auch?«

»Nein, gar nicht. Ich finde die Vorstellung total verrückt. Ich vermute, einer ihrer Freunde hat sie verraten. Ich tippe mal, dass in ihrer Clique ein Maulwurf war, ein **inoffizieller Mitarbeiter**. Aber wer weiß.«

Julia, da haben wir's also: Marion glaubt, dass ihre eigene Mutter sie verraten hat. Kein Wunder, dass sie Panik bekommt, wenn wir uns schreiben. Ich fragte meinen Vater natürlich auch nach der Schwangerschaft. Nach dem Kind. Aber davon hatte er überhaupt keinen Schimmer.

»Marion war schwanger?«, fragte er skeptisch.

151

»Das muss vorher gewesen sein. Bevor ich sie kannte. Wahrscheinlich hatte sie als junge Frau mal eine Fehlgeburt, was schlimm genug wäre. Ich vermute, dieser Uwe wirft da was durcheinander. Den hat das Gefängnis wahrscheinlich auch kaputtgemacht. Du bist ihr einziges Kind, Ines. Und deshalb ist es auch so schade, dass eure Beziehung so kompliziert ist.«

Meine Therapeutin hat übrigens etwas Interessantes gesagt. Sie glaubt, dass Marion traumatisiert ist. Dass sie also etwas so Schlimmes erlebt hat, dass sie es nicht richtig bewältigen kann und ihre Erinnerungen und Ängste deshalb immer wieder zurückkehren. Das könnte sein, oder? Es erklärt auf jeden Fall ihr seltsames Verhalten, ihre Ängstlichkeit, ihre Traurigkeit. Seit ein paar Monaten gehe ich jeden Donnerstagmorgen zu Frau Weinstein, hatte ich Dir ja geschrieben, Auflage von der Schulbehörde. Warst Du schon mal bei einem Therapeuten? Anfangs fand ich es sehr irritierend. Frau Weinstein – genauer: Aglaia Weinstein – ist ungefähr Mitte vierzig und hat schon ziemlich viele graue Strähnen im langen Haar, Typ Kunstlehrerin, würde ich sagen. Sie ist anscheinend spezialisiert auf jugendliche Schulverweigerer, jedenfalls kommen vor und nach mir zwei Jungs in meinem Alter, die morgens anscheinend auch nicht zur Schule gehen. Die ersten Male hat es mich total verrückt gemacht, mit ihr reden zu müssen. Ich hatte keine Lust, meine Gedanken mit einer fremden Frau zu teilen. Aber inzwischen habe ich mich daran gewöhnt und manchmal hat sie sogar ganz schlaue Ideen. Frau Weinstein ist übrigens der Meinung, dass ich gar kein Problem mit der Schule habe. Sondern mit meinen Eltern. Sie meint, ich sei stark genug, um mit den Sexy Sandras und Mathe, Chemie und Physik klarzukommen. Und klug genug, um irgendwie das Schuljahr zu packen. Aber all das sei schwer, wenn ich zu Hause keinen Rückhalt hätte. Deshalb konzentriert sie sich in der Therapie nun auf meine Familie. Auch meine Eltern müssen jetzt zu ihr. Meine Mutter war schon zweimal da, mein Vater einmal. Allerdings musste Frau Weinstein ihn ausdrücklich dazu auffordern. Denn mein Vater meint ja, er checkt alles und durchschaut jeden. Insgeheim hält er sich bestimmt für den Ober-Therapeuten. Er kam auf jeden Fall ziemlich verschreckt zurück von Frau Weinstein und saß den ganzen Nachmittag auf dem Sofa und glotzte ins Leere. Und das finde ich großartig. Warum soll nur ich in meiner Familie die Gestörte sein? Meine Eltern sind schließlich auch nicht ganz dicht.

Übrigens habe ich mittlerweile einen Deal mit meinen Eltern, Frau Weinstein und der Schule gemacht. Es ist nämlich etwas Cooles passiert: Ich wurde gefragt, ob ich eine Jugendsendung auf RIAS moderieren möchte. Okay, es handelt sich nur um eine halbe Stunde Sendezeit einmal im Monat am Sonntagabend, da hört vermutlich eh keiner hin. Der Name der Sendung ist auch beknackt: »Karacho«. Aber es soll um Politik und Jugendthemen gehen. Weil die derzeitige Moderatorin sich eine Auszeit als Au-pair in Spanien nimmt und dem Chefredakteur meine kleinen Beiträge gefielen, darf ich ran. Hurra! Auch Hans-Peter hat sich wie verrückt gefreut! Ich habe noch keine Ahnung, wie das geht, eine Sendung machen und moderieren, aber zur Not frage ich alle, die ich bei RIAS kenne. Und ich weiß jetzt schon, worüber ich gern reden möchte: über die Mauer, die uns trennt und über die Freiheit, das denken, sagen und tun zu dürfen, was man möchte. Kai hat schon seine Hilfe angeboten. Mitte Mai soll ich das erste Mal auf Sendung, ich muss mich also ranhalten. Wenn Du kannst, dann schalte doch ein. Dann hörst Du mal meine Stimme.

Allerdings hat die Sache einen Haken. Ich darf die Sendung nur machen, wenn ich wieder zur Schule gehe. Das haben meine Eltern, Sabine, Herr Abramowitsch und Frau Weinstein in einer gemeinsamen Konferenz so beschlossen. Nach den Pfingstferien muss ich also wieder hin. Davor graut mir. Aber immerhin steht Merle mir zur Seite. Gott sei Dank. Sie sagt, es ist alles nicht mehr so schlimm wie vorher, Frau Achilles sei seit zwei Monaten krankgeschrieben und die Sexy Sandras würden seit meinem Ausraster die Klappe nicht mehr ganz so weit aufreißen. Wir schauen mal. Ich werde berichten.

Schreib mir schnell! Und lass Dich nicht erwischen.

Deine Ines

Wilhelmsruh, 2.6.1989

Liebe Ines,

wie verrückt, Deine Stimme im Radio zu hören! Du klingst so erwachsen. Wenn ich es nicht besser wüsste, würde ich denken, Du bist schon 18 oder so.

Ich habe Deine Sendung bei Tina gehört. Bei mir wäre das undenkbar. Noch dazu am Sonntag, wenn alle zu Hause sind. Natürlich habe ich Tina nicht erzählt, dass ich Dich kenne. Ich will nicht, dass sie von noch mehr Dingen weiß, die verboten sind. Ihre Eltern hören sowieso oft RIAS. Sie sagen, die richtigen Nachrichten gibt es bei uns im Radio sowieso nicht.

Ich glaube, sie haben sich gefreut, als ich gesagt habe, dass ich Deine Sendung bei ihnen hören will.

Tina ist ziemlich isoliert seit der Sache mit dem Ausreiseantrag. Da freuen sie sich eben, wenn ich mich mit ihr treffe.

Na, also – vorweg mal – Super-Sendung! Ich hab zwar nicht jedes Wort verstanden (weil Tina gleichzeitig laute Musik angemacht hat), aber wir haben unsere Ohren ganz dicht an den Lautsprecher gepresst, um möglichst viel mitzubekommen.

Was Du im Radio über Ungarn erzählt hast … stimmt das wirklich? Hier in den Nachrichten wurde nichts darüber berichtet. Wenn die **Grenze zwischen Ungarn und Österreich** jetzt wirklich geöffnet wird, weißt Du, was das bedeutet?

Dann wird sicher kein DDR-Bürger im Sommer mehr an den **Balaton** fahren können. Bisher gab es von dort ja nur den Weg zurück in die DDR. Aber wenn die ungarische Regierung jetzt die Grenzsperren abbaut, dann lassen die uns doch da nie wieder hin. Und wenn doch – heißt das dann, dass es auch für uns möglich ist, von Ungarn nach Österreich zu reisen? Und von dort nach Westdeutschland?

Tina und ich konnten es nicht recht glauben. Flüsternd fragten wir Tinas Vater, ob er etwas davon gehört hätte. Er nickte nur. Mehr nicht. Und Tinas Mutter raunte: »Es bewegt sich etwas, aber noch weiß niemand, was das bedeutet.«

Ines, Du musst mit Marion reden. Sie muss Deine Sendung hören. Wie wäre es, wenn Du sie einfach mal einlädst und sie befragst, wie das damals war. Meinst Du, sie würde das tun?

Ich glaube übrigens nicht mehr, dass sie das Kind verloren hat. Und dass Oma Ursel ihre eigene Tochter verpfeift, glaube ich noch viel weniger. Du kennst sie ja nicht, aber so etwas würde sie nie tun. Warum sollte sie mich zu all diesen Freunden von Marion schicken, wenn dann am Ende herauskommt, dass sie selbst dafür verantwortlich ist, dass Marion im Gefängnis war? Da stimmt doch irgendetwas nicht.

Vielleicht kennt Ursel das Kind ja. Hast Du darüber schon mal nachgedacht? Vielleicht weiß sie, dass es lebt, und wo. Irgendwie gruselig, die Vorstellung. Und wenn sie das wüsste, wäre das nicht etwas, das sie zur einer Geheimnisträgerin machen würde? Also ... ich will sagen, so richtige Geheimnisse wissen doch nur die wirklich wichtigen Leute. So ein Geheimnis vertraut man doch nicht einfach irgendeiner Oma an, noch dazu der Oma des Kindes, das eigentlich tot sein soll, aber trotzdem irgendwo lebt. Kannst Du mir folgen?

Was, wenn Oma Ursel doch irgendwie mit drinhängt in der Sache, weil sie etwas weiß, was eigentlich niemand wissen darf? Vielleicht hat sie es durch einen Zufall herausbekommen, darf es aber niemandem erzählen. Vielleicht belastet sie das nach all den Jahren. Vielleicht geht er oder sie ja sogar auf meine

Schule. Oder in meine Klasse. Aber woran erkennt man jemanden, den es eigentlich gar nicht gibt?

Nein, so rum wird das nichts. Wir müssen das irgendwie anders herauskriegen. Mir fällt schon etwas ein. Morgen gehe ich noch mal zu Oma Ursel. Und danach zu Uwe. Und dann schreib ich Dir, wie es war. Bis morgen also.

3. Juni 1989

Entschuldige, Ines, aber bevor ich Dir von Oma Ursel erzähle, muss erst noch etwas anders raus: Die Meinsdorf ist heute nicht zur Schule gekommen! Sie ist nicht krank. Sie ist weg. Abgehauen. In den Westen.

Heute Morgen kam der Direktor in unsere Klasse, um es uns zu erzählen. Wobei »erzählen« vielleicht nicht das richtige Wort ist. »Verkünden« trifft es eher. Unsere Lehrerin habe **Republikflucht** begangen und ihr Land verraten, wetterte er. Wir standen stramm wie die Soldaten beim Appell. Die Meinsdorf! Wer hätte das gedacht? Ausgerechnet die. Wo sie uns doch immer mit ihrer Überzeugung genervt hat und uns Schuldgefühle eingeredet hat, wenn wir mal nicht so inbrünstig beim Fahnenappell gesungen haben. Auf mich wirkte sie immer so echt. Blöd, aber echt. Und wenn dann ausgerechnet so jemand alles hinter sich lässt, wem kann man dann noch glauben?

Unser Direktor ließ es natürlich nicht bei der bloßen Verkündung. Als Nächstes wollte er wissen, wem von uns etwas aufgefallen sei, ob jemand Freunde der Meinsdorf kennen würde oder wüsste, wer ihr dabei geholfen hätte. Aber da war bei uns nichts zu holen. Und das war noch nicht mal gelogen. Von der Meinsdorf wollte niemand von uns nach dem Unterricht noch etwas wissen. Als der Direktor gegangen war, schaute ich vorsichtig zu Tina. Wie es ihr jetzt wohl ging?

In der Pause waberten die Gerüchte über den Schulhof. Die Meinsdorf sei über **Ungarn** in den Westen gelangt. Es ist also doch wahr.

Nun ist sie weg, und ich weiß noch nicht, ob das eine gute oder schlechte Nachricht für mich ist. Für Tina ist es bestimmt eine gute. Sie muss sich jetzt nicht mehr von ihr demütigen lassen. Vielleicht war die Meinsdorf auch nur deshalb so fies zu Tina, weil sie den Verdacht von sich ablenken wollte. Oder weil sie sauer war, dass Tinas Eltern so mutig waren, einen Ausreiseantrag zu stellen.

Flucht ist doch auch irgendwie feige. Findest Du nicht? Warum hat sie nicht auch einen Antrag gestellt? Vielleicht wäre das bei ihr ja sogar ziemlich schnell gegangen. Immerhin war sie stellvertretende Direktorin. Da kennt man sich doch aus mit diesem Papierkram.

Ich weiß noch nicht recht, was ich davon halten soll. Tina will nicht darüber reden. Überhaupt ist es im Moment schwierig mit Tina. Manchmal habe ich das Gefühl, dass sie nicht mehr so richtig da ist, so still ist sie geworden.

Nach der Schule musste ich zum Schwimmen. Mein Vater hätte mir sonst den Kopf abgerissen. So langsam merke ich, wie selten ich beim Training war. Meine Arme hängen wie Mehlsäcke an meinem Körper, wenn ich sie aus dem Wasser ziehen will. Meine Beine sind schon nach den ersten 800 Metern schwer wie Blei. Mein Trainer Norbert schreit mich vom Beckenrand aus immer an. »Strecken, Julia, strecken! Du schwimmst wie eine schwangere Seegurke!« Die anderen Mädchen kichern. Hier ist jeder froh, wenn die Kritik mal jemand anderen trifft. Es geht immer nur um das große Ziel: die Olympischen Spiele. Dabei waren die doch erst letztes Jahr. Aber nach den Spielen ist vor den Spielen, sagt Norbert immer. Im letzten Jahr habe ich die Teilnahme um wenige Hundertstel verpasst. Seither bin ich unter Beobachtung. Und seit ich das Training schwänze, bin ich auf der Abschussliste. Aber ich merke, wie mir das immer egaler wird. Eigentlich wollte ich nie schwimmen. Mein Vater wollte das. Weil er selbst früher geschwommen ist. War wohl auch ziemlich gut. Aber für die Spiele hat es nie gereicht. Deshalb ist er vermutlich auch immer so sauer, wenn ich nicht hingehe. Weil ich meine Chancen nicht nutze, sagt er dann. Und meint seine geplatzten Träume.

Nach einer halben Stunde hat mich Norbert aus dem Wasser zitiert: »Geh nach Hause. Es ist ja nicht mitanzusehen, wie langsam du bist. Schlaf dich aus und komm morgen wieder. Dann machen wir Einzeltraining.«

Na toll. Das hat mir gerade noch gefehlt.

Aber so war ich zumindest eine Stunde vor meinen Eltern zu Hause und konnte noch auf einen Kakao bei Oma Ursel vorbei. »Setzt dich doch erst mal, Julchen«, sagte sie, als es aus mir heraussprudelte. »Und nun trinkst du einen Kakao und dann erzählst du noch mal von vorne. So kann ich ja überhaupt nichts verstehen. Was ist mit Marion? Und wohin ist deine Lehrerin?«

Und dann erzählte ich. Der Reihe nach. Mit Kakao im Bauch geht es ja doch immer besser. Vielleicht liegt es aber auch einfach an Oma Ursel. Ihr kann man irgendwie alles erzählen.

Als ich fertig war, schwieg sie eine Weile. Dann rührte sie in ihrer Kaffeetasse, obwohl längst kein Kaffee mehr drin war.

»Dass deine Lehrerin weg ist, ist schlimm, Julchen. Sie muss sehr unglücklich gewesen sein. Sonst geht niemand ein solches Risiko ein«, sagte sie.

Ausgerechnet die Meinsdorf. Verkrampft war sie und streng, pflichtbewusst und übergenau. Aber traurig?

»Meinst du echt?«

»Ja, Julchen. Wer so etwas macht, ist verzweifelt

und sieht keinen anderen Weg mehr. So eine Flucht ist sehr gefährlich. Vielleicht war sie nur deshalb so streng und genau, weil sie nicht auffallen wollte. Weil sie nicht wollte, dass jemand Verdacht schöpft. Das ist gut möglich.«

»Ich kann mir das irgendwie nicht vorstellen. Du hättest sie erleben müssen. Wie sie Tina behandelt hat. Dabei ging es ihr doch genauso. Wie konnte sie nur so zu Tina sein?«

»Tarnung.«

»Tarnung?«

»Ja, du merkst es doch selbst: Du hättest niemals gedacht, dass sie so etwas tut. Und so ging es eben den anderen auch. Das ist die perfekte Tarnung. So konnte sie in Ruhe ihre Flucht vorbereiten.«

»Woher weißt du das alles?«

Oma Ursel schenkte sich endlich etwas Kaffee nach und ließ ein paar Krümel Zucker in die Tasse gleiten. Dann rührte sie um. Sie rührte. Und rührte. Und rührte. Gleich würde sie mit dem Löffel den Boden der Tasse durchstoßen, dachte ich.

»Oma Ursel? Ist alles in Ordnung?«

»Ja, Julchen, ja. Ich musste nur gerade an etwas denken.«

»Woran denn?«

»Daran, wie es mit Marion damals losging.«

»Und, wie ging es los?«

»Ganz leise. Sie hat nie viele Worte gemacht. Eines Tages kam sie sehr spät nach Hause. Ich war besorgt.

Dachte schon, ihr sei etwas zugestoßen. Aber es sei nichts, sagte sie. Sie sei nur bei Freunden gewesen und habe die Zeit vergessen.«

»Und hast du ihr das geglaubt?«

»Natürlich nicht. Aber was hätte ich tun sollen? Wenn Kinder nicht reden wollen, sind die Eltern die Letzten, die sie dazu bringen. Man muss ihnen Zeit lassen. Wenn sie einem vertrauen, dann werden sie irgendwann erzählen, was los ist. Ich konnte Marion nur zeigen, dass ich da bin, wann immer sie reden möchte.«

»Klingt schwierig, aber auch irgendwie klug. Vielleicht kannst du mal mit meinem Vater reden. Der versteht davon echt gar nichts. Ach sag mal, was ist eigentlich mit Marions Vater? Du hast noch nie von ihm erzählt.«

Oma Ursel holte tief Luft. Dann rührte sie wieder. Mittlerweile musste die Tasse schon Kratzer am Boden haben. Dann sagte sie plötzlich: »Fritz. Er hieß Fritz. Er war ein toller Vater. Marion hat ihn sehr lieb gehabt. Aber er hat uns viel zu früh verlassen.«

»Wo ist er denn hingegangen?«

»Nirgendwohin, Julchen. Er ist gestorben. Da war Marion gerade mal zehn Jahre alt.«

»Das tut mir leid. Was ist denn passiert?«

»Er war sehr krank aus dem Krieg zurückgekommen. Nach einer **Lungen-Tuberkulose** hatte er sich nie wieder so ganz erholt. Über die Jahre wurde er immer schwächer und schwächer. Und als er eine

Lungenentzündung bekam, war sein Körper nicht mehr stark genug, sich dagegen zu wehren. Plötzlich mussten wir alleine klarkommen.«

»Das war bestimmt schwer.«

Oma Ursel seufzte.

»Ja, das war es. Aber wir haben es irgendwie hinbekommen. Marion und ich. Wir haben uns aneinander festgehalten. Bis … ja bis …«

»Bis? Was ist dann passiert?«

»Marion hatte eine beste Freundin, damals. Dagmar. Die beiden waren so wie Tina und du. Unzertrennlich. Nichts hätte sie auseinandergebracht. Doch sie ahnten nicht, dass ihre Freundschaft auf eine harte Probe gestellt werden würde. Dagmars Eltern waren mit vielem, was in der DDR passierte, nicht einverstanden. Sie glaubten nicht alles, was man ihnen erzählte. Sie verstanden nicht, warum sie ihre Verwandten im Westen nicht besuchen durften. Und sie hielten nichts vom **antifaschistischen Schutzwall**. Für sie war er schlicht: die Mauer. Und niemand konnte sie von den Vorteilen überzeugen. Sie fühlten sich eingesperrt, ohne etwas verbrochen zu haben. Eines Tages wurde Dagmars Vater abgeholt. Er kehrte nicht zurück. Man steckte ihn ins Gefängnis und warf ihm **staatsfeindliche Hetze** vor. Er hatte ein Plakat bei der Arbeit aufgehängt, das die Mauer einen »Schandfleck« nannte. Er wollte sich nicht beugen. Dagmar und ihre Mutter wurden ausgewiesen. Von heute auf morgen. Und Marion verstand die Welt nicht mehr. Ein Jahr zuvor war Fritz gestorben. Und jetzt war Dagmar weg. Für immer. Von da an verweigerte sie alles: Den Fahnenappell, die FDJ und sogar die **Jugendweihe**. Und als sie anfing, spät nach Hause zu kommen, ahnte ich, dass sie nicht bei Schulfreunden war, sondern dass sie auf der Suche nach neuen Ideen war.«

»Was meinst du damit?«

»Sie suchte damals nach Menschen, denen Ähnliches passiert war. Sicher nicht bewusst. Und sie hängte auch keine Plakate auf. Aber wer anders denkt, der findet Andersdenkende. Und so ging es los. Marion konnte nicht verstehen, warum ich keinen Ausreiseantrag stellte. Sie warf mir vor, mich nicht genug für ihre Zukunft einzusetzen, sondern sie hier versauern zu lassen. Sie klagte mich an. Ich würde einfach so weitermachen.«

»Stimmte das denn nicht?«

»Weißt du, Julchen, wenn man jung ist, sieht die Welt manchmal furchtbar einfach aus. Man müsste nur … Man könnte doch … Aber ich hatte einfach keine Kraft mehr. Ich habe im Krieg meine Eltern und meinen Bruder verloren. Und Christa ging mit ihrem Mann in den Westen, während ich mit Fritz hierblieb. Wir konnten ja nicht ahnen, dass uns Schwestern schon bald eine Mauer trennen würde. Wir wohnten doch in einer Stadt.«

»So wie Ines und ich.«

»Ja, genau wie Ines und du. Natürlich haben wir

versucht, zueinanderzukommen. Aber es war zu spät. Marion hat das nicht verstanden. Ich hatte einfach keine Kraft mehr.«

Wir schwiegen eine Weile. Was hätte ich auch sagen sollen. Nie hätte ich gedacht, dass Oma Ursel so viel Schlimmes erlebt hat. Aber wer denkt schon täglich über die Vergangenheit seiner Nachbarn nach? Ich weiß ja nicht mal genau, wie meine Eltern waren, als sie jung waren. Meine Omas und Opas habe ich nie kennengelernt. Wer weiß, vielleicht haben sie auch so eine Geschichte zu erzählen.

Ich sah auf die Uhr. In wenigen Minuten würden meine Eltern nach Hause kommen. Heute konnte ich unmöglich noch zu Uwe. Ich räusperte mich.

»Oma Ursel. Ich weiß, es ist blöd. Aber ich muss jetzt nach oben. Sonst bekomme ich wieder Ärger mit meinem Vater.«

»Schon gut, Julchen. Geh nur. Wir haben lang geredet heute. Ich bin ein bisschen müde. Hilfst du mir rüber ins Bett? Es geht heute wieder schlechter mit dem Fuß.«

Ich legte mir ihren Arm über die Schulter und stützte sie. So humpelte sie zu ihrem Bett und stöhnte, als sie sich hinsetzte.

»Sag, könntest du morgen noch mal zur Konditorei fahren und mir meine Kekse besorgen? Ich glaube, ich brauche etwas, dass mich aufmuntert und mir beim Gesundwerden hilft.«

»Natürlich. Klar. Das mache ich.«

»Danke, Julchen. Und nun geh schnell nach oben, bevor ich das Donnerwetter wieder bis hier unten höre.«

Ich nahm ihre Hand zwischen meine Hände und drückte sie ganz fest.

»Bis morgen, Oma Ursel. Danke für den Kakao.«

Dann rannte ich die Treppen zu unserer Wohnung nach oben. Die Tür war nur angelehnt. Dahinter stand Mirko und lächelte linkisch.

»Na, heute länger beim Training gewesen?«

»Geh zur Seite, du Wicht!«

»Wer wird denn da gleich unfreundlich werden? Hast du was ausgefressen?«

»Du sollst zur Seite gehen!«

»Is ja gut. Soll ich Vati erzählen, wo du warst, oder willst du das lieber selber machen?«

»Wo war ich denn deiner Meinung nach?«

»Das weißt du doch selbst am besten. Und du weißt auch, wie gerne Vati das sieht.«

»Pass mal auf, du kleine Pestbeule. Du verziehst dich jetzt in dein Zimmer und deckst den Tisch. Sonst erzähle ich Vati nämlich, dass du heute den kleinen Robert verkloppt hast.«

Mirko verzog das Gesicht: »Das wirst du schön bleiben lassen.«

»Dann geh mir aus dem Weg.«

Jetzt habe ich ihn eine Weile in der Hand. Aber wer weiß, wie lange. Sei bloß froh, dass Du keinen kleinen Bruder hast.

Zu Uwe gehe ich morgen. Aber jetzt schicke ich erst mal den Brief los. Morgen will Christa kommen.

Bis bald,
Julia

Kreuzberg, 30. Juni 1989

Liebe Julia,

ich sitze gerade in der Küche und will Dir schreiben, aber mein Ohr klebt halb am Radio. Auf RIAS berichten sie schon den ganzen Vormittag über einen Fluchtversuch gestern Abend, nur ein paar Kilometer entfernt von hier. Ein 27-jähriger Mann hat versucht, mit seinem Auto durch den Grenzübergang Mahlow bei Potsdam zu brettern, um nach Westberlin zu gelangen. Kannst Du Dir das vorstellen? Er ist mit seinem Skoda erst Schrittgeschwindigkeit gefahren und hat dann plötzlich vor dem Grenzübergang Gas gegeben und ist voll Karacho durch drei Schlagbäume gerast. Aber er schaffte es nicht durch die letzte Absperrung und liegt nun verletzt in so einem **Stasi-Krankenhaus**. Wie verzweifelt muss man sein, um das zu tun? Oh Mann.

Irgendwie scheinen sich diese Geschichten zu häufen. Kommt es mir nur so vor oder wollen tatsächlich immer mehr Leute aus der DDR abhauen? Ich denke an Tinas Eltern, an Deine Lehrerin, an diesen jungen Typen mit dem Skoda ... fast jeden Tag höre ich irgendwas darüber. Mein Vater sagt, das seien alles Zeichen dafür, dass der **Kalte Krieg** langsam dem Ende zugeht. »Die DDR wird die politischen Veränderungen auf der Welt nicht überleben«, sagt er jeden Tag beim Zeitunglesen, mehr zu sich als zu uns, »die Leute lassen sich das nicht mehr gefallen. Da wird sich bald irgendwas ändern müssen.« Er und seine Kollegen sind große **Gorbatschow**-Fans, sie haben ihr neues Zebrafinken-Pärchen in der Redaktion »**Perestroika**« und »**Glasnost**« genannt. Das sind alles total schräge Typen in der Kulturredaktion. Sogar eine Wette haben sie darüber laufen, wann die Mauer fällt. Mein Vater hat zwanzig Mark auf das Jahr 1991 gesetzt, das kann ich mir überhaupt nicht vorstellen. Außerdem finde ich es seltsam, auf sowas zu wetten. Schön wär's allerdings: Dann bist Du nämlich 18 und kannst machen, was Du willst, zum Beispiel, mich in Kreuzberg besuchen. Aber mal im Ernst, tatsächlich scheint irgendwas in der Welt zu passieren. Gestern gingen ja die Bilder um die Welt, wie der österreichische und ungarische Außenminister den Stacheldraht zwischen beiden Ländern durchschneiden. Der **Eiserne Vorhang** hat nun ganz eindeutig große Löcher. Dass die Grenze in Ungarn offen ist, müsstet Ihr doch inzwischen auch mitbekommen haben, oder? Es würde mich nicht wundern, wenn ein paar Deiner Landsleute sich demnächst nach Ungarn aufmachen. Es sei denn, **Honecker** macht Eure Grenze zur **Tschechoslowakei** dicht, dann steckt Ihr fest. Aber das kann er nicht tun. Dann seid Ihr ja fast ganz eingesperrt.

Ich bin übrigens richtig glücklich, dass Du mit Tina meine erste Radiosendung hören konntest! Ich war so unfassbar aufgeregt. Als ich im Sender ankam und mich zum ersten Mal ins Studio setzte, war ich so nervös, dass ich dachte, ich spucke gleich ins Mikro. Ich hatte richtig schlimmes Herzrasen, Übelkeit, Durchfall, Schweißausbrüche, kalte Hände, die volle Palette. Gott sei Dank war Sabine mit. »Ganz langsam ausatmen, Ines«, sagte sie, »das wird schon. Das schaffst du. Nicht durchdrehen jetzt.« Sie zeigte mir ein paar Atemübungen, während eine Tontechnikerin vor meiner Nase an meinem Mikro rumfummelte. Dann ging der Aufnahmeleiter Jörg mit mir noch mal ganz detailliert und quälend langsam den Sendeablauf und meine Karteikarten durch. Und plötzlich verschwanden alle aus dem Studio und es wurde dunkel und totenstill. Die rote Aufnahmelampe leuchtete auf und der »Karacho«-Jingle spielte. Mein Mund wurde staubtrocken und ich dachte kurz, dass ich gleich keinen Speichel mehr zum Sprechen hätte und dann unverständlich ins Mikro krächzen würde. Aber bevor ich den Gedanken zu Ende denken konnte, ging es auch schon los. Plötzlich war ich auf Autopilot und es sprudelte nur so aus mir raus. Hast Du meinen geheimen Gruß an Dich verstanden? »Ich begrüße alle, die in Berlin zuhören, im Osten, im Westen, im Norden, im Süden. In ganz Berlin also, diesseits und jenseits der Mauer. Schön, dass Ihr da seid und zuhört. Bleibt dran. Und jetzt gibt's erst mal Musik.« Das war für Dich, Julia! Hey, wir könnten uns ja eine Art Geheimsprache ausdenken und ich könnte Codewörter in meinen Moderationen verstecken. Vielleicht die Worte »Eilbrief« für »Schreib dringend« und »Sturzflug« für »Hier totale Katastrophe, kann nicht schreiben«. Oder so. Was hältst Du davon? Vor zwei Wochen habe ich schon meine zweite Sendung moderiert, da war ich nicht mehr ganz so aufgeregt. Hast Du sie auch bei Tina hören können? Es ging um Graffiti, ich hatte sogar einen Interviewgast, einen 18-jährigen Sprayer aus Schöneberg mit dem Künstlernamen Zahnbürste. Total wahnsinnig, der Typ. Er sprayt Bilder auf die Mauer, zum Beispiel Löcher, durch die man verrückte Dinge sehen kann, den Dschungel, eine asiatische Großstadt oder den Ozean. Als ob man durch die Mauer gucken könnte und auf der anderen Seite eine fremde Welt wäre. Was ja irgendwie auch so ist.

Inzwischen ist mein Leben übrigens deutlich stressiger als noch vor einigen Wochen. Weil ich ja wieder zur Schule gehen muss. Es ist eine ziemlich dolle Veränderung, früh aufstehen und Hausaufgaben machen und so. Aber inzwischen bin ich einigermaßen wieder drin, auch wenn ich die Schule nach wie vor hasse. Am Tag vor meinem ersten Schultag ging es mir aber gar nicht gut. Ich hatte richtig Angst. Ich war ja fünf Monate nicht mehr in der Schule gewesen und wollte überhaupt nicht hin. Also beschloss ich, irgendwas zu tun, um mich sicherer zu fühlen und die Bescheuerten gleich auf Abstand zu halten. Ich dachte, dass es vielleicht eine gute Idee wäre, etwas bedrohlicher auszusehen. Was ja nicht so einfach ist, wenn man nur 1,52 m groß ist. Meine Haare waren in den letzten Monaten so lang geworden, dass Sabine schon wieder anfing, von einem »schönen Bob« zu träumen. Aber ich kann mit diesen Fönfrisuren echt nichts anfangen, im Gegenteil, ich stehe beim Judotraining gerade wieder richtig im Saft und habe gar keinen Bock auf Haarpflege. Also ging ich schnell noch zum Friseur und ließ mir die Haare wieder links abrasieren und rechts auf Kinnlänge schneiden. Das fand ich schon etwas besser.

»Ey, du siehst nicht mal ansatzweise bedrohlich aus«, sagte Merle, als sie nachmittags vorbeikam. »Das bringt doch gar nichts. Jeder Zweite in Kreuzberg hat inzwischen so 'ne Frisur. Damit kannst du dich locker konfirmieren lassen.« In dieser Hinsicht war es schwer, mit Merle zu streiten, weil sie sich gerade einen Ring durch die Nase hatte stechen lassen und inzwischen richtig schön verfilzte Dreadlocks hatte.

»Los, wir gehen zur Drogerie«, schlug sie vor. »Ich färbe dir die Haare, das geht ruckzuck und dann machen sich die Sexy Sandras morgen vor Angst in ihre Hotpants.« Wir einigten uns, dass Tiefschwarz eine gute und gefährliche Farbe sei. Eine Stunde später hatte ich rabenschwarze Haare und jede Menge dunkle Striemen im Gesicht, weil wir das mit dem Färben noch nicht so gut hinbekommen hatten.

»Eine Super-Mischung«, sagte Merle. »Mit deiner hellen Haut siehst du jetzt nicht nur gefährlich aus, sondern auch krank. Richtig blass und ungesund.« Ich glaube, das sollte ein Kompliment sein. Ach, egal. Wenn die Sexy Sandras dachten, dass ich etwas Ansteckendes hätte, war mir das auch recht.

Am nächsten Tag holte Merle mich auf dem Weg zur Schule ab. Als das Schulgebäude in Sicht war, bekam ich ein richtig flaues Gefühl im Magen. Dieser ätzende graue Betonklotz, dieser völlig zubetonierte und vermooste Schulhof, diese vergammelten Tischtennisplatten und diese schimmelige und stinkende Sporthalle, das machte mich alles schon auf den ersten Blick total fertig. Vor den Fahrradständern standen schon die Sexy Sandras mit ihrer Clique und qualmten. Als sie mich sahen, hörten sie sofort auf zu reden und glotzten rüber. Aber dann guckten sie schnell wieder weg. Keine sagte ein Wort, es flogen keine Sprüche wie »Hier stinkt's« oder »Die Lesbe ist wieder da«. Nix.

»Ey, die haben Angst vor dir«, sagte Merle. »Ich fasse es nicht. Was mache ich falsch? Soll ich mir auch die Haare färben? Ist aber schwierig bei meinen Dreadlocks.«

»Nee«, sagte ich, »du musst die Sandras nur einmal kräftig am Hals packen und zudrücken. Das reicht.«

Gott sei Dank nahm keiner weiter Notiz von mir, bis mich in der vierten Stunde Herr Abramowitsch rausrufen ließ. Er trug einen neuen Pulli, es war unglaublich, er sah plötzlich ganz anders aus. Nicht unbedingt besser, der Pulli war aus grüner Baumwolle mit beigefarbenen geometrischen Mustern, keine Ahnung, wo er den aufgetrieben hatte. Wir gingen runter auf den Schulhof und setzten uns auf eine gammelige Bank in der Sonne.

»Ines, wie läuft's?«, fragte er mich. »Ist es okay für dich, wieder hier zu sein?«

»Geht schon.«

»Keine Lust, jemandem eine reinzuhauen?«

»So schlimm bin ich nun auch nicht. Außerdem passt Merle auf mich auf.«

»Da bin ich froh. Ich habe auch manchmal Lust, bestimmten Schülern eine reinzuhauen, aber ich tue es einfach nicht. So solltest du das auch machen. Ich habe übrigens deine Sendungen gehört. Das hast du richtig gut gemacht. Ich habe schon überlegt, ob wir diese Zahnbürste mal einladen können, um die Wände unserer Turnhalle zu besprühen.«

Herr Abramowitsch meinte das ernst.

»Das wäre cool.«

»Es gibt aber noch andere Neuigkeiten. Weißt du noch, deine Kimura-Biografie? Ich habe sie eingereicht beim Berliner Schüler-Literaturpreis in der Kategorie Sonderprojekte.«

»Echt jetzt?« Mir wurde plötzlich ganz warm.

»Echt. Und du hast gewonnen.«

Abramowitsch sah richtig glücklich aus. Seine Augen strahlten.

»Ich hatte noch nie einen Schüler, der irgendwas gewonnen hat«, fügte er bescheiden hinzu.

»Ich habe auch noch nie was gewonnen. Nur ein paar Pokale beim Judo.« Ich blieb äußerlich cool, aber innerlich jubelte ich.

»Wir werden mit der ganzen Klasse zur Preisverleihung fahren«, sagte Abramowitsch. »Bürgermeister Momper wird dir dann den Preis überreichen. Super, oder? Es gibt auch ein Preisgeld, wie hoch, weiß ich jetzt gar nicht. Aber das Beste ist: Wenn du hier einigermaßen mitmachst, sind deine Chancen deutlich gestiegen, das Schuljahr zu schaffen. Es ist schwer, sitzen zu bleiben, wenn man gerade den Berliner Schüler-Literaturpreis gewonnen hat. Also streng dich an.«

Er klopfte mir freundschaftlich auf die Schulter und zwinkerte mir zu. Er war echt nett.

»Was hast du da eigentlich im Gesicht? Die schwarzen Streifen? Kommt das vom Judo?«

»Nur Tönung«, sagte ich. Dann klingelte die Pausenglocke und ich war froh, dass unser Gespräch über meine Frisur so abrupt beendet war. Der erste Schultag, scheiße wie er war, hatte doch noch eine gute Wendung genommen.

Seitdem hat es natürlich jede Menge Tage gegeben, an denen ich tausendmal lieber im Bett geblieben wäre, als zur Schule zu gehen. Eigentlich ist das jeden Tag so. Aber Sabine geht erst dann aus dem Haus, wenn Merle mich abgeholt hat, damit ich auch absolut hundertprozentig am Unterricht teilnehme. Ich stehe also unter Bewachung. Ich bin mir nicht sicher, aber mein Eindruck ist übrigens, dass Sabine und mein Vater sich wieder näherkommen. Zumindest bemüht sich mein Vater darum. Er ist schon wieder auf Urlaub hier und rennt ihr ständig hinterher. »Kann ich uns heute Abend was kochen?«, ruft er, wenn sie zur Arbeit geht. »Magst du lieber Curry oder Spaghetti Carbonara oder Toast Hawaii?« Oder: »Soll ich deinen Text über die Junior Kickboxing Meisterschaft im Wedding noch mal gegenlesen?« Er räumt auch andauernd auf, das hat er früher wirklich nie gemacht. Neulich hat er sogar den Hund in ein Schaumbad gesteckt, weil Sabine gesagt hat, dass Jacques stinkt. Der Hund war von dieser Erfahrung völlig verstört: Sabine hat ihm zwar schon oft das Fell gewaschen, aber in eine volle Badewanne ist er dabei noch nie gesteckt worden. Er hat die ganze Zeit versucht, den Schaum zu fressen und war irritiert, dass er dabei nichts zwischen den Zähnen hatte. Er rätselt bestimmt immer noch, wie das gehen kann. Aber Sabine bleibt cool. Ich glaube, sie will meinen Vater schon, aber sie will auch ein Kind. Und das Kind will sie ein klitzekleines bisschen mehr als meinen Vater. Kann sein, dass er zu doof ist, um das zu checken. Ich sage ihm das lieber noch mal, ich habe ja auch ein Interesse daran, dass Sabine bleibt. Jedenfalls bin ich gespannt, wie das in den Sommerferien weitergeht, dann fahren Sabine und ich nämlich zu ihm nach New York. Ich freue mich schon. Manhattan. Brooklyn. Bronx. Subway. Empire State Building. Baseball. Graffiti. Gucke ich mir alles an. Danach steht leider wieder eine Pflichtwoche mit Marion in den Bergen an. Oh Gott, wie soll ich das durchhalten.

Ich habe leider keine neuen Informationen für Dich über Marion. In letzter Zeit habe ich sie nicht oft gesehen, sie arbeitet viel und es geht ihr auch nicht so gut. Aber ich spreche jede Woche mit Frau Weinstein über sie. Die letzte Stunde handelte eigentlich ausschließlich von Marion. Ich erzählte ihr, was Du über Ursel geschrieben hattest.

»Tja, da scheint sich die Geschichte wohl zu wiederholen«, sagte Frau Weinstein.

»Wie jetzt?«

»Deine Mutter und du, ihr habt auch kein großes Vertrauen ineinander.«

Ich überlegte kurz.

»Ja«, sagte ich, »Aber das liegt daran, dass Marion so komisch ist. Sie ist so anstrengend. Und sie fühlt sich überhaupt nicht an wie eine richtige Mutter.«

»Das wäre sie aber bestimmt gern.«

»Kann sein. Aber sie kriegt es jedenfalls nicht hin. Sie ist nicht normal.«

»Sie hat schlimme Dinge erlebt und das hat sie geprägt.«

Ich rollte mit den Augen. »Ja«, sagte ich, »das hat sie. Aber warum spricht sie nicht darüber? Das würde es schon mal einfacher machen. Dann könnte ich ja wenigstens was verstehen. Zum Beispiel die Sache mit dem Kind. War da nun eins oder nicht? Und wenn ja, wo ist es jetzt? Das muss sie doch interessieren. Sie muss da doch was wissen. Was wäre sie sonst für eine Mutter?«

»Wenn jemand etwas wirklich Schlimmes erlebt hat und das nicht verarbeiten konnte, dann vermeidet er alle Erinnerungen daran. Auch Orte oder Personen, die damit zu tun haben. Sonst fühlt sich die Angst nämlich ganz schnell lebensbedrohlich an. Alle schlimmen Erinnerungen kommen wieder und es ist, als ob alles noch mal passiert. So geht es Marion vielleicht. Sie muss anscheinend alles vermeiden, was sie wieder mit den Gefühlen von früher in Kontakt bringt.«

Ich schwieg.

»Kann man das nicht therapieren? Sie kann doch nicht ihr ganzes Leben so verbringen. Es wird ja auch immer schlimmer.«

»Was wird schlimmer?«

»Als ich sie neulich anrief, war ihr Telefon tot. Sie hat es abgestellt, weil sie glaubt, dass die Stasi sie wieder abhört. Sie hat auch ihre Wohnung gekündigt, weil sie meint, dass sie dort nicht mehr sicher ist. Neulich hat sie sogar gesagt, dass sie ihren Namen ändern möchte.«

Frau Weinstein sah besorgt aus.

»Das hört sich nicht gut an«, erklärte sie.

»Mein Vater hat sich deshalb schon mit ihr getroffen. Er sagt, dass sie wahnsinnige Angst hat, auch um mich. Sie glaubt zum Beispiel, dass die Stasi mich entführen will. Wenn es so weitergeht, braucht sie Hilfe, sagt er.«

»Seid ihr denn ganz sicher, dass sie nicht wirklich beschattet wird?«, fragte Frau Weinstein, »Das wäre ja nicht das erste Mal. So was gibt es tatsächlich, auch in Westberlin.«

Da fing ich an zu grübeln. Was, Julia, wenn irgendjemand hinter unsere Brieffreundschaft gekommen ist? Was, wenn das längst aufgeflogen ist? Und meine Mutter deshalb nun von der Stasi bespitzelt wird? Vielleicht hat das was mit dem Kind zu tun, das wir suchen? Du musst unbedingt mehr rausfinden. Hier kann ich das nicht. Nicht mit einer Marion, die gerade komplett durchdreht. Heute Nachmittag kommt Christa zum Kaffeetrinken, dann gebe ich ihr gleich den Brief mit. Nächste Woche geht sie wieder zu Ursel, dann kann sie Brieftaube für uns spielen. Sie soll aufpassen, das sage ich ihr heute Abend noch mal.

Oh, es riecht so lecker nach Apfelkuchen. Rate mal, wer backt? Natürlich mein Vater. Nicht zu fassen. Mein nächster Brief kommt dann aus New York, ich habe zwar noch keine Ahnung, wie ich ihn Dir schicken soll, aber in etwas über zwei Wochen geht's los! Vielleicht adressiere ich ihn einfach an Christa und hoffe, dass sie ihn schnell mitnehmen kann. Pass auf jeden Fall gut auf und nimm Dich in Acht vor den widerlichen kleinen Grabschhänden Deines Bruders. Nicht zu fassen, wie der drauf ist. Und denke an meine Sendung in zwei Wochen, das Thema wird Dich interessieren!

Deine gefährliche Freundin
Ines

Wilhelmsruh, 7.7.1989

Liebe Ines,

wir müssen noch vorsichtiger sein. Christa wurde an der Grenze durchsucht. Ich hab' richtig Angst, seit Oma Ursel mir das erzählt hat. Sie haben den Brief nicht gefunden, weil sie ihn ja wie immer gut versteckt hatte. Ihre ganze Tasche haben sie umgestülpt. Und in die Schuhe haben sie auch gesehen. Nur eine alte Rechnung haben sie aus ihrer Handtasche gezogen und sehr lange studiert. Aber was, wenn sie Christa jetzt einfach im Auge behalten? Wir müssen uns irgendwas überlegen. Vielleicht gibt es noch jemand anderen, der die Briefe über die Grenze bringen könnte. Vielleicht wenigstens jedes zweite Mal. Fällt Dir da jemand ein? Christa war auf jeden Fall wohl ganz schön durcheinander. Nicht auszudenken, was passiert wäre, wenn sie den Brief gefunden hätten. Vielleicht ist Deine Idee mit einer Geheimsprache nicht verkehrt. Wir werden sie vielleicht schon bald brauchen. Aber nicht nur das. Auch einen geheimen Ort für unsere Briefe. Ich bin nämlich nicht sicher, ob wir Oma Ursel noch länger als Briefempfängerin nutzen sollten. Sonst passiert auch ihr noch was. Wir müssen Christa bitten, die Briefe irgendwo zu verstecken. An einem Ort, den sie Ursel mitteilt, und an dem ich sie dann finden kann. Niemand soll etwas bei Ursel entdecken können.

Dein Vater sagte doch vor Kurzem, dass die DDR die politischen Veränderungen nicht überleben wird – darüber denke ich seitdem nach. Was Gorbatschow bei seinem Besuch im Juni meinte, dass jeder Staat das Recht hat, das eigene politische und soziale System frei zu wählen, macht hier vielen Mut. Tinas Eltern zum Beispiel, die hoffen, dass ihr Ausreiseantrag jetzt schneller bewilligt wird. Und auch Uwe, der die Hoffnung nicht aufgibt, dass die DDR eine bessere DDR sein kann. Aber heißt es nicht auch, dass, wenn unser Staat den Sozialismus gewählt hat, dass das eben unsere Entscheidung ist? Dass wir dann damit leben müssen oder vielleicht auch wollen?

Uwe sagt, dass wir es eben nicht frei gewählt hätten, weil es hier keine **freien Wahlen** gäbe. Aber wer hat es dann gewählt? Haben nicht die Gründer der DDR den Sozialismus für die beste Staatsform gehalten? Und ist es dann nicht deshalb richtig? Ich bin ein wenig ratlos, wie Du merkst. Mit meinen Eltern kann ich nicht darüber reden. Mit Mutti vielleicht schon, aber nicht, wenn mein Vater da ist. Und wann soll das bitte sein?

Aber neulich habe ich gesehen, dass Mutti Westfernsehen guckt. Ich bin nachts nochmal aufgestanden, weil ich Durst hatte. Kommt eigentlich nie vor, aber es war so heiß in der Nacht. Da konnte ich sehen, dass ein Lichtstrahl aus dem Wohnzimmer in den Flur fiel. Und als ich näher kam, hörte ich – ganz leise – einen mir unbekannten Nachrichtensprecher.

Keine Ahnung, wie lange sie das schon macht. Aber sie wirkte nicht so, als würde sie das zum ersten Mal gucken, sondern eher so, als würde sie das jede Nacht machen. Die Füße hatte sie auf den Tisch gelegt. Ich konnte das Loch in ihrer linken Socke genau sehen. Zum Glück hat sie mich nicht gehört.

Ich bin also nicht die Einzige in der Familie, die Westfernsehen guckt. Meiner Mutter scheint es auch nicht mehr zu genügen, die »**Aktuelle Kamera**« zu sehen. Mein Vater ahnt sicher nichts. Wenn der schläft, dann schläft er. Da kann eine Kuh durchs Zimmer laufen. Der wird nicht wach.

Mir gegenüber tut Mutti immer sehr pflichtbewusst, aber ich glaube, bei ihr verändert sich da grade was. Seit immer mehr Kollegen nicht mehr aus dem **Ungarn-Urlaub** zurückkommen, muss sie noch mehr arbeiten. Sie beklagt sich nicht, aber ich merke, dass sie wütend ist. Nicht auf die Kollegen, sondern auf die Partei. Das sagt sie natürlich nicht so direkt, aber neulich beim Abendbrot ist ihr dann doch was rausgerutscht. »Und, was sagt ihr nun?«, hat sie meinen Vater angezischt. Keine Ahnung, was sie mit »ihr« meint. Schließlich ist er ja auch nur ein ganz normaler Polizist und nicht Bürgermeister. Aber er wusste offenbar ganz genau, was oder wen sie meinte, denn er sagte nur: »Du bist auf die Falschen wütend. Deine Kollegen haben euch im Stich gelassen. Sonst niemand. Und im Übrigen ist das Abendbrot jetzt beendet.«

So macht er das immer. Wenn ihm ein Gespräch unangenehm wird, beendet er einfach die Mahlzeit. Egal, ob noch jemand Hunger hat. Bisher hat das auch immer funktioniert. Aber nicht dieses Mal.

Wie von einer Wespe gestochen sprang meine Mutter auf: »So einfach ist das also?« – »Ja, so einfach ist das.« Mein Vater sagte das ganz ruhig. Wenn er richtig wütend ist, wird er immer ruhiger. So lange, bis er richtig explodiert. Unheimlich ist das, sag ich Dir. Und weil ich schon geahnt hatte, dass das gleich passiert, hab ich mich lieber schnell in mein Zimmer verzogen. Mirko dagegen ist ja immer viel zu neugierig, um so einem Orkantief auszuweichen. Ich konnte durch die Wand immer noch gut genug hören, wie meine Mutter meinem Vater vorhielt, dass die Menschen doch nicht ohne Grund seit dem 7. Juni auf die Straße gehen würden. Und dass, wer friedliche Demonstrationen mit Gewalt verhindern wolle, doch wohl etwas zu verbergen hätte. Jetzt brüllte mein Vater. So sehr, dass ich glaubte, die Wände müssten gleich einstürzen. Ich sagte es ja: Es ist wie ein Orkan. Einer, der durch Wände pustet. »Friedlich nennst du das? Das waren staatsfeindliche Subjekte! Und wie ich als Hauptwachmeister meine Einsatzbefehle gebe, geht dich gar nichts an! Willst du dich jetzt etwa auf die Seite dieser **Dissidenten** stellen?« Dann knallte eine Tür und dann noch eine. Mein Vater hatte seinem Ärger jetzt anscheinend genug Luft gemacht und brach nun zu einem seiner Wutspaziergänge auf.

Dann klopfte es an meiner Tür und meine Mutter öffnete sie langsam. »Tut mir leid, dass es grad so laut war, Julia«, sagte sie. »Manchmal streiten Eltern sich eben.« Ich sah sie verständnislos an. Hielt sie mich für fünf? »Ich weiß sehr wohl, dass das hier nicht irgendein Streit war. Was weißt du, das Papa so wütend macht?« Sie sah zum Fenster, dann auf den Boden und schließlich holte sie tief Luft. »Ich weiß nichts, Julia. Aber ich finde einfach, dass Gewalt immer falsch ist.« Jetzt musste ich Luft holen. »Stimmt. Aber ich glaube, du weißt sehr wohl, was hier so alles falschläuft. Ich meine nicht, hier zu Hause, sondern überall. In der ganzen DDR. Ich war da, Mutti. Ich hab' es gesehen.«

Ich biss mir auf die Zunge.

»Was hast du gesehen?« Ihr Tonfall wurde scharf wie ein Schnitzmesser.

»Die Demonstration auf dem Alexanderplatz. Am 7. Juni.«

»Du bist da mitgelaufen? Bist du verrückt geworden?«

Ihre Stimme überschlug sich. Das machte mich wütend. Was dachte sie nur von mir?

»Warum? Wenn doch alles ganz friedlich war? Und NEIN, ich bin da nicht mitgelaufen, aber ich habe es zufällig gesehen.«

»Was hattest du denn bitte schön am Alexanderplatz zu suchen?«

Darüber hatte ich natürlich nicht nachgedacht. Ich kam ja von Uwe (davon später mehr), aber das konnte ich ihr ja unmöglich erzählen. Also fing ich an zu stammeln.

»Ich, ich … ich wollte es eigentlich nicht erzählen. Weil Papa sonst immer so sauer wird. Ich hab Kekse für Oma Ursel gekauft – in ihrer alten Lieblingsbäckerei.«

Meine Mutter legte den Kopf schief wie ein Dackel, der ein Leckerli will. Dann sagte sie. »Ach so. Na, dann ist ja gut.« Meine Mutter mag es, wenn ich mich um Oma Ursel kümmere. Und ein bisschen mochte sie wahrscheinlich auch, dass sie jetzt etwas wusste, was Papa nicht wusste.

»Aber versprich mir, dass du dich fernhältst von diesen Demonstranten, Julia. Ich will nicht, dass dir etwas passiert.«

Ich hab es ihr versprochen. Aber sie muss ja auch nicht alles wissen. Die Wahrheit ist nämlich, dass ich nicht ganz zufällig auf dem Alexanderplatz war.

Uwe hat mich dorthin mitgenommen. Er war gerade auf dem Weg dorthin, als ich ihn besuchen wollte. Und damit ich nicht umsonst gekommen war, schlug er vor, dass ich einfach mitkomme. Allerdings hatte er mir nicht erzählt, was er vorhatte. Er sagte nur, dass er sich mit ein paar alten Freunden treffen wollte. Die könnte ich ja dann kennenlernen. Eine würde auch Marion kennen. Kannst Dir ja vorstellen, dass ich da neugierig geworden bin.

Wir fuhren mit der Straßenbahn, deren quietschende Bremsen jedes Gespräch verhinderten. War bestimmt auch besser so.

Auf dem Alexanderplatz hatte sich schon eine kleine Gruppe Menschen versammelt. Vielleicht fünfzehn oder so. Die meisten von ihnen waren wohl so alt wie Uwe. Er deutete mit dem Kopf in ihre Richtung. »Da. Sie sind schon da.« Die kleine Gruppe stand ziemlich dicht gedrängt, als würden sie sich wärmen. Und das im Juli. Als wir sie fast erreicht hatten, rissen einige von ihnen plötzlich Plakate und Schilder hoch. »Nie genug vom **Wahlbetrug**« stand darauf oder »Wir fordern **freie Wahlen**«.

Ehrlich gesagt: Ich hab' nicht gleich verstanden, in was ich da reinschlittere. Ich wusste ja auch gar nicht, dass Uwe mit mir dahin wollte, doch er ging direkt auf die Plakatleute zu. Und dann ging alles ganz schnell. Plötzlich bewegten sich von allen Enden des Platzes Männer auf die Demonstranten zu. Ich hatte sie vorher gar nicht bemerkt. Es waren viele. Einige Dutzend bestimmt. Auf jeden Fall viel mehr als die Leute mit den Plakaten. Uwe fasste mich an der Hand und zog mich in einen Hauseingang und von da in eine Seitenstraße. Als ich mich umdrehte, sah ich, wie die Männer die kleine Menschengruppe erreichten, sie sie mitsamt ihren Schildern zu Boden rissen und auf sie einschlugen. Ich war fassungslos und schrie: »Warte, wir müssen ihnen helfen!«

Uwe hielt mir den Mund zu und sah mich eindringlich an.

»Kein Wort mehr«, sagte er. Dann zerrte er mich hinter sich her. Als wir außer Sichtweite des Alexanderplatzes waren, gingen wir wieder langsamer. Aber Uwe hörte nicht auf, sich umzusehen. Erst als wir eine halbe Stunde kreuz und quer gelaufen waren, traute ich mich, wieder zu sprechen:

»Was war das?«

»Dein Staat.«

»Was meinst du damit? Mein Staat?«

»Na, der Staat, in dem du aufwächst und dem du vertraust. Jetzt hast du gesehen, was sie mit Menschen machen, die ihre Meinung sagen.«

Ich schluckte. Die Leute auf dem Alexanderplatz hatten ja wirklich niemandem etwas getan. Sie hatten lediglich Transparente in der Hand.

»Aber es ist doch falsch, was auf den Plakaten stand, oder?«

»Glaubst du? Glaubst du wirklich, dass sich irgendjemand dieser Gefahr aussetzt, wenn nicht stimmt, was auf den Plakaten steht? Du hast doch gesehen, was passiert ist. Und sie haben noch nicht mal etwas gerufen.«

Ich nickte.

»Ein Staat muss Kritik und andere Meinungen aushalten. Das macht ihn stark, nicht schwach«, sagte Uwe. »Aber das kapieren die nicht. Sie schicken ihre Stasi und machen Andersdenkende mundtot. Aber bei den Wahlen ist betrogen worden. Das können wir nun beweisen.«

Mir schwirrte der Kopf. Jetzt erst begriff ich, in welcher Gefahr wir gewesen waren. Wir waren den Schlägen dieser Männer nur knapp entgangen. Was, wenn sie mich dort erwischt hätten? Wie hätte ich das meinen Eltern erklären sollen? Ob ich dann auch ins Gefängnis gekommen wäre?

»Wir trennen uns jetzt besser«, sagte Uwe, »Damit sie uns nicht zusammen sehen. Komm morgen Nachmittag zu mir. Dann stelle ich dir Gitta vor. Sie kannte Marion aus dem Gefängnis. Und jetzt lauf nach Hause.«

Als ich nach Hause kam, war Mirko zum Glück noch bei seinem **Pioniernachmittag.** Jetzt liege ich auf meinem Bett und verstehe die Welt nicht mehr. Aber ich verstehe langsam immer besser, warum Marion hier nicht bleiben wollte. Grüß sie von mir, wenn Du sie das nächste Mal siehst, aber erzähl ihr bloß nicht, was mir passiert ist. Sonst kriegt sie noch mehr Angst. Morgen fahre ich zu Uwe, um diese Gitta zu treffen. Muss nur vorher zum Schwimmen, damit niemand Verdacht schöpft.

Bis morgen, also!

Liebe Ines,

es ist schon fast Mitternacht. Ich habe mir eine Taschenlampe mit unter die Decke genommen, damit meine Eltern kein Licht in meinem Zimmer sehen. Aber ich musste Dir unbedingt jetzt noch schreiben. Was ich Dir jetzt erzähle, ist vielleicht das Wichtigste, was Du je über Marion erfahren wirst. Ich habe noch mit niemandem darüber gesprochen. Nicht mal mit Tina oder Oma Ursel. Obwohl ich fast platze. Aber der Reihe nach:

Gestern nach dem Schwimmen (was übrigens wieder die Hölle war, eine Olympionikin wird wohl nicht mehr aus mir) bin ich zu Uwe gefahren. Er saß bereits vor seiner Laube und neben ihm eine Frau mit braunen, streng zurückgebundenen Haaren und einer etwas zu großen Brille. Sie sah altmodisch aus, aber auch sehr freundlich. Uwe winkte mir zu, als ich die Gartenpforte öffnete. »Komm rein! Wir warten schon auf dich. Möchtest du auch eine Limonade? Hab' ich selbst gemacht.«

Die fremde Frau nickte mir freundlich zu, dann setzte ich mich auf die Stufen der kleinen Veranda und trank einen Schluck Limonade. Schmeckte irgendwie komisch, nach Hagebutte und Rhabarber oder so.

»Wir haben gerade von gestern gesprochen«, sagte

Uwe. »Gitta« – dabei zeigte er auf die fremde Frau – »war auch auf der Demonstration.«

»Und wieso sind Sie dann jetzt hier«, platzte ich heraus.

»Du meinst, wieso ich nicht im Gefängnis bin?« Gitta hat eine erstaunlich tiefe Stimme. Ich bin richtig ein bisschen zusammengezuckt.

»Ja, genau.«

»Ich war ein bisschen spät dran gestern. Hatte die Straßenbahn verpasst, weil ich über den Hinterhof aus dem Haus musste. Vor meiner Tür standen die Herren ›**Horch und Guck**‹. Wer hätte gedacht, dass die mich mal vor dem Gefängnis retten würden. Als ich gerade auf den Alexanderplatz zukam, sah ich das Stasi-Geschwader. Die glauben ja immer, sie seien so unauffällig. In Wirklichkeit ist ihre Unauffälligkeit gerade das, was auffällt. Manchmal muss ich richtig lachen, wie sie da so rumstehen und in die Luft gucken. Na, auf jeden Fall konnte ich rechtzeitig beidrehen und ihr ja offenbar auch.«

Ich war wütend.

»Wie konntest du mich da nur reinziehen, Uwe?«

»Na, nun mach mal halblang. Du wolltest doch Detektiv spielen für deine Freundin und alles ganz genau wissen. Du wolltest doch die Leute kennenlernen, mit denen Marion früher zu tun hatte. Na, und da waren sie doch mal alle auf einem Haufen.«

Uwe hat echt einen speziellen Humor.

»Das hättest du mir sagen müssen.«

»Wärst du dann überhaupt mitgekommen?«

»Natürlich nicht. Aber wenn ich verhaftet worden wäre, hätte ich die Leute auch nicht kennengelernt. Und wie hätte ich das bitte schön meinem Vater erklären sollen? Der verbietet mir ja schon den Umgang mit Oma Ursel.«

»Nu is ja wieder gut. Es ist ja nichts passiert. Also, außer, dass du jetzt weißt, was so alles passieren kann, wenn man in diesem Land seine Meinung sagt.«

Gitta unterbrach ihn. »Nun lass sie doch mal. Entschuldige, ich habe mich noch gar nicht richtig vorgestellt. Ich bin Gitta. Marion und ich waren mal sehr gute Freundinnen.«

»Woher kanntet ihr euch denn?«

»Aus dem Gefängnis.«

»Du bist auch im Gefängnis gewesen?«

»Ja, aber ich habe dort gearbeitet. Auf der Krankenstation. Ich bin Krankenschwester, weißt du. Naja. Sagen wir, ich bin Krankenschwester gewesen. Nachdem ich Marion kennengelernt habe, war ich es nicht mehr lange. Dass sie schwanger war, als sie nach Hoheneck kam, weißt du ja bereits. Es ging ihr nicht gut in der Schwangerschaft. Sie war öfter mal auf der Krankenstation. Da haben wir uns kennengelernt. Wir mochten uns sofort. Es war natürlich streng verboten, dass wir uns anfreundeten. Es war sogar verboten, dass wir miteinander redeten. Wir haben es trotzdem getan. Heimlich. Wir hatten so eine Art Geheimsprache entwickelt. Wenn ich zum Beispiel ihre linke Hand drückte, hieß das »deinem Baby geht es gut«. Gegen Ende der Schwangerschaft war es für Marion sehr schwer. Unter den Bedingungen im Gefängnis, mit all dem Dreck und dem schlechten Essen machte sie sich große Sorgen um ihr Kind. Ich ließ mir immer irgendwelche Tricks einfallen, um sie wenigstens zweimal in der Woche auf die Krankenstation zu bekommen. Da konnte sie sich ausruhen und vor der Geburt etwas Kraft schöpfen.«

Ich fing an zu schwitzen. Was sollte das bedeuten?

»Was meinst du damit?«

»Ich meine, bis das Kind zur Welt kam. Im Gefängnis.«

Meine Hände wurden feucht, mein Mund trocken.

»Im Gefängnis?«

»Ganz genau. Marion hat in Hoheneck ein kleines Mädchen bekommen. Es sollte Miriam heißen und war kerngesund. Ich war dabei.«

Uwe legte mir eine Hand auf die Schulter. Er wollte mich wohl beruhigen oder er wusste, was Gitta erzählen würde.

Ich sprang auf: »Miriam? Das Kind lebt? Aber Marion hat doch gesagt, sie hätte es verloren.«

»Das hat sie auch. Aber es ist nicht gestorben.«

Ich verstand gar nichts mehr.

»Was meinst du denn dann mit verloren? Wo ist es denn dann jetzt?«

Gitta schüttelte den Kopf. »Das weiß ich nicht. Man hat es ihr weggenommen. Gleich nach der Geburt.

Marion hat man erzählt, es sei kurz nach der Geburt verstorben.«

Ich schluckte. »Weggenommen? Aber wohin hat man es gebracht? Und wer überhaupt? Wie kann man denn ein Kind einfach wegnehmen?«

Uwe hatte bisher noch nichts gesagt. Jetzt sprang er Gitta zur Seite. »Wir wissen nicht, wo Miriam heute ist, Julia. Und ich kann mir vorstellen, dass du jetzt tausend Fragen hast. Aber glaub mir: Wir wissen auch nicht mehr.« Dabei sah er mich so komisch an.

»Aber wir müssen sie finden, Uwe! Ines hat eine Schwester. Das muss sie doch wissen. Und Marion auch. Sie muss doch wissen, dass Miriam lebt. Wir müssen sie einfach finden.«

Uwe seufzte. »Ich fürchte, das wird nicht so einfach möglich sein. Wahrscheinlich hat irgendeine eine **linientreue** Familie sie adoptiert. Vermutlich heißt sie heute noch nicht mal mehr Miriam. Schätze, man hat ihr gleich einen anderen Namen gegeben. Damit sie nicht gefunden werden kann.«

In meinem Kopf purzelte alles durcheinander. Warum tat jemand so etwas? Und wie konnte man ein Kind verstecken? Würde es nicht irgendwann merken, dass seine Eltern nicht die richtigen Eltern waren? Eltern. Jetzt erst wurde es mir klar:

»Und du, Uwe, bist du dann nicht Miriams Vater?«

Er nickte. »Davon gehe ich mal aus. Gitta hat mir das alles natürlich schon vor vielen Jahren erzählt. Aber ich wollte, dass du es von ihr erfährst. Du hättest mich doch für einen Irren gehalten und mir kein Wort geglaubt.«

Wahrscheinlich hatte er recht. Ich dachte nach. Vielleicht wusste diese Gitta ja doch noch etwas, was uns weiterbrachte.

»Fällt dir nicht noch irgendetwas ein? Hatte das Baby vielleicht ein Merkmal an einer besonderen Stelle? Welche Haarfarbe hatte es, welche Augenfarbe?«

Gitta lächelte. »Das sind wir alles immer und immer wieder durchgegangen. Da gibt es nichts. Oder zumindest kann ich mich nicht daran erinnern.«

Ich seufzte. »Kannst du dich denn an den Geburtstag erinnern?«

»Ja, aber das heißt nichts. So was kann man ja problemlos fälschen.«

Ich ließ nicht locker. »Sagst du es mir trotzdem?«

»26. Januar 1973«

Ich machte den Mund auf. Aber es kam kein Ton heraus. Mir wurde heiß und kalt und dann wieder heiß.

»Das ist mein Geburtstag«, flüsterte ich. Dann stand ich auf. Rückwärts ging ich auf die Gartenpforte zu. Ich war wie taub. Ich sah, dass Uwe mit mir redete. Aber ich hörte ihn nicht.

Dann drehte ich mich um und rannte weg. Einfach so. Ohne mich noch mal umzusehen. Ich rannte und rannte und rannte.

Irgendwann hielt ich an und übergab mich in die Tomatenzucht von irgend so einem Kleingärtner.

Ich weiß nicht mehr, wie ich nach Hause gekommen bin. Aber als mein Bruder mir die Tür öffnete, verging ihm das dumme Grinsen schnell. »Wie siehst du denn aus? Ist was passiert?«

Ich schob ihn zur Seite und schloss mich im Bad ein.

Verstehst Du was das heißt, Ines? Verstehst Du das? Miriam und ich sind am gleichen Tag geboren. Das kann doch kein Zufall sein! Oder doch? Vielleicht ist das Datum wirklich gefälscht. Du musst unbedingt Marion fragen. Morgen muss ich mit Oma Ursel sprechen. Ich weiß noch nicht, was das alles zu bedeuten hat, Ines, aber wir sind da einer Sache auf der Spur.

Deine Julia

Brooklyn, 25. Juli 1989

Liebe Julia,

nun bin ich seit zehn Tagen in New York und kann es immer noch nicht fassen, hier zu sein. Jeden Morgen wache ich auf und bin völlig platt von dieser Stadt. Ich setze mich ans Fenster unseres Apartments und schaue, wie das braune Wasser des East River in der

Sonne glitzert und unter der gigantischen Brooklyn Bridge hindurchfließt. Möwen kreisen über dem Wasser, dahinter die Skyline von Lower Manhattan mit dem New York Harbour und den riesigen zwei Türmen des World Trade Center. Ich liebe die Brooklyn Bridge. Sie ist ein Monster aus Granit und Stahl und scheint doch über dem Wasser zu schweben, obwohl jeden Morgen (jetzt auch gerade) Tausende Autos darauf im Stau stehen.

Wir wohnen in Brooklyn, nicht weit von der Brooklyn Bridge in einem Viertel, das DUMBO heißt. Es steht für: Down under the Manhattan Bridge Overpass, also Unter der Manhattan-Bridge-Überführung. Dabei wohnen wir definitiv nicht unter einer Brücke, sondern eher zwischen mehreren Brücken. Die haben hier wirklich schräge Abkürzungen für ihre Wohnviertel. Vielleicht sollten wir das in Berlin auch einführen: Ich würde dann in KRACH wohnen (Kreuzberg Am Chamissoplatz) und Du in HASCH (Hinter dem antifaschistischen Schutzwall)! Das wäre doch viel interessanter. DUMBO ist wie Kreuzberg, nur am Wasser. Hier gibt es viele Künstler, Punks und Obdachlose, typisch, dass mein Vater hier wohnt. Allerdings ist DUMBO deutlich cooler als Kreuzberg: Abends ist auf den Straßen mehr los, Jugendliche sitzen draußen und hören aus riesigen Gettoblastern Musik, manche breakdancen sogar dazu. Hier hören sie eh schräge Musik. Ich war letzte Woche auf einem Open-Air-Konzert von einem

Typen namens Grandmaster Flash, die Musikrichtung heißt Hip-Hop, mein Vater und Sabine stehen total drauf. Ein schwarzer Kollege von meinem Vater hat uns mitgenommen, sein Kumpel hat irgendwas mit den Musikern zu tun. Wir waren fast die einzigen Weißen auf dem Konzert. Eine ganz neue Erfahrung für mich. Ich sag's ja, Berlin ist Provinz.

Heute Nachmittag war ich mal alleine mit meinem Vater unterwegs. Die ganze letzte Woche musste er noch unterrichten an der Columbia University, aber jetzt ist sein Lehrauftrag in New York offiziell beendet. Er hat also endlich Ferien. Sabine ist heute nicht da, sie will eine Radiogeschichte über einen deutschen Basketballer machen, der bei den New York Knicks spielt, und ist zum Madison Square Garden nach Manhattan gefahren, um ihn zu interviewen. In letzter Zeit ist sie so komisch. Sie ist wahnsinnig launisch und hat ziemlich abgenommen, die letzten Wochen hat sie sogar ihr Karatetraining schleifen lassen. Zu viel Arbeit, sagt sie immer. Eigentlich wäre ich gern mitgekommen. Aber mein Vater hatte etwas mit mir vor. Nach dem Frühstück drückte er mir meine Jacke in die Hand, obwohl es schon brütend heiß war.

»Los geht's!«

»Halt mal kurz. Wo willst du mit mir hin?«

Ich befürchtete langweilige Museen, schlimmstenfalls mit persischen Wandteppichen oder alten Steinen. Oder endlose Spaziergänge durch architektonisch interessante und gleichzeitig sehr hässliche

Stadtteile. Auf so was musste man bei meinem Vater immer gefasst sein.

»Keine Sorge, heute ist Kinderprogramm. Und ein bisschen Eheberatung brauche ich auch.«

»Hä?«

»Du wirst ja sehen.«

Mehr wollte er partout nicht sagen. Wir nahmen die A-Line (also die Subway) von der High Street in Brooklyn bis zur Fulton Street in Manhattan und stiegen dort um in die Subway 6. Ich liebe Subway fahren, in den New Yorker U-Bahnen fährt wirklich jeder mit, arme Leute, reiche Leute, Weiße, Schwarze, Asiaten, man hört jede Sprache, die man sich vorstellen kann. Und alle werden gleichermaßen durchgeschüttelt, wenn die alten Wagen in den Tunnels um die Kurven rattern. Wir fuhren Richtung Norden bis zur 68th Street und stiegen aus. Die Gegend dort war ganz anders, wirklich schick, riesige Apartmentblocks mit protzigen Marmoreingängen und uniformierten Pförtnern in den Eingangshallen.

»Und jetzt?«, fragte ich.

»Gehen wir Bootfahren im Central Park«, sagte mein Vater und schritt zügig voran.

Wir überquerten ein paar Straßen und standen plötzlich vor einem riesigen Park mitten in Manhattan, so groß, dass man nicht bis ans andere Ende schauen konnte. Nur die Wolkenkratzer auf der anderen Seite verrieten, dass die Parklandschaft irgendwann enden würde. Schon nach wenigen Schritten waren wir mitten im Grünen, um uns herum Jogger, Mütter mit Kinderwagen, Rollschuhfahrer, die Geräusche der Stadt verblassten langsam und wir hörten nur noch Vogelgezwitscher. Wir spazierten eine ganze Weile, bis wir schließlich an einen großen See kamen. Mein Vater steuerte auf einen Bootsverleih zu und mietete uns ein Ruderboot. Wir setzten uns in das wackelige Ding und ich begann zu rudern. Eine gerade Linie bekam ich nicht hin und nach wenigen Schlägen hingen wir schon in der Böschung.

»Gut gemacht, Ines.«

Ein großer Schwan schwamm zischend auf uns zu. Hastig tauschten wir die Plätze und mein Vater ruderte uns in die sichere Mitte des Sees.

»Ines, ich wollte dich was fragen.«

Mein Vater sah ernst aus, das war er sonst eigentlich nie. Kleine Schweißperlen glitzerten auf seiner Stirn, es war aber auch ganz schön heiß und die Sonne stand hoch am Himmel.

»Okay?«

»Wie würdest du es finden, wenn ich Sabine heirate?«

»Gut.«

Er seufzte.

»Geht's vielleicht ein bisschen ausführlicher?«

»Okay …. Ich fände es cool, wenn Sabine meine Stiefmutter wird. Endlich ein Elternteil, das nicht durchgeknallt ist. Will sie denn überhaupt?«

»Ich hoffe schon.«

Ich war mir da irgendwie nicht so hundertprozentig sicher.

Nachdenklich ruderte er weiter. Ich beobachtete ihn und wartete geduldig auf mehr Infos. Dabei fiel mir auf, dass er auch nicht mehr der Jüngste war. Sein Haar begann sich zu lichten und die Falten auf seiner Stirn wurden tiefer. Mein Vater musste sich langsam ein bisschen anstrengen. Sabine war jung und schön, alle Typen drehten sich nach ihr um. Mein Vater wurde einfach nur älter. Dass er da nachdenklich wurde, konnte ich verstehen. Er tat mir ein bisschen leid.

»Ich wollte nur wissen, ob du einverstanden bist«, sagte er plötzlich, »weil ich ja weiß, dass du auch an deiner Mutter hängst. Vielleicht ist das nicht ganz so leicht für dich, dass ich jetzt wieder heirate.«

»Machst du Witze?«

Mein Vater schaute mich verwundert an. »Nein, wieso?«

»Was soll das denn?«, rief ich, »Marion und ich sind uns doch nun echt nicht besonders nahe. Ich bin mir nicht mal sicher, ob ich an Marion hänge.« Ich war so sauer, dass ich ihn ein bisschen nass spritzen musste.

Mein Vater sah mich streng an.

»Doch, das tust du, Ines«, sagte er. »Ich habe dich beobachtet, als wir sie vor ein paar Wochen ins Krankenhaus gebracht haben. Es ging dir nahe. Also erzähle mir nicht, dass Marion dir egal ist.«

Ich war richtig aufgebracht.

»Das ist doch totaler Scheiß. Wir haben überhaupt keinen Draht zueinander. Hatten wir nie. Und als wir sie in die Klinik gebracht haben, war ich nur froh, dass sich endlich jemand um sie kümmert.«

Mein Vater sah mich nachdenklich an. Er legte die Ruder quer über das Boot und verschränkte seine Arme. Wir trieben nun auf dem See, um uns herum lauter fröhliche Paddler. Eine Libelle landete auf der Ruderbank.

»Ist auch meine Schuld«, sagte er. »Ich habe ihr einfach nicht genug geholfen. Ich hätte sie viel mehr unterstützen sollen, als sie das erste Mal krank wurde. Und ich hätte dir vermutlich besser erklären sollen, was mit ihr los ist.«

Ich erinnerte mich an meine Mutter, wie sie dünn, blass und verunsichert in der Notaufnahme der Psychiatrie saß. Wie sie im Wartezimmer noch versucht hatte, mich anzulächeln, aber eigentlich nur riesige Angst hatte. Wie eine freundliche Ärztin kam, um sie abzuholen und auf Station zu bringen. Wie sie mich zum Abschied ganz fest an sich drückte und mir ins Ohr flüsterte, dass ich gut auf mich aufpassen solle. Und wie sie meinem Vater und Sabine noch mal dasselbe sagte, sie sollten bitte, bitte gut auf mich aufpassen. Und wie wir dann schon fünf Tage später nach New York geflogen waren. Ich hatte versucht, nicht zu viel drüber nachzudenken. Aber der Gedanke machte mich wirklich traurig.

Mein Vater ruderte uns zurück ans Ufer und kaufte mir ein Eis.

Wenn ich an diesen Tag mit meiner Mutter denke, Julia, wird mir beim Schreiben immer noch ganz flau im Magen. Ich war in der Woche vor den Ferien mit Marion verabredet gewesen, weil sie mich zum Essen hatte einladen wollen. Große Lust hatte ich nicht. Aber das Schuljahr war überstanden und ich hatte die Versetzung geschafft, dafür wollte sie mich belohnen. Wir wollten uns an der U-Bahn-Station Breitenbachplatz treffen, um in ein kleines Restaurant in der Nähe zu gehen, das ihr gut gefiel. Irgendwas Asiatisches. Aber sie kam nicht. Und kam nicht. Und ich konnte sie auch nicht anrufen, weil ja ihr Telefon abgestellt war. Irgendwie hatte ich kein gutes Gefühl bei der Sache, also beschloss ich, zu ihr zu fahren. Nur, um mal zu gucken. Ich finde das selbst komisch von mir, normalerweise wäre ich einfach nach Hause gefahren und froh gewesen, dass ich nicht mit ihr essen gehen muss. Aber ich war irgendwie besorgt, ich hatte das Gefühl, dass etwas nicht stimmte. Als ich bei ihrer Wohnung ankam, waren ihre Gardinen noch zugezogen. Der Name von ihrem Klingelschild war abgerissen. Und niemand öffnete die Tür. Ich wollte schon wieder gehen, als ich auf die Idee kam, noch mal zu klopfen und zu rufen. »Marion, wir waren doch verabredet«, rief ich durch den Briefkastenschlitz. »Bist du hier? Ich bin's, Ines. Mach mal auf.«

Erst Stille, dann hörte ich Geraschel hinter der Tür. Der Briefschlitz klappte auf und ihre Augen spähten hindurch. »Leise«, zischte sie. »Was machst du hier? Es ist gefährlich. Komm schnell rein.«

Sie entriegelte die Tür und öffnete sie einen Spalt. Ich schlüpfte hindurch und bekam einen Schreck. Die Wohnung war leer, bis auf eine Matratze auf dem Boden. Alle Gardinen waren zugezogen, alle Stecker aus der Wand gezogen, es war dämmrig und stickig, so, als ob lange nicht mehr gelüftet worden war. Marion sah dünn und blass aus, mit dunklen Schatten unter ihren Augen. Ich bekam ein bisschen Angst. »Wir waren verabredet. Was ist los? Was ist mit dir?« »Schhhhht«, sagte sie und legte den Finger vor ihre Lippen, »wir werden abgehört. Draußen steht die Stasi vor der Tür. Ich kann nicht mehr raus. Schon ewig nicht.« Sie zog mich zum Fenster und zeigte durch einen Schlitz zwischen den Gardinen auf einen Mann, der an einem parkenden Auto lehnte.

»Das ist er«, sagte sie. »Der steht hier schon seit mindestens einer Stunde. Aber es gibt nicht nur ihn. Immer wieder kommen andere. Vielleicht ist das auch einer.« Sie deutete auf einen jüngeren Mann auf der anderen Straßenseite, der mit einem Hund spazieren ging. Dann zog sie sorgfältig die Gardinen wieder zu und hockte sich auf ihre Matratze. »Entschuldige, ich bin ein bisschen erschöpft«, sagte sie und strich sich mit den Händen über das Gesicht. »Mir geht's nicht gut.« Ich wusste nicht, wie ich reagieren sollte. Die

Typen draußen sahen normal aus. Aber sahen die Stasi-Leute nicht immer normal aus? Warum sollten sie hinter ihr her sein? In Westberlin? Keine Ahnung, ob sie recht hatte. Aber es ging ihr eindeutig nicht gut.

»Du hast keine Möbel mehr«, sagte ich schließlich lahm, »und keine Küche. Wie überlebst du hier, wenn du nicht rausgehst? Was isst du?« Marion zuckte mit den Schultern. »Die Möbel habe ich weggegeben, weil ich Angst hatte, dass sie verwanzt sind. Ist ja sehr wahrscheinlich. Und ich versuche, so wenig wie möglich zu essen und zu trinken. Es kann sein, dass sie mich vergiften wollen. Aber ich muss schon aufpassen, dass ich nicht dehydriere, das weiß ich. Ich bin ja Ärztin.« Sie versuchte zu lächeln.

In dem Moment wusste ich, dass ich etwas tun musste. Marion ging nicht mehr raus, sie aß und trank nicht mehr, wahrscheinlich schlief sie auch nicht mehr. Während ich überlegte, was ich tun könnte, erzählte Marion weiter, mit schwacher Stimme. Sie weinte nun ein bisschen. Ich hatte sie noch nie weinen sehen.

»Ich habe solche Angst«, sagte sie, »sie sind wieder hinter mir her. Und ich dachte, ich hätte sie abgeschüttelt gehabt. Aber jetzt, wo der ganze Ostblock zusammenbricht, wollen sie ihre Feinde kurz vor Schluss noch erledigen. Wie die Nazis. Sie fangen wieder an, uns zu verfolgen. Erst kamen die Telefonanrufe, auch nachts. Jetzt diese Männer vor der Tür.

Ich weiß, wozu sie fähig sind. Ich habe Angst. Auch um dich. Dass sie dir etwas tun oder dich entführen. Das wäre ja nicht das erste Mal, dass so was passiert.« Sie weinte wieder. Ich streichelte ihren Arm.

»Und dann machst du noch diese Radiosendung über Jugend in der DDR«, sagte sie leise und schüttelte den Kopf, »Und redest mit Oppositionellen. Im Radio. Das ist doch verrückt. So haben sie dich doch erst recht auf dem Schirm. Warum musst du bloß die Fehler machen, die ich gemacht habe?« Sie meinte meine letzte »Karacho«-Sendung auf RIAS kurz vor den Ferien, keine Ahnung, ob Du die hören konntest.

»Du hast doch gar keine Fehler gemacht«, sagte ich, »Du warst doch einfach nur mutig. Du wolltest frei sein, das ist doch dein Recht. Dafür solltest du dich überhaupt nicht schämen. Du warst richtig mutig.« Sie weinte weiter und schloss die Augen. Ganz erschöpft sah sie aus. »Ich habe so viel falsch gemacht«, sagte sie noch einmal, »Ich habe so viel kaputt gemacht. Und ich habe solche Angst, dass diese Männer da unten uns wieder nach Hoheneck bringen.«

Ich konnte sie so auf keinen Fall alleine lassen. Gleichzeitig hatte ich jetzt aber auch ein bisschen Angst, vor den Männern draußen und auch vor Marion. »Marion, ich gehe jetzt zu deiner Nachbarin und rufe Papa an«, sagte ich. »Du bist ja ganz schwach. Ich bin gleich wieder da.« Marion nickte und drückte kurz meine Hand. Sie wirkte fast ein bisschen erleichtert.

Eine halbe Stunde später waren Papa und Sabine da. Und den Rest weißt Du ja.

Jetzt ist Marion in einer Klinik in Südbayern. Die Ärzte in Berlin haben gesagt, sie müsse dringend aus der Stadt, um sich zu erholen. Und dass man nun herausfinden müsse, ob ihre Geschichte stimme oder nicht. Wir haben gestern mit ihr telefoniert und sie sagte, es gehe ihr besser, auch wenn sie sich immer noch bedrückt anhört. Zumindest schläft und isst sie wieder. Urlaub in den Alpen fällt also erst mal flach und da bin ich nicht unbedingt unglücklich. Mein Vater hat gesagt, ich soll sie erst mal in Ruhe lassen mit meinen Nachforschungen über ihre Vergangenheit. Die Ärzte glauben, dass ihr Trauma wiedergekommen ist, vielleicht durch irgendwelche aktuellen Ereignisse, vielleicht aber auch, weil sie tatsächlich beschattet wird. Ich hoffe, dass ich da nicht mit dran schuld bin.

Deine Freundin
Ines

Kreuzberg, 3. August 1989

Liebe Julia,

ich bin seit drei Tagen zurück aus New York. Morgen
kommt Christa, der gebe ich gleich diesen Brief mit
und den aus New York. Ich mache mir nun auch Sorgen. Hoffentlich wird sie nicht wieder kontrolliert.
Unsere Briefe dürfen nicht auffliegen, gerade jetzt
nicht. Sie will mit Ursel morgen ein Versteck abspre-
chen, damit unsere Briefe nicht mehr in Ursels Wohnung gefunden werden können. Wäre vermutlich eh
besser so. Wir sollten Ursel ganz raushalten.

Was Du mir schreibst, hat mir völlig die Socken aus-
gezogen. Marion soll ein Kind haben und es soll ihr
dann weggenommen worden sein? Bist Du ganz sicher, dass diese Gitta die Wahrheit erzählt? Wenn
das stimmt, dann habe ich eine ältere Schwester,
irgendwo auf der Welt. Und dann ist Marion und
diesem Kind ein riesiges Verbrechen angetan worden. Wenn das tatsächlich alles wahr ist, müssen wir
meine Schwester unbedingt finden. Ich habe meinem
Vater davon erzählt. Er hat sich erst geweigert, es
überhaupt zu glauben. Und dann hat er einen alten
Kumpel angerufen, der aus Ostberlin kommt und
gewisse Erfahrungen mit der Stasi gesammelt hat.
Er hielt die Geschichte gar nicht mal für unwahrscheinlich. Und hat uns den Tipp gegeben, im Archiv

nach alten Ausgaben vom SPIEGEL zu gucken, weil er sich dunkel daran erinnerte, darüber mal was gelesen zu haben. Tatsächlich fanden wir dann in einer Ausgabe von 1975 einen Artikel über Zwangsadoption in der DDR, also über Adoptionen, bei denen die Mutter nicht selbst darüber entschied, ihr Kind wegzugeben, sondern dazu gezwungen wurde. Der Artikel handelte von einer Familie, die versucht hatte, in den Westen zu fliehen und dabei gefasst wurde. Die Eltern kamen in den Knast und wurden später in den Westen abgeschoben, die beiden kleinen Kinder blieben in der DDR und wurden zwangsadoptiert von einer Familie, die besonders überzeugt ist vom Sozialismus. **Republikfeinde** zählen ja nichts in der DDR. Das war Anfang der 1970er-Jahre, also in der Zeit, in der auch Marion in Haft war. Das könnte ihr also tatsächlich auch passiert sein! Vielleicht lebt Miriam also wirklich, vielleicht wächst meine Halbschwester irgendwo bei einer anderen Familie auf und weiß bis heute nicht, dass ihre Eltern nicht die echten Eltern sind, sondern Marion und Uwe (wenn er es wirklich ist). Wenn das wahr ist, dann drehe ich durch! Dann habe ich eine Schwester! Und Marion eine zweite Tochter!

Aber Julia: Du kannst es doch nicht sein, oder? Denk mal nach: Du hast doch Eltern und sogar einen total bescheuerten Bruder und bist in Berlin geboren. Du siehst deinem Vater sogar ähnlich, hast Du geschrieben. Ich habe als Test mal Dein Foto und

Marions Foto nebeneinandergelegt. Wenn man will, kann man eine Ähnlichkeit sehen. Oder eben auch nicht. Das wäre doch ein sehr komischer Zufall, dass ausgerechnet wir beiden Schwestern sind, oder? Wir sehen auf jeden Fall völlig unterschiedlich aus. Überleg doch mal: Wie viele Mädchen in der DDR sind wohl am 26. Januar 1973 geboren? Doch bestimmt Hunderte. Ich will auch gar nicht drüber nachdenken, dass Du meine Schwester sein könntest. Sonst bin ich nachher noch enttäuscht. Oder geht das alles auf Ursels Konto? Hat sie das irgendwie arrangiert? Wenn ja, dann wäre das ziemlich gerissen von ihr. Aber warum sollte sie das tun?

Ich muss Marion unbedingt noch mal danach fragen. Aber im Moment geht das nicht. Marion ist immer noch in Bayern und ich darf sie gerade nicht verrückt machen. Nicht noch verrückter, auf jeden Fall. Wenn alles gut geht, kommt sie im September wieder. Dann versuche ich ganz vorsichtig, etwas aus ihr rauszuholen. Ach ja, übrigens: Mein Vater und Sabine wollen heiraten und Sabine ist schwanger. Das weiß ich auch erst seit drei Tagen. Fünfzehn Jahre passiert gar nichts und dann habe ich plötzlich von einem Tag auf den nächsten zwei Geschwister. Wie soll man damit klarkommen?

Und in der Welt geht ja auch alles drunter und drüber oder was ist da los in der deutschen Botschaft in Budapest? In der Tagesschau haben sie vorhin erzählt, dass 130 DDR-Bürger die westdeutsche Botschaft in Budapest besetzen, 80 die westdeutsche Botschaft in Ostberlin und 20 die in Prag. Irgendwas braut sich da doch zusammen.

Ich kann nachts schon gar nicht mehr schlafen bei den ganzen Neuigkeiten. Du musst mir sofort schreiben. Denk Dir was aus, wie der nächste Brief schneller zu mir kommen kann. Bitte!!! Beeil!!! Dich!!!

Deine Ines

Prenzlauer Berg, 28.8.1989

Liebe Ines,

jetzt ist es passiert: Tina ist weg. Einfach so – über Nacht. Sie hat niemandem etwas gesagt. Nicht mal mir. Sie ist mit ihren Eltern in die Ferien nach Ungarn gefahren und hat sich vorher noch von mir verabschiedet. Aber so wie immer halt, wenn man in die Ferien fährt. Es war nichts Auffälliges daran, nichts Ungewöhnliches. Sie fuhr nach Ungarn und ich ins Trainingslager nach Warnemünde. Und nun ist sie weg. Eine Woche wollten sie bloß verreist sein, aber jetzt sind es schon drei, und sie sind noch nicht zurück. Gestern bin ich zu ihr nach Hause gefahren, weil ich dachte, sie hätte einfach vergessen zu sagen, dass sie wieder da ist. Aber es hat niemand aufgemacht. Obwohl ich Sturm geklingelt habe. Die Nachbarin von gegenüber hat dann irgendwann die Tür einen Spalt aufgemacht. »Das kannste aufgeben. Die sind endlich weg«, hat sie gesagt. In so einem Ton, als wäre sie eine Insektenplage losgeworden. Und dann plötzlich – deutlich leiser: »Die Wohnung ist beschlagnahmt. Da wohnen ab morgen neue Leute.« Mir wurde schlecht. Neue Leute? In Tinas Wohnung? »Was soll das bedeuten?« Die Frau sah mich an, als käme ich von einem fernen Planeten. »Ach, Kindchen, was hast du denn gedacht? Dass die den ganzen Plunder hier aufbewahren, bis deine Freundin wiederkommt?« Ich musste schlucken. »Und nu mach, dass du wegkommst. Bevor hier noch einer dumme Fragen stellt.« Sie schloss die Tür. Und ich rannte die Treppen hinunter, aus der Haustür hinaus und die Straße entlang. Jemand anderes würde ab morgen in Tinas Bett schlafen, auf ihrem Stuhl sitzen, ihre Hosen tragen. Ich kann es immer noch nicht fassen, Ines.

Weißt Du, was das bedeutet?

Sie wird nicht mehr zurückkommen. Ich werde Tina wahrscheinlich nie wiedersehen, denn im Westfernsehen haben sie gesagt, dass sie in Ungarn jetzt die Grenze nach Österreich geöffnet haben. Immer mehr Menschen fliehen so in die BRD. Kannst Du

Dir das vorstellen? In den Urlaub zu fahren und einfach nicht zurückzukommen. Klar kannst Du. Du warst ja auch in New York. Aber mal im Ernst: Was packst Du in den Koffer, wenn Du weißt, dass Du nie wiederkommst? Ich weiß es einfach nicht. Was glaubst Du, wie lange Tina es schon gewusst hat? Und ich habe nichts gemerkt. Was bin ich nur für eine Freundin? Klar kann ich verstehen, dass es Tinas Eltern hier nicht mehr ausgehalten haben. Aber trotzdem hatte ich in den letzten Wochen das Gefühl, dass es Tina in der Schule langsam besser geht. Seit die Meinsdorf weg ist, aber noch mehr seit wir einen neuen jungen Lehrer haben. Der kommt ganz frisch von der Uni. Na, jedenfalls hat der sie in Ruhe gelassen. Was soll ich denn jetzt machen, Ines? Ohne meine beste Freundin sind mein Bruder und mein Vater noch weniger zu ertragen.

Und ich muss Kalle finden. Ob er es schon weiß? Sie sind immer noch ein Paar, weißt Du? Seit damals. Wer hätte das gedacht. Wie muss es ihm jetzt gehen? Er wird Tina auch nie wiedersehen. Vielleicht ist er ja auch mitgegangen. Ich glaube, sie hatte mal erwähnt, dass sie ihre Eltern fragen wollte, ob er mit in den Urlaub fahren darf. Meine Eltern hätten so etwas nie erlaubt. Unmöglich. Hält mich vom Lernen ab. Hat eh nur dummes Zeug im Kopf. Aber zum Glück hat Tina ja ihre Eltern.

Christas neues Versteck ist übrigens perfekt. Und weil sie Deinen Brief in eine Plastetüte gesteckt hat, ist er auch nicht aufgeweicht. Wir müssen vorsichtig sein. Morgen mehr. Ich muss jetzt das Licht ausmachen.

29.8.1989

Liebe Ines,

eigentlich wollte ich es Dir schon gestern erzählen, aber dann kam das mit Tina dazwischen. Ich fühle mich immer noch völlig taub, wenn ich daran denke, dass sie nicht mehr da ist.

In drei Tagen geht die Schule wieder los. Die werden mich sicher in die Mangel nehmen, wenn sie da nicht auftaucht. Gehen bestimmt davon aus, dass ich irgendwas weiß. Was soll ich bloß sagen? Was für beknackte Ferien. Das Trainingslager habe ich grade noch so überstanden. Morgens um sieben raus, vierzig Minuten in der Ostsee schwimmen, dann Frühstück, Dauerlauf und noch mal 100 Meter im Becken abkämpfen, dann Mittag und kurze Pause, nachmittags Krafttraining. Und das zwei Wochen lang. Scheint, als hättest Du die besseren Ferien gehabt. New York! Was für ein Märchen!

Ines, ich schreibe Dir heute zum ersten Mal nicht von zu Hause. Denn da wohne ich nicht mehr. Ich bin abgehauen und wohne jetzt bei Uwe, in seiner

Laube. Der ist nicht so begeistert davon, weil er vermutet, dass die sowieso draufkommen, wo ich bin. Und dann geht's ihm an den Kragen. Immerhin ist er vorbestraft. So jemanden lassen die nie aus den Augen, sagt Uwe immer. Ich hoffe, er behält unrecht. Sonst ergeht es mir eines Tages noch wie ihm. Oder Marion. Sie muss Furchtbares erlebt haben im Gefängnis. Kein Wunder, dass sie jetzt solche Ängste hat. Uwe sagt, dass die Zeit im Gefängnis für ihn die schlimmste seines Lebens war. Vor allem, weil er die ganze Zeit nicht wusste, wo er war. Kurz nachdem Marion damals verschwunden war, standen sie bei ihm vor der Tür und haben ihn abgeholt. Im Auto bekam er einen Sack über den Kopf und als der Wagen endlich hielt, zerrte man ihn heraus und verfrachtete ihn in ein anderes Auto. Stundenlang sind sie mit ihm gefahren. Er hat sich im Kopf versucht auszurechnen, wo sie sein könnten. Aber als er dann endlich etwas Tageslicht zu sehen bekam, gab es nichts, woran er sich hätte orientieren können. Nichts, was ihm bekannt vorkam. Tagelang sperrten sie ihn in eine Zelle, bevor das erste Mal jemand mit ihm sprach. Er wusste ja überhaupt nicht, warum sie ihn abgeholt hatten. Nachts ging alle paar Minuten das Licht an. Tagsüber wurde die Heizung so hochgedreht, dass ihm die Haare am Kopf klebten. Dann endlich holte man ihn aus der Zelle und brachte ihn in einen Raum, in dem er mehrere Stunden alleine warten musste. Sie forderten ihn auf, alles, was er über Marion wusste, zu erzählen. Er weigerte sich, aber sie ließen nicht locker. Sie drohten ihm, er käme hier nie wieder raus. Oder dass sie seinen schwer kranken Bruder auch verhaften würden. Und der würde das sicher nicht überleben. (Uwes Bruder hat eine schwere Darmerkrankung und kann ohne Medikamente nicht leben.) Sie ließen ihn tagelang kaum schlafen und holten ihn dann mitten in der Nacht zum Verhör. Er musste auf einem Hocker sitzen, konnte sich also nicht anlehnen. Er wäre fast vom Stuhl gefallen vor Müdigkeit, hat er erzählt. Aber er hat ihnen nichts erzählt. Sie brüllten ihn an. Aber er schwor sich, dass sie aus ihm nichts rauskriegen würden. Dann fragten sie ihn nach anderen Freunden. Er sollte sie bespitzeln. Aber er weigerte sich. Ich weiß nicht, ob ich auch so mutig wäre, Ines. Ich glaube nicht. Fünf Monate haben sie ihn dort festgehalten und fast täglich verhört. Angeblich, weil er Marion bei der Fluchtvorbereitung geholfen und damit **Landesverrat** begangen und einen Atomkrieg riskiert hätte. Aber er sagt, das hat er nicht. Er wusste nichts von ihren Plänen. Dann – ganz plötzlich entließen sie ihn. Erst, nachdem er entlassen worden war, hat er rausgefunden, wo er wahrscheinlich inhaftiert worden war: im Stasi-Gefängnis Hohenschönhausen. Offiziell gibt's das gar nicht, es liegt in einem riesigen Sperrbezirk in Berlin, gar nicht weit weg von Wilhelmsruh. Kaum einer weiß das. Und er kam auch nur auf Bewährung raus. Das heißt, dass sie ihn im

Auge behalten. Und nun hat er auch noch mich am Bein. Lange kann ich also nicht bleiben.

Warum ich hier bin, willst Du bestimmt wissen? Und wahrscheinlich auch, ob ich jetzt durchdrehe, so wie Marion? Vielleicht. Ich fürchte, mir bleibt nichts anderes übrig. Das ist eine längere Geschichte. Ich versuche, sie der Reihe nach zu erzählen. Ich habe Uwe auch noch nicht die Wahrheit erzählt. Er weiß nur, dass ich mich mit meinen Eltern gestritten habe. Und das stimmt ja auch. Na ja, fast. Mehr muss er erst mal nicht wissen. Ich hab's ja selbst noch nicht richtig begriffen.

Aber der Reihe nach: Ich musste natürlich mit Ursel sprechen, ihr von alldem erzählen, was Uwe und Gitta herausgefunden hatten. Von Miriam und dass sie am selben Tag Geburtstag hat wie ich.

Nachdem ich bei Uwe und Gitta war, habe ich allerdings erst mal ein paar Tage gebraucht, bevor ich Ursel ansprechen konnte. Ich wusste ehrlich gesagt nicht, wie. Hallo Ursel, kann es sein, dass ich Deine Enkelin bin? Ich meine: Das kann man doch nicht so einfach sagen. Und was, wenn sie es die ganze Zeit wusste? Was, wenn sie das alles eingefädelt hat? Was, wenn sie doch dahintersteckt, dass Marion ihr Kind verloren hat? Tausende von solchen Gedanken meldeten sich in den Tagen danach in meinem Kopf und wollten sortiert werden. Aber ich habe die Puzzleteile trotzdem nicht alleine zusammensetzen können. Nur in einem war ich mir ziemlich sicher: Ursel würde niemals etwas tun, das jemand anderem wehtut.

Nach drei Tagen traf ich sie zufällig am Briefkasten. »Julchen! Wir haben uns aber lange nicht gesehen«, rief sie. Ich fühlte mich ertappt, dabei hatte ich ja gar nichts getan.

»Ja, stimmt. Ich, ich war sehr beschäftigt. Trainingslager«, antwortete ich.

»Oh, die viele frische Luft hat dir bestimmt gutgetan.« Wie kam sie nur darauf, dass es mir schlecht ging? Ich hatte sie offenbar unterschätzt.

»Willst du nicht einen Moment reinkommen?«

Ursel kann sehr hartnäckig sein, wenn sie will. Ich wusste noch nicht recht, ob ich wollte. Aber was hätte ich sagen sollen?

Also sagte ich nur »Klar, gern« und ging dem Kakaoduft hinterher in ihre Wohnung. Ich sagte es ja schon … Oma Ursel kann man nichts vormachen. Sie wusste genau, dass ich was auf dem Herzen hatte.

»Na, Julchen, wie sind die Ferien bisher?«

»Furchtbar.«

»Wie bitte?«

Ich stand auf und stellte das Radio an. Dann setzte ich mich wieder, stand noch mal auf und drehte es lauter. Oma Ursels Blick folgte mir. Dann zog sie einen Stuhl neben ihren, sah mich an und klopfte mit der Hand auf die Sitzfläche. Ich setzte mich neben sie und lehnte meinen Kopf an ihre Schulter. Ich weiß auch nicht, warum. Das hab ich vorher noch nie gemacht. Sie streichelte mir übers Haar und flüsterte: »Hast du ein Geheimnis oder warum hören wir so laut Musik?«

Ich nickte und drückte meinen Kopf noch etwas fester gegen ihre Schulter. Ich wusste gar nicht, wie gut sie riecht. So ein bisschen nach Honig und Plätzchenduft. Und das mitten im Sommer.

»Na, dann schieß mal los.«

»Ich weiß nicht genau, wo ich anfangen soll«, begann ich.

»Wie wär's mit vorne?«

»Also gut.«

Und dann erzählte ich ihr vom Alexanderplatz, von den Demonstranten, von Uwe und Gitta und davon, was sie über Marions Kind gesagt hatten. Über Miriam. Und ob Du's glaubst oder nicht, Ursel hat kein einziges Mal überrascht ausgesehen oder auch nur irritiert. Sie hörte mir einfach nur zu, nickte ein paarmal, sagte »soso« und »aha« und lächelte.

»Da hat Uwe dir aber allerhand erzählt. Du bist jetzt eine echte Geheimnisträgerin«, sagte sie schließlich.

»Wusstest du das alles?«

Oma Ursel nickte. »Nicht jedes Detail. Aber doch das Wichtigste.«

»Warum hast du mir das nicht gesagt?«

»Was hätte das gebracht? Hättest du mir geglaubt?«

Ich schüttelte den Kopf.

»Wahrscheinlich nicht.«

»Siehst du. Und jetzt – glaubst du es jetzt?«

Ich zögerte. »Ich weiß es nicht. Vielleicht schon. Warum sollte Uwe mich sonst anlügen? Und Gitta? Die kennt mich doch nicht mal.«

»Eben. Es gibt keinen Grund, dir die Unwahrheit zu erzählen. Es stimmt also: Miriam lebt.«

»Aber woher weißt du das alles, Ursel?«

Sie nahm meine Hand.

»Es ist ein paar Jahre her, da klingelte eine Frau an meiner Tür. Es muss diese Gitta gewesen sein. Sie hat sich mir nicht vorgestellt, vermutlich, damit ich ihren Namen an niemanden verraten konnte. Sie hätte eine Botschaft von Marion für mich, sagte sie. Natürlich habe ich sie reingelassen. Ich hatte so viele Jahre nichts von Marion gehört. Immer nur das wenige, was Christa mir erzählt hat. Und mit ihr redet Marion ja auch nicht viel. Also wollte ich unbedingt wissen, was diese Frau zu erzählen hatte. Außerdem sah sie nicht aus wie eine von der Stasi. Die erkenne ich drei Meilen gegen den Wind. Und diese Frau gehörte nicht dazu. Sie erzählte mir die Geschichte, die sie dir nun erzählt hat. Glaub mir, Julchen, ich war mindestens genauso verblüfft wie du, als ich davon erfuhr. Eine Enkelin, von der ich nichts wusste. Ich wusste ja zu dem Zeitpunkt noch nicht mal, dass Marion überhaupt schwanger gewesen war. Wir hatten ja nicht mehr viel Kontakt, bevor sie geflohen ist. Sie lebte mal bei Uwe, mal bei Agnes, mal bei Leuten, die ich nicht kannte. Mit mir wollte sie damals nichts zu tun haben. Nur weil Uwe so eine treue Seele ist, habe ich immer mal erfahren, wie es ihr geht. Aber von der Schwangerschaft wusste selbst er nichts.«

Ich unterbrach sie, weil ich es nicht mehr aushielt »Hat er dir erzählt, wann das Kind geboren ist?«

»Ja, das hat er.«

Sie drückte meine Hand noch fester.

»Es ist mein Geburtstag, Oma Ursel.«

»Ich weiß, Julchen.«

Dann schwiegen wir beide eine Weile.

»Bin ich Miriam?«

Sie sah mich an, dann nickte sie kaum merklich.

Ich fühlte mich, als hätte der Blitz eingeschlagen und gleichzeitig sträubte sich alles in mir dagegen.

»Wie kannst du da so sicher sein? Diese Gitta könnte das doch alles erfunden haben.«

»Ja, aber warum sollte sie das tun? Wenn sie wirklich falschspielen würde, dann hätte sie wohl eher verhindert, dass wir es herausfinden, was?«

Das leuchtete mir ein.

»Aber warum hat sie es mir dann nicht gesagt, als ich sie getroffen habe? Sie hat so getan, als wüsste sie nicht, wo Miriam ist.«

Der Name klang seltsam aus meinem Mund.

»Sie weiß es auch nicht.«

»Und woher weißt du es dann?«

»Das ist eine lange Geschichte. Die erzähle ich dir ganz in Ruhe. Du musst jetzt nach oben, glaube ich.«

Oma Ursel stand auf, humpelte zur Kommode an der Wand und nahm das gerahmte Foto von Marion herunter.

»Schau mal. Ihr seht euch ein bisschen ähnlich.«

Auf dem Foto ist Marion noch jung, siebzehn vielleicht, und sieht irgendwie ganz anders aus, als Du sie immer beschreibst. Mutig irgendwie und stolz. Und sie sieht mir wirklich sehr ähnlich.

Was für ein eigenartiges Gefühl. Irgendwie traute ich mich nicht, Oma Ursel zu umarmen. Komisch, oder? Wo sie doch jetzt wirklich meine Oma ist.

Denn in meinem Kopf war natürlich noch immer alles durcheinander. Wenn Ursel meine Oma ist und Marion meine Mutter, dann bist Du meine Schwester, Ines?

Verstehst Du das? Wir sind wirklich Schwestern!

Hallo, kleine Schwester! Wie geht es Dir?

Bin ich stolz? Bin ich schockiert? Oder nur verwirrt? Ehrlich gesagt, ich weiß es immer noch nicht.

Ich weiß nur, dass nichts mehr so ist wie vorher. Nachdem Ursel mir alles erzählt hatte, konnte ich ja nicht einfach nach oben gehen, mich mit meinen Bisher-Eltern und meinem Quasi-Bruder an den Tisch setzen und so tun als wäre nichts. Aber ansprechen konnte ich es auch nicht. Wie sollte ich das tun? Sie würden es ja doch nicht zugeben. Mutti vielleicht, aber es würde sie sicher furchtbar verletzen. Und mein Vater – dem würde schon etwas einfallen, alles auf Oma Ursel zu schieben. Der würde es niemals zulassen, dass seine Wahrheit nicht meine Wahrheit ist. Und vielleicht würde er es dann irgendwie schaffen, dass sie ihre Wohnung verliert und wir uns nicht mehr sehen können. Ich habe ihnen also nichts gesagt. Aber ich habe die halbe Nacht wach gelegen und darüber nachgedacht, was sie wissen könnten und warum sie mir nie erzählt haben, dass ich nicht ihre Tochter bin. Ob sie wussten, woher das Baby kommt, das sie adoptiert haben? Vielleicht hat man ihnen erzählt, dass meine Eltern gestorben sind. Ich kann mir nicht vorstellen, dass sie die ganze Zeit die Wahrheit kannten und mir nichts gesagt haben. Das würde nicht mal mein Vater fertigbringen. Trotzdem: Sie hatten mich belogen. Mein ganzes Leben lang.

In der Nacht habe ich meine Schwimmtasche mit dem Nötigsten vollgepackt und einen Entschluss gefasst. Ich musste weg. Wie soll ich meinen Eltern noch in die Augen sehen? Ich habe hier nichts mehr verloren. Ich gehöre hier nicht hin. Sie werden mich bestimmt suchen lassen. Aber bei Uwe finden sie mich nie. Außerdem ist er mein Vater. Das spüre ich. Es kann doch gar nicht anders sein. Seltsames Gefühl, das alles. Als wäre ich gerade erst auf die Welt gekommen und müsste alles noch mal neu kennenlernen. Dich ja auch. Ob wir uns wohl mal sehen werden, Ines? Irgendwann? Uwe sagt, es kann nicht mehr lange dauern, dann geht es zu Ende mit der DDR. Er trifft sich jetzt immer öfter mit anderen, die auch so denken, in einer **Kirche** im Prenzlauer Berg. Mit

Glaube und Religion hat das wohl wenig zu tun. Obwohl – mit Glaube vielleicht schon. Immerhin glauben alle die, die dahin gehen, daran, dass die DDR sich verändern kann. Irgendwie anders und besser werden kann. Also, Uwe glaubt das nicht wirklich. Aber er sagt, es sei immer noch besser, als sich damit abzufinden, dass man nichts ändern könnte. »Man kann die Revolution schon riechen, Julia, warte ab.« Was er damit meint, weiß ich noch nicht. Eine andere DDR – was soll das sein? Wie würdest Du Dir eine andere BRD vorstellen? Das nächste Mal werde ich ihn einfach begleiten zu diesem Gottesdienst und Dir dann davon schreiben.

Ich roll mich jetzt hier auf dem Sofa in den Schlafsack, den Uwe mir gegeben hat. Riecht etwas nach **Datsche** und Rauch, aber immer noch besser als zu Hause.

Lass Christa die Briefe weiterhin ins Versteck bringen. Ich hole sie mir schon. Irgendwie. Und mach Dir keine Sorgen um mich, Schwesterchen.

Deine Julia

Kreuzberg, 17. September 1989

Meine allerliebste Julia,

Du bist meine große Schwester, Yippie, Hurra, Krach, Böller, Feuerwerk, Umarmung, Küsse! Ich kann es noch gar nicht fassen. Ich möchte mit Dir sofort alles nachholen, was wir in ungefähr 15 Jahren Schwesterleben verpasst haben. Wenn Du jetzt hier wärest, würden wir sofort um die Häuser Kreuzbergs ziehen, wir könnten uns an der Bergmannstraße einen Döner holen und uns später um das letzte Eis im Kühlfach kloppen. Am Abend würden wir dann unser Taschengeld zusammenlegen und ins Kino in der Yorckstraße gehen. Da läuft gerade »Big« mit Tom Hanks, so ein Film über einen Jungen, der sich im Körper eines Erwachsenen wiederfindet. Und morgen würden wir dann mit Merle auf eine Demo gegen den Abriss eines besetzten Hauses in Charlottenburg gehen, das kann ziemlich unterhaltsam sein, man sollte aus Sicherheitsgründen aber ein bisschen Abstand zum Haus halten, weil ab und zu von oben eine Bierdose runterfällt. Ab sofort darfst Du auch Klamotten aus meinem Kleiderschrank klauen (alle hässlich), mein Süßigkeiten-Versteck plündern (nur alte, fusselige Gummibärchen) und heimlich mein Tagebuch lesen (Habe ich zuletzt geschrieben, als ich zwölf war und Thomas aus meiner Klasse toll fand. Gut sind nur die Ottifanten-Zeichnungen). Ich habe Dein Foto noch

225

mal mit der Lupe studiert und wenn man will, dann sehen wir Schwestern uns vielleicht ein klitzekleines bisschen ähnlich! Wir haben beide die Nase von Marion. Aber in Dir muss auch eine Menge Uwe stecken und bei mir hat sich wohl mein norddeutscher Latino-Vater durchgesetzt. Ach, ich wünschte, Du wärest jetzt hier. Stattdessen habe ich keine Ahnung, wo Du bist und das macht mich ganz verrückt. Anscheinend weiß das auch sonst keiner. Du bist einfach untergetaucht. Hoffe ich. Mein Vater hat Angst, dass Du verhaftet worden oder in irgendeinem **Jugendwerkhof** eingesperrt bist. Ich mache mir ziemlich große Sorgen!

Als Christa vor ein paar Wochen mit Deinem Brief hier ankam, merkte ich gleich, dass irgendwas anders war. Sie war direkt von Ursel gekommen und schien mir noch ganz flattrig und aufgeregt. Ihr Hütchen saß schief und auf ihrer Stirn standen kleine Schweißperlen. Umständlich zog sie ihre Strickjacke aus und holte dann vorsichtig Deinen Brief aus ihrer Strumpfhose.

»Ines, Julia ist weggelaufen. Ursel macht sich Sorgen um sie. Und ich mache mir Sorgen um Ursel, weil Julias Vater nun andauernd bei ihr klingelt und sie beschimpft.« Christa zog besorgt die Augenbrauen zusammen, was sie ein bisschen dackelartig aussehen ließ. Jetzt machte ich mir auch Sorgen.

»Aber im Versteck war dieser Brief, Julia muss also

hin und wieder vorbeikommen. Wenn da drinsteht, wo sie ist, musst du uns das unbedingt sagen. Sie muss sich bei Ursel und natürlich auch bei ihren Eltern melden.«

Ich nickte.

»Jetzt geh in dein Zimmer und lies den Brief ganz genau. Und ich spreche in der Zwischenzeit mit deinem Vater.«

»Okay.«

Als ich wiederkam, schauten Christa und mein Vater mich schweigend an.

»Und?«, fragte Christa erwartungsvoll.

»Keine Ahnung. Sie schreibt nur, dass sie sich bei Freunden verstecken will, aber nicht, bei wem.« Ich wollte Christa Deine Pläne lieber nicht verraten, ist besser für Ursel, wenn sie nicht so viel weiß, glaube ich.

Ich blickte meinen Vater an.

»Ich habe eine Schwester.«

Mein Vater nickte. Er war ganz blass. »Habe ich auch gerade zum ersten Mal gehört. Das ist eine unfassbare Geschichte. Ich weiß noch gar nicht, ob ich sie glauben kann. Es hört sich alles so unwahrscheinlich an.«

Er starrte auf einen Punkt auf der Tischdecke.

»Warum hat Marion mir das nie erzählt? In den ganzen Jahren hat sie nie darüber gesprochen. Noch nicht mal etwas angedeutet. Christa, wusstest du das?« Er schaute sie scharf an.

Christa schüttelte entsetzt den Kopf.

»Frank, ich habe das auch alles erst heute Mittag von Ursel erfahren. Bis gestern Abend dachte ich noch, dass die Mädchen nur Brieffreundinnen sind.«

Mein Vater strich sich übers Kinn, wie er es immer tut, wenn er nicht weiterweiß.

»Was machen wir jetzt?«, fragte ich.

»Wenn das alles wirklich stimmt, müssen wir es Marion erzählen«, sagte er. »Aber vorher sollten wir ein paar Dinge rausfinden. Ich verstehe nämlich noch nicht alles an der Geschichte. Wer genau ist diese Gitta? Und warum wohnt Ursel in Julias Haus? Das kann ja wohl kein Zufall sein.«

Er sah Christa genau an.

Christa zuckte wieder panisch mit den Schultern.

»Guck mich doch nicht so an, Frank! Ursel hat mir davon gar nichts erzählt. Ich bin nur die Überbringerin der Botschaft. Und das habe ich jetzt davon.«

Mein Vater knetete genervt seine Hände.

»Das ist eine ganz schön beschissene Situation«, sagte er schließlich. »Ganz schön beschissen. Fakt ist, dass Julia nun in einer ziemlich ungünstigen Lage steckt, wo immer sie auch ist. Wir müssen gucken, was wir tun können. Wir sollten auf jeden Fall einigen Leuten ein paar Fragen stellen.«

Ich wurde hellhörig.

»Wem denn?«

»Ines, jetzt denk doch mal nach! Natürlich Ursel, Uwe und Julia selbst. Und vielleicht sogar dieser

Gitta. Wir müssen das ordentlich recherchieren, bevor wir damit an Marion rantreten und sie völlig verstören. Wir müssen Beweise haben.«

»Ich bin mir nicht so sicher, ob sie das verstören wird«, sagte Christa. »Marion glaubt doch, ihre erste Tochter sei tot. Und nun lebt sie. Das ist doch eigentlich etwas Schönes.«

Mein Vater sah aus, als ob er gleich ausrasten würde.

»Mann Christa, Marion war gerade noch im Krankenhaus! Sie ist total traumatisiert von ihrer Haft. Wer weiß, was das nun wieder alles auslöst! Wir wissen überhaupt nicht, wie es ihr mit dieser Information gehen wird. Auf jeden Fall müssen wir der Sache auf den Grund gehen. Christa, ich brauche Ursels Adresse. Ines und ich fahren nächste Woche nach Ostberlin, Julia suchen.«

Mein Herz schlug wie wild!

Letzten Montag hat uns mein Vater dann im »Büro für Besuchs- und Reiseangelegenheiten« in Kreuzberg Berechtigungsscheine für den Grenzübertritt besorgt. Ich war ziemlich aufgeregt. Dass ich jetzt einfach so rübermarschieren sollte in diese fremde Welt, die vierzehn Jahre direkt vor meiner Tür gelegen hatte, konnte ich echt nicht glauben. Ich merkte dabei, dass ich die Mauer die meiste Zeit meines bisherigen Lebens irgendwie ignoriert hatte. Kaum zu glauben. Schnell zog ich meinen Nike-Pulli aus

New York an, den Sabine mir gerade erst gekauft hatte.

»Ines, ist das dein Ernst?«

»Hä?« Ich hatte keine Ahnung, warum mein Vater sich jetzt aufregte.

»Willst du auffallen? An deinen Klamotten kann man doch sofort erkennen, dass du aus dem Westen kommst. Das ist ziemlich beschränkt.«

Darüber hatte ich noch gar nicht nachgedacht. Mein Vater trug eine schwarze Cordhose und ein weißes Hemd, darüber einen grauen Pulli, er sah wahnsinnig langweilig aus.

»Zieh irgendwas Unauffälliges an.«

Ich zog meinen neuen Pulli aus und meine abgewetzte Jeansjacke über und hoffte, dass das unauffällig genug wäre. Dann packten wir einen Stadtplan von Ostberlin ein und stiegen in die U-Bahn nach Gesundbrunnen. Dort angekommen, gingen wir zu Fuß weiter Richtung Bornholmer Straße. Diese Gegend von Westberlin war so was von mausetot: Je näher wir der **Zone** kamen, umso ruhiger wurde es, irgendwann gab es überhaupt keine Geschäfte mehr, sondern nur noch Wohnblocks mit Sackgassen. Hier war gefühlt die Welt zu Ende. Kurz darauf sah ich schon die geschwungene metallene Bösebrücke, hinter der die Grenze beginnt. Ein komischer Anblick: Unter der Brücke waren ein paar Bahngleise und sonst nur ödes Land, Graswüste, kein Mensch zu sehen. Wir betraten die Brücke und sahen direkt am anderen Ende schon den Wachturm und die Pass-und Zollkontrollen der DDR, rechts und links den **Todesstreifen** und mehrere Mauern. Überall waren Barrikaden, riesige Straßenlaternen, Warnschilder und Maschendrahtzaun. Ich beschreibe Dir das jetzt mal so genau, weil Du Dein Land ja nicht von außen sehen kannst. Es sah so bedrohlich aus, ich bekam richtig Herzklopfen. Vor einem Wachhäuschen blieben wir stehen, um den **Mindestumtausch** vorzunehmen, wir mussten also jede Menge Ostmark kaufen, die wir mit Sicherheit nicht ausgeben würden. Dann passierten wir die Zollkontrolle und mussten unsere Taschen durchwühlen lassen. Schließlich winkten uns zwei uniformierte **Volkspolizisten** heran, ein Dicker mit Glatze und ein sehr junger mit kurz geschorenen Haaren. Sie scheuchten uns in eine kleine Einzelkabine.

»**Mindestumtauschbescheinigung**. Berechtigungsschein und Visum. Personalausweise. Taschen.«

Mein Vater legte unsere Dokumente vor und der Dicke betrachtete besonders meinen Kinderpersonalausweis sehr ausführlich. Ich war so nervös, dass ich anfing zu schwitzen. Konnten die Grenzer wissen, dass meine Mutter ein ehemaliger Häftling war?

»Was haben Sie hier vor?«

»Wir besuchen die Großmutter meiner Tochter in Wilhelmsruh«, sagte mein Vater ganz entspannt. »Hier ist die Adresse.«

Jetzt studierte auch der junge Grenzbeamte noch meinen Ausweis. Dann schaute er noch mal in den Pass meines Vaters. Schließlich durchwühlten die beiden Typen unsere Taschen und fanden aber nichts, was sie interessierte. Wir hatten ja auch nur Obst für Oma Ursel dabei. Sie guckten uns noch mal durchdringend an.

»Alles klar«, sagte der Dicke endlich mürrisch, »Dann dürfen Sie jetzt gehen. Bis 24 Uhr müssen Sie wieder zurück sein.« Er drückte einen Summer und die Kabinentür öffnete sich.

Wir packten unsere Sachen und zack, waren wir in der DDR. Außer vielen Volkspolizisten war fast niemand zu sehen. Zu Fuß gingen wir die breite Bornholmer Straße hinunter. Die hohen Wohnhäuser waren am Anfang der Straße noch blitzweiß angemalt. Mein Vater erklärte mir, dass es in der DDR eigentlich kein Geld für Malerfarbe gab und die Häuser deshalb immer grau verputzt waren, aber viele Häuser in Grenznähe weiß gestrichen waren, um das Licht der Grenzscheinwerfer besser zu reflektieren. Fünfzig Meter weiter staunte ich dann schon über die ganzen grauen und schwarzbraunen Häuserfassaden. Kein Auto fuhr, kaum ein Mensch war auf der Straße, kein Wunder, hier war ja auch Ende Gelände. Als wir schließlich zur Schönhauser Allee kamen, herrschte deutlich mehr Trubel. Trabbis fuhren die Straße entlang, eine Straßenbahn ratterte Richtung Alexanderplatz, Radfahrer holperten über das Kopfsteinpflaster. Vor einigen Geschäften standen Schlangen von Menschen. Es roch ein bisschen anders, nach Kohle oder so.

»Fahren wir jetzt zu Oma Ursel?«

»Klar«, sagte mein Vater, »sie erwartet uns schon.«

Du kannst Dir vorstellen, dass ich wirklich aufgeregt war. Im Gegensatz zu Dir hatte ich Ursel ja noch nie gesehen. Außerdem war unser Ziel, Dich zu finden, was im Nachhinein natürlich ein bisschen unrealistisch war. Wir stiegen in die U-Bahn nach Pankow und warfen unsere dünnen DDR-Münzen in komische Fahrscheinmaschinen, ganz anders als bei uns. Dann nahmen wir von Pankow einen Bus nach Wilhelmsruh und standen nach einem kurzen Fußmarsch tatsächlich vor Eurem Haus. So ähnlich hatte ich mir Dein Zuhause auch vorgestellt, ein großer grauer Mehrfamilienkasten mit Balkonen, die einen direkten Blick auf die schreckliche **Hinterlandmauer** gegenüber boten. Ich blickte zum ersten Stock hoch und schaute, ob ich Deine Wohnung erkennen würde. An einem der Fenster sah ich ein neugieriges Jungengesicht, war das vielleicht Mirko? Bevor ich aber genauer hinschauen konnte, öffnete sich schon die Eingangstür. Eine ältere Dame mit schulterlangen grauen Haaren und einer selbst gestrickten Wolljacke stand in der Tür.

»Ines?«, fragte sie, »Frank?«

Ich nickte. Oma Ursel. Mein Herz begann zu klopfen. Ich hatte sie mir ganz anders vorgestellt, irgendwie omahafter, als ältere Dame mit Dauerwelle und beigem Faltenrock. Stattdessen sah sie wie eine pensionierte Lehrerin aus, wie eine, die abends Bratsche im Kammerorchester spielt, ihren Kräutertee im eigenen Garten pflückt und in der Kreuzberger Friedensbewegung aktiv ist. Sie breitete ihre Arme aus und zog mich fest an sich. Als ich sie wieder anschauen konnte, sah ich, dass sie Tränen in den Augen hatte.

»Du bist ja schon so groß«, sagte sie, »und du hast die Augen deiner Mutter. Kommt rein, kommt rein!« Sie winkte uns in den Flur und bedeutete uns, leise zu sein. Dann schloss sie ihre Haustür auf und scheuchte uns schnell ins kleine Wohnzimmer. Bestimmt hatte sie Angst vor Eurem Hausmeister! Der Tisch war schon gedeckt, Kaffee für meinen Vater und – natürlich – Kakao für mich. Ursel setzte sich zu mir aufs Sofa und weigerte sich, meine Hand loszulassen. Ich schaute sie mir genauer an. Sie war viel hübscher, als ich sie mir vorgestellt hatte. Ihre Augen waren warm und klug, aber es lag auch viel Traurigkeit darin. Immer, wenn sie mich anguckte, zitterte ihr Kinn leicht.

»Es ist so schön, dass ihr mich besucht«, sagte sie immer wieder, »So schön! Danke, Frank, dass du das möglich gemacht hast.«

Mein Vater lächelte. Er sah sie ja auch zum ersten Mal und freute sich anscheinend wirklich, sie kennenzulernen.

»Das hätten wir längst tun sollen«, sagte er, »ich hätte dich schon viel früher mit Ines besuchen sollen«

Ursel nickte mit einem traurigen Lächeln.

»Aber Marion hatte zu viel Angst, ich weiß«, sagte sie, »und das kann man ja auch verstehen, bei dem, was sie erlebt hat. Aber nun ist es ja gut. Ich weiß, dass ihr beiden bestimmt eine Menge Fragen habt. Und ich habe hoffentlich ein paar Antworten.«

Und wenig später begann Oma Ursel zu erzählen. Sie erzählte von Marions Jugend und davon, wie sie langsam den Kontakt zu ihrer Tochter verlor, weil Marion immer häufiger in oppositionellen Kreisen unterwegs war. Wie sie mit Marion geschimpft hatte, aus Sorge, dass ihr etwas passieren würde. Und wie das Marion immer weiter von ihr wegtrieb. Eines Tages war Marion dann weg, wie vom Erdboden verschluckt. Keiner wusste, wo sie war. Und plötzlich standen zwei **Stasi-Offiziere** vor der Tür und führten Ursel zum Verhör ab.

»Das war ein Schock«, sagte Ursel. »Aber da war ich zum ersten Mal froh, dass Marion mir nicht viel erzählt hatte. So konnte ich nichts verraten, nicht mal aus Versehen. Die Stasi-Leute haben mich mächtig unter Druck gesetzt. Aber als sie merkten, dass ich noch weniger wusste als sie, haben sie von mir abgelassen. Am Ende sollte ich mich dann noch von Marion lossagen, das habe ich aber nicht getan.«

Sie lächelte traurig und schenkte meinem Vater Kaffee nach.

Dass Marion ins Frauengefängnis Hoheneck gebracht worden war, erfuhr sie erst Wochen später bei einer weiteren Befragung durch die Stasi.

»Und da hatte ich große Angst um sie«, sagte Ursel, »denn Hoheneck war berüchtigt, da saßen hauptsächlich Mörderinnen und sogar ehemalige KZ-Aufseherinnen ein. Von dem Zeitpunkt an war ich fast verrückt vor Sorge.«

»Weißt du, wer sie verraten haben könnte?«, fragte mein Vater.

»Ich glaube, Marion dachte lange, dass ich es gewesen sein muss. Aber erstens wusste ich doch nichts davon und zweitens hätte ich das nie getan, das ist doch klar. Meine eigene Tochter! Ich weiß es nicht. Garantiert nicht Uwe, für den lege ich meine Hand ins Feuer. Es muss jemand anderes gewesen sein. Wohl aus ihrem Umfeld. Wer hätte sonst davon wissen können?«

Sie schaute uns fragend an. Aber wir wussten ja auch nichts.

»Hier, Kind«, sie schob mir einen Keksteller hin, »nimm dir noch was Süßes.«

Ich knabberte nachdenklich an einem sehr leckeren Keks, bestimmt aus dieser Bäckerei, in der Du immer für Ursel einkaufen musstest!

»Wie hast du eigentlich Julia gefunden?«, fragte ich.

»Oh, auf diese Frage habe ich gewartet«, sagte Ursel und lächelte zufrieden, »darauf bin ich nämlich stolz! Das war richtige Detektivarbeit.«

Sie stand auf und holte eine gelbe Mappe aus ihrem Schlafzimmer. Dabei hinkte sie ganz schön. Mit ihrem Fuß stimmt wirklich etwas nicht.

»Hier«, sagte sie lächelnd und zog ein etwas vergilbtes Blatt aus dem Ordner, »eine Kopie von Julias Adoptionsurkunde.«

Ursel legte das Dokument auf den Couchtisch. Mein Vater, der große Investigativ-Journalist, war etwas verdattert.

»Wo hast du die her? Adoptionsakten sind streng geheim und Zwangsadoptionsakten vermutlich erst recht, wenn es die überhaupt gibt.«

Er runzelte die Stirn.

Ursel ließ sich wieder ins Sofa fallen.

»War auch nicht so einfach«, ächzte sie. »Aber ich wusste, dass vermutlich die Zentrale Adoptionsstelle des Landesjugendamtes Karl-Marx-Stadt für die Vermittlung zuständig war. Hoheneck liegt ja in der Nähe von Karl-Marx-Stadt. Und ich wusste von Gitta auch das Geburtsdatum. Also beschloss ich, nachzusehen. Gott sei Dank habe ich hier in Berlin eine Bekannte, die beim Landesjugendamt arbeitet, das hat es mir etwas leichter gemacht. Ich besorgte mir also einfach ihren Ausweis und fuhr hin.«

»Sie hat dir einfach ihren Ausweis gegeben?«, unterbrach mein Vater.

»Ich habe ihn mir kurz ausgeliehen«, sagte Ursel, »sie hat es gar nicht gemerkt.« Ursel sah so aus, als ob ihr das ein wenig unangenehm war. Sie hatte den Ausweis also geklaut. Was für eine äußerst coole Oma wir doch haben!

»Mit dem Ausweis bin ich dann nach Karl-Marx-Stadt zum Landesjugendamt gefahren. Ich habe mich dort als Jugendamtsmitarbeiterin aus Berlin ausgegeben und der zuständigen Sachbearbeiterin erzählt, dass wir gegen Julias Adoptivmutter ermitteln und wegen eines möglichen Kindesentzugs Akteneinsicht nehmen müssen. So was macht die Stasi ja regelmäßig. Wenn Leute nicht mit ihnen zusammenarbeiten, dann erpressen sie sie mit allen möglichen Mitteln. Die Sachbearbeiterin fand das alles gar nicht ungewöhnlich, sie ging wohl davon aus, dass Julias Adoptivmutter unter Druck gesetzt werden sollte. Sie knallte mir einfach den Ordner vom Jahr 1973 auf den Tisch und ging wieder an die Arbeit. Die Urkunde war ganz einfach zu finden.«

Ich überflog die Adoptionsurkunde.

»Uhlig, Julia«, las ich, »Geburtsort Karl-Marx-Stadt, 26. Januar 1973. Mutter bei der Geburt verstorben. Adoptiveltern: Bernd und Monika Uhlig.« Darunter standen die Geburtsdaten der Adoptiveltern mit einer Adresse in Ost-Berlin und eine sogenannte **Personenkennzahl** für Julia.

»Das ist sie, oder?«

»Ganz richtig. Das ist sie. Und das sind auch Julias

Eltern. Julias Personenkennzahl stimmt außerdem mit einem Auszug aus dem Karl-Marx-Städter Geburtenregister vom 26. Januar 1973 überein, das habe ich natürlich auch geprüft. Da steht dann allerdings nur ›Säugling, weiblich, Geburtsort Haftkrankenhaus Hoheneck‹. Und ›Mutter bei der Geburt verstorben‹. Ist auch in der Mappe.«

Mutter verstorben? »Dann wussten Julias Eltern also nicht, dass Marion noch lebt?«, fragte ich.

»Scheint so. Sie dachten wohl wirklich, dass sie ein Waisenkind adoptiert hatten.«

Mein Vater konnte das alles nicht fassen.

»Wie hast du dann … hast du dir die Adoptionsurkunde einfach kopiert?«

»Aber das musste ich doch«, sagte Ursel, »als Beweis. Erst wollte die Sachbearbeiterin nicht, aber dann habe ich ihr gesagt, dass ich mich bei ihrem Vorgesetzten und bei der Staatssicherheit beschweren würde, wenn sie mir nicht eine Kopie gibt. Ich behauptete auch, dass ich bei der Akteneinsicht ihre fehlerhafte Dokumentation bemerkt hätte und dies selbstverständlich an die Landesadoptionsstelle weitergeben würde, wenn sie mir nicht sofort eine Kopie macht. Sie war Gott sei Dank nicht die Hellste.«

Ich konnte gerade beobachten, wie sich das Weltbild meines Vaters verschob.

Ursel rückte die Häkeldecke auf ihrem Couchtisch gerade.

»Schön, oder? Hat Christa gehäkelt.«

Aber mich interessierte Christas Häkeldecke null.

»Eine Frage noch, Oma Ursel«, sagte ich. »Wie kommt es, dass du jetzt im selben Haus wie Julia wohnst?«

»Och, das war einfach«, winkte Ursel ab. »Die neue Adresse von Julias Eltern war ganz leicht rauszufinden, ich hatte ja ihre Namen. Und dann habe ich mich einfach in ihr Haus getauscht.«

»Getauscht?«

»Na, **Wohnungstausch**. Ich hatte doch eine schöne große Wohnung im Prenzlauer Berg. Mein Mann und Marion waren ja beide nicht mehr da. Wozu brauchte ich dann noch die dreieinhalb Zimmer? Ich beobachtete das Haus ein bisschen und fragte dann einfach die Familie im Erdgeschoss, ob sie mit mir tauschen wollten. So läuft das hier ja. Anderthalb Zimmer gegen dreieinhalb Zimmer, die waren natürlich begeistert. Die konnten ihr Glück gar nicht fassen. Und so bin ich dann hier gelandet und habe ganz schnell Julia kennengelernt. Noch Kaffee, Frank?«

Sie lächelte uns freudig an.

»Aber jetzt ist sie weg«, sagte mein Vater.

Ursel strich über die Tischdecke.

»Ja. Ich habe sie seit zwei Wochen nicht mehr gesehen. Ich war sogar schon bei Uwe. Aber der scheint auch verschwunden. Ich hoffe doch, dass Uwe gut auf sie aufpasst.«

»Uwe scheint mir aber nicht so der Typ dafür«, sagte ich.

Ursel seufzte.

»Da hast du recht. Uwe geht am liebsten dahin, wo's brennt. Ich befürchte, dass er irgendwie mit diesen **Montagsdemos** beschäftigt ist.«

Wir blieben noch eine Weile bei Ursel und tranken Kaffee. Sie fragte mich aus, über mein Leben, über Marion, über Sabine. Dann zeigte sie uns alte Fotos von Marion: als Baby im Kinderwagen, beim Planschen in der Ostsee, in den Sommerferien am Plattensee. Ich erkannte unsere Mutter kaum wieder. Andauernd nahm Ursel dabei meine Hand oder tätschelte mein Knie, mein Gott, ich glaube, sie hat mich wirklich vermisst!

»Wir sollten mal«, sagte mein Vater schließlich. »Wir wollen ja noch schauen, ob wir Julia finden können.«

»Da macht euch mal nicht so große Hoffnung.«

»Trotzdem müssen wir gucken«, sagte ich. »Sie ist doch meine Schwester. Und, Oma Ursel, ich verspreche dir, dass wir bald wiederkommen!«

»Das wäre so schön«, sagte sie, »Komm bald wieder, mein Kind. Und grüßt Marion von mir.«

Ursel schickte uns zum Volkspark nach Prenzlauer Berg. Wieder der Bus, wieder die U-Bahn, dann die S-Bahn. Du kennst die Strecke ja. Es war tatsächlich ganz schön schwer, Uwes Laube zu finden. Wir traten durch das bimmelnde Gartentor und spähten in die

Laube. Mann, da hatte aber lange keiner mehr aufgeräumt. Alles war durcheinander, ich konnte mir gar nicht vorstellen, dass Du dort einen Platz zum Schlafen gefunden hattest.

»Ines, sei nicht so naiv«, sagte mein Vater. »Die Stasi war hier und hat den Schuppen durchsucht. Ist doch alles drunter und drüber.«

Tatsächlich. So unordentlich konnte Uwe gar nicht sein.

»Kann ick helfen?«

Misstrauisch beobachtete uns eine Frau aus dem Garten der angrenzenden Laube. Sie trug einen karierten Kittel und eine riesige Brille. Ihr Grundstück war akkurat gepflegt, hinter ihr glotzte eine kleine Armee von Gartenzwergen durch den Zaun. Mit Sicherheit war Uwe nicht ihr Lieblingsnachbar.

»Wir suchen Herrn Meier«, sagte mein Vater in seinem höflichsten Tonfall. »Haben Sie ihn in letzter Zeit gesehen?«

»Der alte Zausbart ist schon seit ein paar Wochen weg«, rief sie über den Zaun. »Und hoffentlich kommt er nicht wieder. Schaunse sich mal das Grundstück an. So eine Sauerei.« Aus ihren Augen sprach unverhohlene Abscheu.

Mein Vater nickte höflich.

»Haben Sie zufällig ein junges Mädchen bei ihm gesehen?«

»So eine mit langen braunen Haaren? Groß?«
Ich nickte.

»Die war ein paar Nächte hier und ist dann mit ihm zusammen weg. Ein Schwein ist das, lässt alles verkommen und sein ganzes Unkraut wuchert zu mir rüber. Ich hab's natürlich gemeldet. Aber da warnse wohl schon abgehauen.«

Eine Nachricht hinterließen wir lieber nicht, bei *der* Nachbarin braucht man ja keine Feinde. Wir drehten uns um und gingen, raus aus dem Park, zurück zur S-Bahn, in die U-Bahn und dann zu Fuß über die Grenze. Im Wedding setzten wir uns erst mal in ein Café und sortierten unsere Gedanken. Ich war erschöpft von der Aufregung und doch froh. Auch wenn ich Dich nicht gefunden hatte, wusste ich, dass ich Dich mit meinem Vater bald wieder besuchen kann. Wenn Du denn da bist!

Übermorgen kommt Marion nach Hause. Sabine und mein Vater haben bestimmt, dass sie erst mal bei uns wohnen soll, für den Anfang. Dann werden wir ihr alles über Dich erzählen. Ein bisschen fürchte ich mich schon davor, ich habe keine Ahnung, wie sie reagieren wird, wenn sie erfährt, dass Du lebst. Das hört sich jetzt komisch an, sicher wird sie glücklich darüber sein! Aber vielleicht macht sie der Gedanke, dass sie für Dich keine Mutter sein durfte, auch ganz traurig. Schwer zu sagen, wie das bei ihr ankommen wird. Obwohl es ihr besser zu gehen scheint. Am Telefon sagte sie, dass die Kur ihr geholfen hat und sie wieder gut schläft. Sie möchte hier in Berlin mit ihrer

Therapie bei Frau Weinstein weitermachen. Aber trotzdem hat sie noch Angst davor, verfolgt zu werden. Und vielleicht wird sie das ja tatsächlich! Inzwischen glaube ich, dass die Stasi zu allem fähig ist. Wir werden auf jeden Fall gut auf sie aufpassen.

Liebe Julia, seit Deinem letzten Brief muss ich ganz viel an Dich denken. Und obwohl ich mich so freue, mache ich mir auch um Dich richtig große Sorgen. Wie muss sich das für Dich wohl anfühlen, zu wissen, dass Deine Eltern nun in echt Deine Adoptiveltern sind? Oh Mann. Wo bist Du bloß? Melde Dich, so schnell Du kannst!

Morgen holt Christa diesen Brief ab und versteckt ihn wie abgesprochen. Ich hoffe so, dass da schon ein Brief von Dir liegt! Dass Du mir sagen kannst, wo Du bist und was Du erlebt hast. Damit wir alle ein bisschen beruhigt sein können. Wenn Marion zurück ist, werde ich auch gleich schreiben! Christa hat mir versprochen, dass sie den Brief so schnell wie möglich rüberbringen wird, sie legt dafür eine Extratour ein. Also immer schön ins Versteck gucken, wo auch immer Du bist!

Ganz am Schluss noch eine kleine Sache. Vor ein paar Tagen habe ich den Berliner Schüler-Literaturpreis in der Kategorie »Sonderprojekte« bekommen, Du weißt schon, für mein Kimura-Projekt. Meine ganze

Klasse war mit. Und weißt Du, wer noch einen Preis bekommen hat? Für Lyrik? Also Gedicht? Es ist nicht zu fassen: Sexy Sandra zwei. Sie hat eine Ballade über Berlin geschrieben, bei der sich Bürgermeister Momper gar nicht mehr eingekriegt hat vor Begeisterung. Es war ein wirklich gutes Gedicht. Er will es jetzt auf Plakate drucken lassen. Nicht zu fassen. Die hat was im Kopf. Auch wenn es keiner merkt.

So, jetzt muss ich aber Schluss machen. Meine Hand tut schon weh und Jackie pinkelt gleich an die Haustür. Schreib mir! Und: Wann können wir uns sehen?

Deine Schwester
Ines

Wilhelmsruh, 6.10.1989

Liebe Ines,

es tut mir leid, dass Du Dir so viele Sorgen gemacht hast. Das wollte ich nicht. Bei Uwe war ich nur zwei Nächte. Am Montagmorgen scheuchte er mich dann plötzlich aus den Federn, damit ich ja nicht zu spät zur Schule komme. »Du musst zur Schule, Julia«, hat er gesagt, »Sonst stecken sie dich in so einen Jugendwerkhof für schwer erziehbare Jugendliche. Und wenn man da erst mal drin ist, kommt man so leicht nicht wieder raus.« Was er darüber gehört hatte, klang nämlich nach Gefängnis. Nach Gewalt und Demütigung. Ich musste also zur Schule gehen. Aber was, wenn mein Vater mich abholen würde? Wenn er plötzlich am Schultor stand? Ich versuchte Uwe davon zu überzeugen, dass ich nirgendwo hingehen würde. Und in die Schule schon mal gar nicht. Aber Uwe setzte sich durch: »Du kannst sowieso nicht bei mir bleiben, Julia. So gerne ich das hätte. Ich werde noch immer überwacht. Ich kann das nicht beweisen, aber ich bin sicher. So einen wie mich lassen die nicht aus den Augen. Ich muss hier genauso verschwinden wie du.« Ich drehte ihm den Rücken zu. Unter keinen Umständen würde ich in die Schule gehen. Und dann sagte er etwas, dass mir den Magen zusammenzog und gleichzeitig im ganzen Körper kribbelte: »Julia, du glaubst, du bist Miriam, oder?« Mit einem Ruck drehte ich mich um und starrte ihn an. »Und du glaubst, ich bin dein Vater, oder?« Mir wurde heiß und kalt und dann wieder heiß. Ich hatte eiskalte Hände und eine knallrote Birne. Ganz leise hörte ich mich sagen: »Ich weiß es irgendwie.« Uwe sah mich lange an. Dann sagte er: »Ich nicht, aber ich bin sicher, dass du recht hast.« Dann legte er mir eine Hand auf den Arm. Ganz vorsichtig. »Wenn du davon überzeugt bist, dass ich dein Vater bin, dann hör jetzt auf mich. Bitte.« Ich sah ihn an und staunte. Ich hatte plötzlich das Gefühl, dass ich ihn vorher noch nie richtig angesehen hatte. Er hat ganz freundliche Augen, weißt Du? Und einen kleinen Leberfleck oben an der Stirn.

»Julia, du musst jetzt los.«

»Aber wo willst du denn hin? Lässt du mich jetzt auch noch hängen?«

»Julia. Ich lasse dich nicht hängen. Und das hat Marion auch nicht getan, falls Du darauf anspielst. Das hätte sie nie getan. Man hat dich ihr weggenommen und dich für tot erklärt. Verstehst du, zu was die imstande sind?«

Ich ließ den Kopf hängen und schwieg.

»Also«, fuhr er fort, »ich gehe an einen Ort, den ich dir nicht verraten werde. Wenn du es nicht weißt, kannst du es auch nicht verraten.«

»Und wie soll ich dich finden? Und wo soll ich dann hin?«

»Du wirst nach Hause gehen und mit deinen Eltern reden.«

»Meinen Adoptiveltern.«

»Meinetwegen. Du wirst mit ihnen reden und erzählen, dass du zwei Nächte in eurer Datsche geschlafen hast. Dann wirst du ganz normal zur Schule gehen. So, als sei nichts gewesen. Erzähl ihnen nichts von dem, was du weißt. Wie wolltest du das auch erklären? Hört mal, ich habe da so eine geheime Brieffreundschaft seit einem Jahr? So wie du deinen Vater beschrieben hast, wird die Stasi dann nur versuchen, den Kontakt zu Ines zu überwachen und Oma Ursel auf die Pelle rücken.«

Ich schluckte. »Aber ...«

»Nichts aber. Es ist die einzige Möglichkeit. Sonst landen wir alle im Gefängnis.«

»Ich kann doch nicht einfach so tun, als wäre das alles nicht passiert!«

»Doch, das kannst du. Und das musst du. Wir müssen jetzt alle durchhalten.«

»Wie lange denn?«

»Das weiß ich nicht, Julia. Ich habe dir ja gesagt, dass sich was tut, aber ich kann dir kein Datum nennen. In der **Botschaft der BRD in Prag** warten seit Wochen Tausende DDR-Bürger darauf, ausreisen zu dürfen. Sie sind nach Prag gereist, nur um in diese Botschaft zu kommen. Und dort harren sie jetzt aus und hoffen, dass die BRD ihnen Schutz bietet und sie nicht wieder zurück in die DDR müssen. Mittlerweile sind die Zustände katastrophal. Sie schlafen auf Treppen und in Fluren. Sogar Zelte hat man im Garten aufgestellt. Und von draußen klettern immer mehr Menschen über den Zaun des Botschaftsgrundstücks. Es muss etwas passieren, Julia. Auch hier. Wir werden immer mehr. In Leipzig gehen sie jetzt jeden Montag auf die Straße. In Dresden, Schwerin, Rostock – in fast jeder großen Stadt demonstrieren die Bürger. Friedlich. Und in Berlin sind wir sicher auch bald so weit. Ich hab' dir doch erzählt, dass wir

uns immer in dieser einen Kirche treffen. Komm dahin, wenn du mich sehen willst. Ich werde vielleicht
nicht jedes Mal da sein. Aber dann komm wieder.«

Ich nickte. »Und wenn mein Vater mir den Kopf
abreißt?«

»Wird er schon nicht. Der ist doch bei der Polizei,
oder? Da hat er in den nächsten Tagen genug zu tun,
als dass er sich lange mit dir beschäftigen könnte.«

»Wieso?«

»Na, biste aus der Zeit gefallen? Am 7. Oktober
feiert die DDR doch ihren 40. Tag der Republik. Und
dafür veranstalten sie doch jedes Jahr einen Riesen-
trara und fahren alles auf, was sie an Staatsgewalt vor-
zuweisen haben. Soldaten, Panzer, Fahnenschwenker.
Schätze, dein Vater ist ganz gut eingespannt dafür.«

»Da hast du wahrscheinlich recht.«

»Und jetzt frühstücken wir.«

Ich bin also wirklich nach der Schule nach Hause
gefahren, Ines. Du kannst dir vorstellen, wie schwer
mir das gefallen ist. Mein Vater war außer sich, als ich
zur Tür rein bin. Nicht vor Sorge, nur vor Wut. Stell dir
das vor! Er hat sich keine Minute um mich gesorgt. Es
war ihm komplett egal, ob es mir gut ging. Er war einfach nur sauer. Er hat richtig getobt. Wie ein wildes
Tier. Was mir einfallen würde. Wo ich jetzt herkäme.
»Aus der Datsche«, konnte ich gerade so mal einwer-
fen. Aber so richtig hat er sowieso nicht zugehört. Es
war mehr ein gebrüllter Monolog, der keine Antwort
eingeplant hatte. Mein Bruder, die kleine Schlange,

stand die ganze Zeit mit betont ernstem Gesicht in der Ecke. Aber ich habe sein Grinsen in den Augen gesehen. Als mein Vater seinen Ausbruch beendet hatte, stürmte er mit den Worten »ich habe jetzt keine Zeit, mich um so einen Kinderkram zu kümmern« aus der Wohnung. Rumms. Tür zu. Stille.

Dann piepste meine Mutti: »Julia, wo bist du nur gewesen?« Ich glaube, sie hat sich wirklich Sorgen gemacht.

»Hab ich doch gesagt. In der Datsche. Ich brauchte mal meine Ruhe. Musste nachdenken.«

Sie nickte nur. Als wüsste sie genau, was ich meinte.

»Jetzt komm erst mal richtig rein.« Dann drückte sie mich fest. Meinem Bruder fiel alles aus dem Gesicht.

»Ich glaub, ich guck nicht richtig. Die probt hier den Aufstand und du fällst ihr noch um den Hals dafür?«

»Jetzt beherrsch dich mal, Mirko«, sagte meine Mutter. »Lass Julia erst mal ankommen. Sie wird schon erzählen, was los war.«

Dachte sie. Hab' ich aber natürlich nicht. Wo hätte ich auch anfangen sollen? Zum Glück hat meine Mutter viel Verständnis fürs Schweigen und für Geheimnisse. Sie hat ja selbst welche. Schließlich hat mein Vater bis heute nicht gemerkt, dass sie Westfernsehen guckt.

Ich kann es immer noch nicht fassen, dass Du hier gewesen bist! Wie gut, dass Du nicht bei uns geklingelt hast. Reicht ja schon, dass Mirko Dich gesehen hat. Er war es bestimmt. Es wohnt kein anderes Kind auf unserer Etage. Und wenn er Dich gesehen hat, dann weiß es jetzt auch Herr Krause. Ich hoffe nur, dass Oma Ursel jetzt keinen ungebetenen Besuch bekommt. Aber nach allem, was Du schreibst, scheint sie ja härter gesotten zu sein, als ich bisher dachte. Also wird sie bestimmt auch damit fertig. Unsere Oma …

Dass Ihr mich nicht gefunden habt, liegt daran, dass ich dann auch nur eine einzige Nacht zu Hause war. Mein Vater traut mir nicht mehr über den Weg. Er hat Angst, dass ich zur Staatsfeindin werde. Auch, weil Tina jetzt weg ist und sie ja sowieso schon lange einen schlechten Einfluss auf mich hatte. Sagt er. Also hat er mich am nächsten Morgen noch vor der Schule gebeten, ein paar Sachen für die nächsten Tage zu packen. Wir müssten noch etwas erledigen vor der Schule. Ich habe meine Schwimmtasche vollgestopft und über die Schulter geworfen. So schlurfte ich hinter ihm her. Er sagte mir nicht, wo wir hingehen. Und ich vermied es zu fragen. Ich war ehrlich gesagt ziemlich froh, wenn er mal nicht mit mir redete. Nur ein paar Häuser von der Schule entfernt hielten wir an und mein Vater klingelte an der Tür. Ich folgte ihm die Treppen hinauf. An der Tür stand eine blonde Frau mit langen, dünnen Haaren, die ihr wie Spaghetti vom Kopf herunterhingen. Agnes Rebmann. Ich zuckte zusammen. Machte die Augen zu und wieder auf. Sie war es wirklich.

»Da seid ihr ja«, sagte sie. »Ich habe euch schon erwartet.« Ich schluckte. Wieso kannte mein Vater Agnes Rebmann? Was hatte er mit ihr zu tun? Und was machte sie hier überhaupt? Sie wohnte doch eigentlich ganz woanders.

»Ich weiß, es wird dir nicht gefallen, Julia. Aber du wirst jetzt eine Zeit lang hier wohnen«, sagte mein Vater.

»Was?« Ich drehte mich zu ihm um. »Was hast du gesagt?«

»Du hast mich gehört. Da du ja offenbar nicht in der Lage bist, auf dich selbst aufzupassen, übernimmt das ab heute Frau Rebmann.«

»Was soll das bedeuten? Du stellst mich unter Arrest?«

»Nun übertreib mal nicht. Frau Rebmann wird ein paar Tage auf dich achtgeben. So lange, bis deine Mutter und ich wieder genug Zeit haben, das selbst zu übernehmen. Du weißt genau, dass in den Tagen rund um den 7. Oktober jeder seine Pflicht tun muss. Danach holen wir dich wieder ab. Zur Schule hast du es ja nicht weit. Und am Nachmittag gehst du zum Schwimmen. Darauf will ich mich verlassen können.«

»Du stellst mir einen Wachhund zur Seite? Bringt sie mich etwa auch zur Schule?«

»Das wird hoffentlich nicht nötig sein.«

Dann ging er. Agnes schloss die Tür. Bis jetzt hatten wir kein Wort miteinander gesprochen. Jetzt sagte sie: »Willkommen, Julia.«

Ich starrte zu Boden. Was sollte ich auch mit ihr reden?

»Schätze, du bist ziemlich verwirrt jetzt, was?«

Ich schwieg.

»Komm doch erst mal rein. Ich zeige dir dein Zimmer.«

Ich folgte ihr schweigend zu einer kleinen Kammer im hinteren Teil der Wohnung. Darin standen nur ein Bett und ein Schrank. Es wirkte fast wie eine Zelle. Nur ohne Gitter. Ich schleuderte meine Tasche auf das Bett und ließ mich danebensinken.

»Du hast noch eine halbe Stunde Zeit, bis die Schule anfängt. Möchtest du noch einen Tee trinken?«

Ich schüttelte den Kopf.

»Du hast doch bestimmt eine Menge Fragen. Komm mit in die Küche. Dann werde ich versuchen, sie dir zu beantworten.«

Langsam, schleppend stand ich auf und trottete zur Küche auf der anderen Seite des Flurs. Agnes folgte mir. Dann strich sie ihre Spaghetti-Haare zur Seite und setzte sich auf einen Stuhl. Eine Tasse Tee dampfte vor ihr auf dem Tisch.

Ich lehnte mich an den Küchenschrank. Ich hatte keine Lust, mich mit ihr an den Tisch zu setzen, als wären wir zwei alte Bekannte.

»Seit wann wohnst du hier«, platzte ich heraus.

»Seit gestern Abend. Dein Vater hat mich angerufen und mir gesagt, dass ich hier gebraucht werde.«

»Und was bitte ist deine Aufgabe? Woher kennst du überhaupt meinen Vater?«

»Das ist eine lange Geschichte. Die erzähle ich dir mal, wenn wir etwas mehr Zeit haben. So viel kann ich dir jetzt schon sagen: Meine Aufgabe ist, auf dich aufzupassen. Dein Vater weiß, dass du Kontakt zu Uwe hattest. Und ihm ist völlig klar, dass du das Wochenende dort verbracht hast.«

Ich sparte mir die Frage, woher er das wusste. Die Antwort saß mir direkt gegenüber.

»Und wie stellt ihr beide euch das bitte schön vor? Hältst du mich jetzt den ganzen Tag an der Hand?«

»Das wird nicht nötig sein. Zur Schule wirst du ganz alleine gehen. Wenn du da nicht auftauchst, wird dein Vater informiert. Und nachmittags gibt dein Trainer auf dich acht. Danach hole ich dich ab.«

»Das mache ich nicht mit. Ich bin doch kein Kleinkind!«

»Dir wird nichts anderes übrig bleiben. Ansonsten wird dein Vater dafür sorgen, dass du unter staatliche Aufsicht kommst. Genieße also deine Freiheit. Und nun musst du zur Schule, glaube ich.«

Diese Schlange. Ich stehe unter Beobachtung, Ines. Nur gut, dass unser Versteck immer noch auf meinem Weg liegt. Oma Ursel weiß mit Sicherheit nicht, wo ich bin. Mein Vater wird ihr nicht erzählt haben, wo er mich hingebracht hat. Wozu auch? In seiner Welt ist sie ja eh an allem schuld. Kannst du es ihr schreiben? Damit sie beruhigt ist. Wobei ich, ehrlich gesagt, nicht sicher bin, ob sie beruhigen wird, dass mein Vater mich bei Agnes Rebmann untergebracht hat.

Auf dem Schulhof hängt übrigens unser neuer junger Lehrer (der Ersatz für die Meinsdorf) jetzt immer in meiner Nähe rum.

Uwe hatte also recht mit allem. Sie lassen mich nicht aus den Augen. Ich hoffe nur, dass er in Sicherheit ist. Ich traue mich nicht, Agnes danach zu fragen, sondern glaube einfach fest daran, dass er schlauer ist als sie.

Als das Training zu Ende war, wartete Agnes bereits vor der Tür. Sie winkte mir, als wäre sie meine Mutter. Nur dass die mich nie vom Schwimmen abgeholt hätte. Stumm liefen wir nebeneinanderher bis zu ihrer Wohnung.

Das Abendbrot stand bereits auf dem Tisch. Ich setzte mich und schlang die Stullen hinunter. Nach dem Training habe ich immer Hunger für zwei. Sie sah mir zu und trank Tee. Was hatte sie mit alldem hier zu tun? Was war ihre Rolle? Die Gedanken hämmerten in meinem Kopf. Was, wenn sie der Schlüssel zu allem war? Wenn mein Vater von ihr wusste, wo ich gewesen war – und er musste es von ihr wissen –, dann wusste sie vielleicht noch ganz andere Dinge.

Ich sah sie an. Was führte sie im Schilde? Was, wenn sie diejenige war, die Marions Fluchtpläne verraten hatte? Sie waren doch gute Freundinnen gewesen. Agnes musste das doch alles gewusst haben. Dann wäre sie schuld daran, dass Marion im Gefängnis war und dass ich sie nie kennenlernen werde. Ich weiß nicht, warum, Ines, aber ich war mir in dem Moment sicher, dass sie es war. Ich konnte es nur nicht beweisen.

Zum Glück versuchte sie gar nicht erst, mich in ein Gespräch zu verwickeln, sondern schwieg wie ich. Nach dem Essen verzog ich mich in meine Zelle.

Die Tage vergingen und es lief zunächst alles so, wie mein Vater es sich gewünscht hatte. Frühstück, Schule, Training, Abendbrot, schlafen. Und ich dachte schon, so würde es ewig weitergehen. Bis zu dem Montag, als ich beim Training fiese Bauchschmerzen bekam und aus dem Wasser musste. Mein Trainer schickte mich zum Duschen. Eine Fuhre warmes Wasser würde meinen Bauch schon beruhigen, meinte er. Er ist von der Fraktion »was von alleine kommt, geht auch von alleine wieder«.

Das Wasser rann mir über den Rücken und prasselte auf meinen Bauch. Ich ließ die Dusche laufen, trocknete mich schnell ab und zog mich an. Dann verließ ich die Schwimmhalle. Mir war egal, was mein Trainer oder Agnes oder mein Vater sagen würden. Ich musste Uwe einfach treffen. Den Weg zur

Kirche hatte er mir beschrieben. Nur ein paar Stationen mit der Tram. Dann war ich da. Das Hauptportal war geöffnet. Davor standen so viele brennende Kerzen, dass sie zusammen wie ein einziges großes Licht wirkten. Und in einigen Fenstern auf der anderen Straßenseite leuchteten ebenfalls einzelne Kerzen. Heute, so las ich auf einem großen Plakat über dem Eingang, würde die Kirche die ganze Nacht geöffnet sein. Sie wollten eine Mahnwache abhalten. Für die zu Unrecht Inhaftierten der vergangenen Tage und Wochen. Mich schauderte. Aber es war auch irgendwie feierlich. Auf dem Platz vor der Kirche spielten kleine Mädchen auf der Blockflöte und junge Männer Akkordeon und Gitarre. Es waren unglaublich viele Menschen da. Ich war mir nicht sicher, dass ich Uwe hier finden würde.

In den Hauseingängen gegenüber drückten sich die **Vopos** herum und beobachteten alles ganz genau. Sicher waren auch Stasi-Leute hier. Irgendwo. Uwe hat mal gesagt, die würde man schon von Weitem erkennen. Mir fehlt es da wohl etwas an Übung.

In der Kirche war kein Platz mehr frei. In Grüppchen saßen und standen die Leute in den Bänken. Sie diskutierten. Manche sangen. So viele Leute, Ines. So viele Leute. Uwe hatte recht. Sie sind schon richtig viele. Das können die doch nicht mehr ignorieren. Sie müssen doch endlich einsehen, dass man nicht ein ganzes Land einsperren kann!

Den Pastor vorne bemerkte ich erst gar nicht. Er

unterhielt sich intensiv mit einem hageren Mann mit einer grünen Jacke. Erst als ich näher kam, erkannte ich, dass es Uwe war. Ich hatte ihn gefunden!

»Julia! Gott sei Dank!« Er fiel mir um den Hals. »Hat dein Vater dich mal gehen lassen? Du bist doch nicht schon wieder durchgebrannt? Darf ich vorstellen? Julia!« Jetzt dreht er sich wieder zum Pastor.

»Erzähl mal. Wie geht es dir?«

Und dann erzählte ich. Von meinem Gefängnis. Und von Agnes. Und Uwe blieb der Mund offen stehen.

»Das glaube ich nicht! Agnes? Agnes Rebmann? Sie war das? Bist du sicher?«

Ich nickte.

»Aber warum? Sie war doch Marions Freundin. Ich verstehe das nicht.«

»Das hat sie mir nicht gesagt. Wenn ich ehrlich bin, hat sie mir noch nicht mal gesagt, dass sie es war, die Marion verraten hat. Aber für mich ist die Sache klar.«

»Das kann schon sein. Aber vielleicht solltest du sie doch mal ansprechen. War auf jeden Fall irre mutig von dir, hierherzukommen. Aber auch irre leichtsinnig. Du solltest schnell wieder von hier verschwinden. Draußen steht sich die Stasi die Beine in den Bauch. Wer weiß... vielleicht ist auch einer dabei, der deinen Vater kennt.«

Mir wurde heiß. Irgendwie wurde mir erst jetzt richtig klar, in was für eine Gefahr ich mich gebracht hatte. Wer hätte denn auch ahnen können, dass so viele Menschen hier sein würden?

Uwe drängte mich zum Ausgang.

»Ich bin so froh, dich gesehen zu haben. Halt noch ein bisschen durch, Julia. Ich glaube, bald ist alles vorbei. Dann wird sich etwas ändern in diesem Land. Ich bin mir ganz sicher. Komm am besten an einem anderen Tag wieder. Heute ist hier die Hölle los, wie du siehst.«

Als ich durch das Hauptportal gehen wollte, sah ich meinen Vater. Auf der anderen Straßenseite stand er und unterhielt sich mit einem Kollegen. Zum Glück hatte er mich nicht gesehen. Ich stolperte rückwärts auf Uwe zu. Der fing mich gerade noch auf.

»Was ist los? Hast du ein Gespenst gesehen?«

»So ähnlich. Mein Vater steht da draußen.«

»Ach, du Schande. Okay. Pass auf. Es gibt noch einen Seitenausgang durch die Sakristei. Den nimmst du und dann nichts wie nach Hause. Oder wie auch immer du das bei Agnes nennst.«

Und dann lief ich, so schnell ich konnte, nach draußen zur Tram und fuhr zur Wohnung. Ich musste klingeln. Einen Schlüssel hatten sie mir nicht gegeben. Agnes schloss die Tür auf.

»Wo bist du gewesen?«

»Ich hatte Bauchschmerzen beim Training und war dann spazieren.«

»Lüg nicht, Julia.«

»Kann ich vielleicht erst mal reinkommen?«

Sie trat einen Schritt zur Seite und schloss die Tür. Dann gingen wir die Treppen rauf. Aus ihrem Zimmer drang laute Musik.

»Also?«

»Sagte ich doch. Ich war spazieren. Brauchte frische Luft. Es ging mir nicht gut.«

»Das kannst du deiner Großmutter erzählen.«

»Glaub mir. Das würde ich gerne. Aber ihr haltet mich ja hier in diesem Knast fest.«

»Jetzt übertreib mal nicht. Ich sperre dich ja hier nicht ein. Und wenn du mal mit mir reden würdest, könnte ich dir so einiges erklären.«

»Was denn? Dass du Marion verraten hast? Dass sie deinetwegen ins Gefängnis gekommen ist und dort ihr Kind zur Welt bringen musste? Dass ich ihr weggenommen wurde? Dass sie Marion für tot erklärt haben? Das? Wolltest du mir das erklären?« Ich bebte. Sie blieb ganz ruhig.

»Wollen wir uns nicht setzen?«

»Vergiss es.«

»Ich weiß, dass ich Fehler gemacht habe, Julia.«

»Du musst gar nicht in der Vergangenheit sprechen. Du machst sie ja immer noch.«

»Jetzt lass es mich dir doch erklären. Marion und ich waren Freunde. Schon sehr lange. Doch dann lernte sie Uwe kennen und verliebte sich sofort in ihn. Ich wurde schrecklich eifersüchtig, als ich sah, wie glücklich sie mit Uwe war. Sie hatte immer weniger Zeit für mich. Aber ich war nicht bereit, sie mit

Uwe zu teilen. Ich war traurig und furchtbar verletzt. Eines Tages standen zwei Männer vor meiner Tür und wollten mit mir reden. Nur reden, sagten sie. In Wirklichkeit wollten sie, dass ich ihnen etwas über Marion und Uwe erzählte. Jetzt und auch in Zukunft. Sie hatten sie schon eine Weile im Auge, aber es reichte ihnen nicht, was sie sahen. Ich sollte ihre Informantin werden und herausfinden, was sie planten und zu wem sie noch Kontakt hatten. Ich weigerte mich natürlich. Aber sie drohten mir. Wenn ich nicht kooperieren würde, könnten sie dafür sorgen, dass ich meine Arbeit verlieren würde. Aber ich musste mit meinem Gehalt auch noch für meine Mutter sorgen, die alleine nicht über die Runden kam. Das wäre alles nicht gegangen. Also unterschrieb ich.«

»Du hast deine Freundin verraten.«

»Ja, habe ich. Und wenn ich ehrlich bin, hatte es nicht nur mit meiner Arbeit zu tun. Ich war verletzt. Ich wollte Marion eins auswischen. Ich dachte, die nehmen sie dann halt ein bisschen in die Mangel. Und vielleicht steckten sie Uwe ins Gefängnis, und dann habe ich Marion wieder für mich. Das war ziemlich naiv von mir. Ich weiß.«

Ich schwieg.

»Warum erzählst du mir das überhaupt alles? Willst du dich reinwaschen? Du steckst doch immer noch mit denen unter einer Decke. Und was hat überhaupt mein Vater mit alldem zu tun?«

»Dein Vater ist ein Mann mit guten Kontakten. Er ist mit meinem **Führungsoffizier** befreundet. Kennen sich aus der Schule oder so. Ich glaube, er will dich nur schützen.«

»Er hat ne tolle Art zu zeigen, dass er sich Sorgen macht.«

Noch immer plärrte die Musik aus Agnes' Zimmer.

»Julia, ich will es wiedergutmachen. Ich will dir helfen.«

»Wer's glaubt.«

»Ernsthaft, Julia. Ich weiß, dass ich einen riesigen Fehler gemacht habe. Wenn ich könnte, würde ich Marion um Verzeihung bitten. Aber ich weiß nicht, wo sie ist. Lass mich dir helfen.«

»Wie willst *du* mir schon helfen?«

»Ich habe versprochen, auf dich zu achten und alles Verdächtige zu berichten. Und das werde ich auch tun. Aber wenn es nichts zu berichten gibt, weil du dich vorbildlich verhältst, kann ich ihnen auch nichts erzählen.«

»Und das nennst du Hilfe?«

»Wenn du also mal nicht beim Schwimmen bist, weil du etwas anders vorhast, dann sagst du es mir einfach und ich decke dich. Ich werde einfach erzählen, dass du krank bist. Aber du musst mit mir reden. Sonst funktioniert es nicht.«

»Warum sollte ich dir trauen?«

»Teste mich. Niemand wird erfahren, dass du nicht beim Training warst. Ich werde deinem Trainer morgen

Bescheid sagen, dass du krank nach Hause gekommen bist. Dein Vater wird nichts davon mitbekommen.«

Ich nickte. »Ich denke darüber nach.«

Dann ging ich schlafen. Wie konnte Marion nur mit so jemandem befreundet sein? Ich traue ihr kein Stück. Wer zu so etwas fähig ist, verdient kein Vertrauen. Aber ich werde ihr Spiel erst mal mitspielen und sie im Auge behalten. Anders komme ich nicht zu Uwe.

Bis bald, meine Schwester. Pass auf Dich auf.
Julia

Kreuzberg, 21. September 1989

Liebe Julia,

gestern Abend haben mein Vater und ich Marion vom Flughafen Tempelhof abgeholt. Sie kam mit dem Direktflug aus München. Die Krankenkasse wollte ihr eigentlich nur einen **Transitzug** von München nach Westberlin bezahlen, aber das kam natürlich nicht infrage. Einmal quer durch die DDR mit dem Zug? Niemals. Angeblich sind die Züge ja voller DDR-Spione. Wir warteten also in der Ankunftshalle auf sie und als sie aus dem Gate kam, sah ich gleich, dass es ihr besser ging. Sie hatte ein bisschen zugenommen und eine gesündere Gesichtsfarbe als letztes Mal. Die dunklen Schatten unter ihren Augen waren verschwunden. Sie trug ihre langen Haare offen und lächelte, als sie uns sah.

»Ines. Frank.«

Sie umarmte mich fest und drückte dann auch meinen Vater.

»Danke, dass ihr mich abholt.«

Mein Vater nahm ihren Koffer und wir marschierten im Nieselregen Richtung Parkplatz.

»Marion, wir dachten, dass du vielleicht erst mal ein paar Tage bei uns wohnst«, sagte mein Vater, »deine Wohnung ist ja noch nicht möbliert. Das könnten wir aber in den nächsten Tagen in Angriff nehmen.« Er klang etwas unsicher, wahrscheinlich hatte er Angst, dass sie Nein sagen würde.

»Ich habe dein Bett im Gästezimmer schon frisch bezogen«, sagte ich hoffnungsvoll.

Marion runzelte die Stirn. So richtig gefiel ihr unser Vorschlag nicht. Aber anscheinend hatte sie auch keine bessere Lösung. Sie zuckte mit den Schultern.

»Okay. Danke. Aber seid ihr sicher, dass es in Ordnung ist? Auch für Sabine? Wenn man schwanger ist, braucht man doch ein bisschen Ruhe.«

»Überhaupt kein Problem«, sagte mein Vater. »Wir freuen uns, wenn du ein paar Tage bei uns bleibst. Nimm dir Zeit.«

Er wirkte erleichtert. Wir tauschten kurz Blicke, weil wir beide anscheinend dasselbe dachten: dass es so viel einfacher wäre, Marion unsere Nachricht zu überbringen.

»Aber nur ein paar Tage«, sagte Marion schnell, »Mitte November fange ich wieder an zu arbeiten, bis dahin habe ich eine Menge zu tun. Gott, die ganzen Möbel, die ich jetzt besorgen muss.«

Zu Hause hatte Sabine den Tisch gedeckt. Unter ihrem Sweatshirt zeichnete sich jetzt schon ein kleines Bäuchlein ab. Sie hatte einen riesigen Topf Kartoffelsuppe mit Würstchen gekocht, der noch auf dem Herd dampfte. Wir setzten uns und mein Vater holte den Suppentopf aus der Küche. Wegen der Schwangerschaft will er nicht mehr, dass Sabine schwer trägt. Wahnsinn, wie er sich jetzt um sie kümmert.

»Wie war es in Bayern?«, fragte Sabine und tätschelte meiner Mutter die Hand. Eigentlich hatte ich immer gedacht, dass Ehefrau eins und Ehefrau zwei sich naturgemäß hassen müssten, aber Sabine liebt Marion. Und Marion liebt Sabine. Komisch, oder?

Marion lächelte ein wenig. Das war schon das zweite Mal heute, dass sie lächelte.

»Es war besser, als ich dachte. Ich konnte ein bisschen Abstand gewinnen und mich ausruhen. Und mal ganz in Ruhe nachdenken. Die Klinik war auch in Ordnung und die Landschaft drum herum einfach wunderschön.«

Sie stockte ein bisschen und wurde rot.

»Ich möchte mich noch mal entschuldigen für das, was ihr mit mir durchmachen musstet. Ich weiß immer noch nicht so ganz genau, was mit mir los war und ob ich mir das alles eingebildet habe oder nicht. Es fühlte sich sehr real an für mich. Aber es war richtig von euch, mich ins Krankenhaus zu bringen. Es ging mir wirklich schlecht. Da müsst ihr kein schlechtes Gewissen haben.«

Das war gut zu hören. Ich konnte das Bild, wie wir sie alleine im Krankenhaus zurückgelassen hatten, nämlich nicht mehr aus dem Kopf bekommen.

»Hast du immer noch Angst?«, fragte ich.

»Ja. Angst habe ich schon noch. Aber es ist nicht mehr so schlimm.«

Ich überlegte kurz.

»Vielleicht ist das normal, bei dem, was du erlebt hast. Die Stasi ist ja immer noch gefährlich. Kann sein, dass deine Angst erst dann ganz weggeht, wenn es die Stasi nicht mehr gibt.« Ich dachte an Hoheneck und an das, was sie durchgemacht hatte. Und an Uwe und Ursel und Dich.

Marion sah mich aufmerksam an.

»Vielleicht hast du recht, Ines. Mein Arzt hat gesagt: Wenn man erlebt hat, was ich erlebt habe, ist es schwierig, Vertrauen ins Leben zu fassen. Das stimmt auch. Aber das Schlimmste ist: Ich weiß bis heute nicht, wer mich verraten hat. Immer wieder denke ich drüber nach. Diese Person ist noch da draußen unterwegs. Und ich traue der Staatssicherheit nach wie vor alles zu. Alles. Auch hier im Westen.«

Ich nickte. Ich traue der Stasi inzwischen auch eine ganze Menge zu.

Sie schüttelte den Kopf.

»Trotzdem möchte ich nicht mehr andauernd in Angst leben. Das ist nämlich ein beschissenes Leben. So will ich nicht weitermachen.«

Wir schwiegen.

»Hat es denn geholfen, in der Klinik über alles mal zu sprechen?«, fragte mein Vater schließlich.

»Schon«, sagte Marion und nickte langsam. Ihre langen Haare landeten dabei fast im Teller. »Ich habe zumindest gemerkt, dass ich meine Angst nicht mehr wegschieben kann. Es geht nicht. Ich kann die Kraft dazu nicht aufbringen. Und nur nach vorne zu schauen funktioniert auch nicht mehr. Ich muss irgendwie anders damit umgehen lernen.«

Mein Vater füllte Marions Wasserglas nach. Marion lächelte ihn tapfer an, schon wieder. Dann wechselte sie schnell das Thema.

»Und wie geht es euch?«, fragte sie, »Was gibt's Neues?«

Mein Vater, Sabine und ich schauten uns an. Jetzt mussten wir es ihr sagen.

»Marion, es gibt etwas, was wir dir gern sagen würden«, sagte mein Vater.

»Was denn?« Marion sah beunruhigt aus.

Mein Vater zögerte kurz, dann sagte er: »Du hast eine zweite Tochter.«

Marion runzelte die Stirn.

»Du hast in Hoheneck ein Kind bekommen, von dem du dachtest, dass es gestorben sei. Aber es ist nicht gestorben. Es lebt.«

»Du hast sie Miriam genannt«, warf ich schnell ein, »aber sie heißt jetzt Julia und wohnt in Ostberlin. Sie ist 16 Jahre alt. Sie ist meine Brieffreundin.«

Marion schaute mich einen kleinen Moment lang verwirrt an. Dann schüttelte sie den Kopf.

»Wo habt ihr das jetzt wieder her?«, fragte sie leise. »Das kann nicht sein. Mein Kind ist in Hoheneck bei der Geburt gestorben. Es hatte die Nabelschnur um den Hals und ist erstickt. Ich habe es gesehen, als es tot war.«

Bei der Erinnerung stiegen Tränen in ihren Augen auf, die sie aber schnell wieder zu unterdrücken versuchte. Sie starrte auf die Tischplatte.

»Vielleicht hätte mein Kind in einem normalen Krankenhaus gerettet werden können«, sagte sie. »Aber an Orten wie Hoheneck versucht man nicht groß, die Babys von Häftlingen zu retten. Man hat mein kleines Mädchen einfach sterben lassen. Ihr wisst doch, wir waren nur Dreck für die. Ein Menschenleben zählte nichts. Außerdem war das Haftkrankenhaus mit fast nichts ausgestattet.« Sie war jetzt nicht nur traurig, sondern auch wütend. Ich auch. Ich hatte das Bedürfnis, die Wärterinnen in

Hoheneck alle sofort umzubringen. Trotzdem konnte nicht stimmen, was sie erzählte.

»Das hat man dir vielleicht nur erzählt«, sagte ich. »Das Kind ist nämlich quietschlebendig auf die Welt gekommen. Man hat es dir dann weggenommen und zur Adoption freigegeben. Und den Adoptiveltern hat man gesagt, dass die Mutter bei der Geburt gestorben ist.«

Marion schüttelte wieder den Kopf. Sie verschränkte die Arme.

»Es wäre schön, wenn es so wäre. Aber es kann ja nicht sein.«

»Bist du denn ganz sicher, dass das Baby nach der Geburt tot war?«, fragte Sabine und strich über ihren Bauch. Bestimmt kein schönes Thema für eine Schwangere.

»Ja!«

Ich konnte sehen, wie in Marions Kopf tausend Fragen herumschwirrten.

»War es eine normale Geburt?«, fragte mein Vater.

»Also … anfangs schon«, sagte Marion langsam, »Ich hatte normale Wehen und bekam dann aber kurz vor der Geburt ein Schmerzmittel, das mich völlig benommen machte. Und dann wurde mein Kind geboren. Ich erinnere mich allerdings nur ein bisschen verschwommen. Ich hörte einen kurzen Schrei, dann wurde es sofort in den Nebenraum gebracht. Ich hab's eigentlich nicht richtig zu Gesicht bekommen. Dann kam die Schwester nach einer Weile wieder rein und sagte mir, dass meine Tochter tot sei, erstickt. Sie zeigte sie mir, ein regungsloses kleines Bündel, blau im Gesicht. Aber ich war wie gesagt nicht so richtig bei Sinnen. Ich hatte das Gefühl, mein Kopf funktioniert nicht. Als ich klar im Kopf war, wurde ich sofort zurück in die Zelle verlegt. Ich konnte nicht mal richtig Abschied nehmen. Aber ich erinnere mich daran, mein totes Kind gesehen zu haben.« Marion runzelte die Augenbrauen und schien nachzudenken.

»Hast du dich nie gefragt, ob sie dich in Hoheneck angelogen haben könnten?«, fragte mein Vater.

Marion nickte.

»Meine Zellennachbarinnen – die netten, nicht die schlimmen – waren überzeugt, dass da irgendwas nicht stimmte. Aber ich war mir ja ganz sicher, dass ich mein Kind gesehen hatte. Es war blau im Gesicht.«

Sie überlegte lange, schien ihren Gedanken nachzuhängen. Schließlich sagte sie: »Wie kommt ihr überhaupt darauf?«

»Durch Gitta«, sagte ich.

»Gitta?« Jetzt wurde Marion hellhörig. »Was wisst ihr von Gitta?«

»Ich weiß, dass sie auf der Krankenstation in Hoheneck gearbeitet hat und dass ihr euch heimlich angefreundet habt. Sie hat erzählt, dass dein Kind gelebt hat! Sie hat es sogar im Arm gehalten! Aber sie konnte es dir nicht mehr sagen. Du warst plötzlich weg und Gitta ist am nächsten Tag versetzt worden, ins Krankenhaus Karl-Marx-Stadt.«

Marion starrte an die gegenüberliegende Wand.

»Das hat sie dir erzählt?«

»Nicht mir, sondern ... Julia. Und Ursel. Und Uwe.«

»Ursel? Und Uwe? Wer kennt denn noch alles diese Geschichte?« Marion schien verwirrt.

»Nur wir.«

Marion dachte lange nach. Ich schätze, jetzt kam der Punkt, an dem sie zum ersten Mal richtig zu zweifeln begann.

»Gitta mochte ich gern«, sagte sie. »Sie war die einzige Krankenschwester in Hoheneck, die mich wie ein Mensch behandelte. Dabei war sie noch ganz jung, fast ein Kind. Ihr habe ich vertraut, eigentlich ein Ding der Unmöglichkeit in Hoheneck. Wenn das wirklich stimmt, was sie erzählt ... warum habe ich es dann nicht früher erfahren?«

»Sie wusste nicht, wo du bist«, sagte mein Vater, »Und sie hat lange gebraucht, um Ursel zu finden und ihr endlich davon zu erzählen. Ursel hat dann auf eigene Faust weiterrecherchiert. Sie hat rausgefunden, dass Miriam nun Julia heißt und kurz nach der Geburt einer Ostberliner Familie zur Adoption vermittelt wurde.«

»Ursel hat unsere Brieffreundschaft arrangiert«, warf ich ein. »Aber sie hat uns nichts von der ganzen Geschichte erzählt. Julia und ich mussten alles selber rausfinden.«

»Ursel?« Marion zog die Augenbrauen hoch. »Was treibt die schon wieder für ein Spiel ...«

»Mensch, sie hat deine Tochter gefunden«, sagte ich, »und sie hat dich nicht verraten. Ganz bestimmt nicht. Ich glaube, da schätzt du sie falsch ein. Es muss jemand anderes gewesen sein.«

»Wir haben Dokumente, die das alles belegen«, fügte mein Vater hinzu, »Geburtsurkunden, Adoptionsakten ... das ganze Programm.«

Ich war ganz aufgeregt und nahm Marions Hand.

»Und jetzt, wo Julia weiß, dass sie adoptiert ist, steckt sie in ziemlichen Schwierigkeiten. Kann man sich ja vorstellen, dass sie ganz schön neben der Spur ist. Guck mal, hier ist ein Foto von ihr. Sie sieht dir sogar ähnlich!«

Marion nahm Dein Foto in die Hand und betrachtete es lange. Als sie das Bild zurück auf den Tisch legte, atmete sie tief ein und aus.

»Sie sieht mir wirklich ähnlich«, sagte sie leise. »Viel mehr als du. Oh Gott, wenn das stimmen sollte ... Ines, du musst mir alles über Julia erzählen.«

Heute saßen Marion und ich den ganzen Tag zusammen und haben geredet. Über Dich, über uns, über ihre Zeit in Hoheneck und die Jahre davor und danach. Sie kann es immer noch nicht ganz glauben, dass es Dich tatsächlich gibt. Ihre Welt stellt sich gerade auf den Kopf, so kommt es mir zumindest vor. In einem Moment ist sie total glücklich darüber, dass es Dich gibt und sie Dich gefunden hat. Und im nächsten weint sie, weil Du ihr weggenommen wurdest und sie Dich nicht großziehen durfte. Sie hat mir übrigens erzählt, dass Uwe ganz sicher Dein Vater ist. Denn es gab keinen anderen Mann in ihrem Leben, bevor sie nach Hoheneck kam. Sie lässt Dich grüßen und will Dich unbedingt sehen.

Halt durch!
Deine Schwester
Ines

Kreuzberg, 11.Oktober 1989

Liebe Julia,

den Brief über meine Unterhaltung mit Marion, den ich Dir beigelegt habe, hast Du eben vermutlich schon gelesen. Den konnte Christa nicht mehr liefern, ich musste ihn also mit in diesen Umschlag stopfen. Als Christa neulich Ursel besuchen wollte, durfte sie nämlich den Grenzübergang Bornholmer Straße nicht passieren. Der Grenzer sagte einfach: »Ihre Anwesenheit in der DDR ist unerwünscht.«

Sie hat also eine Einreisesperre! Mensch, hat die sich aufgeregt. Sie war richtig in Rage, als sie es mir erzählte. »Dieser Milchbubi-Grenzer, wenn ich den noch mal treffe, dann ziehe ich ihm die Ohren lang, so unverschämt ist mir seit Jahren keiner mehr gekommen, den werde ich mir noch mal vorknöpfen, diesen jungen Mann, mit mir so zu reden, nur weil er eine Uniform trägt, das hat ein Nachspiel ...« und so weiter und so fort. Christa ist die Liebenswürdigkeit in Person, aber wenn sie sauer wird, muss man schnell in Deckung gehen. An seiner Stelle hätte ich jetzt Angst.

Wir wissen nicht genau, was im Hintergrund passiert ist, aber wir vermuten, dass Ursel nun keinen Westbesuch mehr erhalten darf. Wahrscheinlich stecken Agnes und Dein Vater dahinter. Aber keine Sorge, erst mal kann unser Briefverkehr weitergehen. Wir haben nämlich eine geheime neue Brieftaube, die von Christa gut eingewiesen worden ist. Eine vertrauenswürdige Person. Weil die neue Taube vor ein paar Tagen in Ostberlin war, um sich die Feierlichkeiten zum 40. Jahrestag der DDR anzuschauen, habe ich Deinen letzten Brief sogar fast postwendend erhalten. Bei der Gelegenheit hat sie nämlich gleich mal zu Übungszwecken nach dem Versteck geschaut und Deinen neuen Brief rausgefischt. Praktisch, was? Ich muss zugeben, dass ich mir jetzt doch ein bisschen dollere Sorgen um Dich und Oma Ursel mache. Aber

Oma Ursel wusste ja, worauf sie sich einlässt. Und Du, Du musst einfach noch eine Weile durchhalten. Spiel das Spiel von Agnes und Deinem Vater einfach mit, das macht zwar keinen Spaß, ist vermutlich momentan aber das Klügste. Es kann nicht mehr lange dauern, bis sich bei Euch etwas Grundlegendes ändert. Der 40. Jahrestag der DDR war ja nur noch ein Trauerspiel, findet Sabine, und vorgestern sind in Leipzig bei dieser riesigen Demo nach dem Friedensgebet in der Nikolaikirche 70 000 Menschen auf die Straße gegangen. Ich hab's im Fernsehen gesehen, mit dem Ruf »Wir sind das Volk!« haben sie sich einfach den Sicherheitskräften entgegengestellt. Das können Eure Parteibonzen jetzt nicht mehr ignorieren, sie haben sich ja nicht mal mehr getraut, einzugreifen. Die DDR röchelt nur noch so vor sich hin, sagt mein Vater. Ich hoffe, hoffe, hoffe, dass wir uns bald sehen können. Falls die Grenze sich irgendwann mal öffnet, kommst Du schnell rüber und kannst SOFORT zu uns ziehen! Ich kann es gar nicht erwarten.

Seit Marion wieder da ist, haben wir uns viel gesehen. Sie hat immer noch diesen Tick, dass sie in ihrer Wohnung lieber die Vorhänge zuzieht und ungern telefoniert. Aber es wird besser. Als ich Deinen letzten Brief bekam, bin ich sofort zu ihr gefahren und habe ihr das mit Agnes erzählt. Mann, war das ein Schock. Mit Agnes hat sie offensichtlich null gerechnet.

»Agnes? Bist du dir ganz sicher?«, hat sie immer wieder gefragt und sich dabei die Schläfen massiert.

»Hundertprozentig.«

»Aber warum?«, fragte Marion. »Wir waren richtig gute Freundinnen. Und sie war politisch überhaupt nicht interessiert. Warum hätte sie mich verraten sollen? Das macht irgendwie keinen Sinn.«

Ich gab ihr Deinen Brief.

»Unglaublich«, sagte Marion immer wieder. »Unglaublich! Dann hat sie auch dafür gesorgt, dass Uwe in den Knast kam. Und jetzt hat sie Julia in der Hand. Das wird sie bereuen, das verspreche ich.« Ich war begeistert!

Eine wütende Marion ist nämlich viel besser als eine ängstliche Marion. Neulich haben wir Honecker im Fernsehen gesehen und da ist sie richtig an die Decke gegangen. Seit unser Außenminister **Genscher** vor knapp zwei Wochen auf dem Balkon der westdeutschen Botschaft in Prag verkündet hat, dass alle DDR-Flüchtlinge in den Botschaften in Prag und Warschau in den Westen ausreisen dürfen, dreht Honecker ja vollkommen durch. Im Fernsehen hat er gesagt, dass die Ausgereisten »Verräter und Undankbare« sind, die »sich selbst aus unserer Gesellschaft ausgegrenzt haben«. Echt jetzt? Schlimmer ist aber, dass Honecker nun sogar behauptet, dass die Bundesrepublik Menschenhandel betreibt, weil sie die Ostdeutschen in den Westen lockt. Menschenhandel! Er hat sogar gesagt, dass westdeutsche Agenten friedliche DDR-Bürger kidnappen und in den Westen verschleppen. Wenn der Bauer nicht schwimmen kann, liegt es an der Badehose, sagt Tante Christa immer. Man könnte lachen, wenn es nicht so traurig wäre.

Und deshalb bringen wir am 14.10. eine »Karacho«-Sendung zur Bürgerrechtsbewegung in der DDR. Der harte Heiner macht eine Reportage über Jugendliche in Leipzig, die die Montagsdemos mit organisieren. Und dann bekommen wir noch einen Special Live Guest in die Sendung: Marion. Mein Vater hat sie überredet, ihre Geschichte zu erzählen und über ihren Fluchtversuch und ihre Haft zu sprechen. Für Dich, Julia! Deinen Namen werden wir aber ändern, damit Du nicht in Schwierigkeiten kommst. Keine Sorge, da passen wir auf. Ich hoffe, Du kannst zuhören. Bis jetzt hast Du die »Karacho«-Sendungen ja immer hören können, aber vielleicht geht das bei Agnes nicht? Vorsichtshalber besorge ich mir das Tonband, für später.

Ich hoffe sehr, dass die Übergabe heute klappt. Gleich kommt die neue Taube. Schreib mir schnell zurück!

Deine Schwester Ines

Liebe Ines,

ich kann Deinen Brief kaum lesen, so verschmiert ist
er. Ich kann einfach nicht mehr aufhören zu weinen
und meine Tränen verwischen Deine Tinte. Jetzt, wo
Marion wieder da ist und alles weiß, habe ich das Gefühl, alles erst so richtig zu begreifen. Dass Marion
meine Mutter ist. Und Du meine Schwester. Dass
das wirklich wahr ist und dass ich Euch vielleicht nie
sehen werde. Ich will mich nicht an den Gedanken
gewöhnen, dass ich eine Mutter und eine Schwester
habe, die in der gleichen Stadt leben wie ich und die
ich trotzdem nicht besuchen kann. Was sollen wir nur
tun, Ines? Was sollen wir nur tun? Ich habe langsam
das Gefühl, durchzudrehen. Ob ich jetzt auch verrückt werde, wie Marion? Ich fühle mich nirgendwo
mehr zu Hause. Zu meinen Eltern gehöre ich nicht,
bei Uwe darf ich nicht sein. Und zu Euch kann ich
nicht.

Wenigstens ist meine Knast-Zeit bei Agnes vorbei.
Nach zwei Wochen hatte meine Mutter wohl genug
auf meinen Vater eingeredet, und ich durfte wieder
nach Hause. Einfach so. Seither gehen er und ich uns
aus dem Weg. Schätze, er sieht sich als Gewinner,
weil er mir gezeigt hat, wie man mit solchen wie mir
umgeht. Undankbar nennt er mich. Spielt sich auf,

als wäre er Honecker. Jetzt, wo der zurückgetreten ist, meint er wohl, er müsse ihn ersetzen. Meine Mutter sagt, er wollte mich nur schützen. Wovor? Vor ihm? Seltsame Art, jemandem zu zeigen, dass man ihn behüten will. Aber er glaubt ja auch immer noch, dass die Mauer ein Schutzwall ist und nicht die Grenze eines Gefängnisses namens DDR. Mirko hat jetzt die Zeit genutzt und sich bei meinem Vater so richtig eingeschleimt. Redet ihm nach dem Mund wie ein kleiner Papagei. Ich versuche, ihm nicht zu oft zu begegnen. Und wenn ich zu Hause bin, schließe ich meine Tür ab. Nur meine Mutter lasse ich manchmal rein. Dann sitzt sie da mit ihrem Dackelblick und versucht, mir alles zu erklären. »Dein Vater meint es doch nur gut. Der hatte eben Angst um dich.«

Pah. Dass ich nicht lache. Angst um *sich* hatte der. Angst, dass einer rauskriegt, dass seine Tochter nicht nach seiner Pfeife tanzt. Und dass auffliegt, dass ich Kontakt zu Uwe habe und zu anderen Leuten, die mich auf falsche Gedanken bringen. Um mich sorgt der sich keine Minute. Aber davon will meine Mutter nichts hören. Sie ist einfach zu gutgläubig. Vielleicht will sie auch einfach nur keinen Ärger. Ich habe ihnen nicht erzählt, dass ich weiß, dass sie nicht meine Eltern sind. Mein Vater ahnt sicher, dass ich es weiß. Aber ich vermute, er sperrt mich wieder weg, wenn ich ihm sage, was ich alles weiß. Und diesmal richtig und nicht nur bei Agnes. Damit ich es nicht noch jemandem erzählen kann. Und meiner Mutter kann ich es nicht sagen. Ich vermute, es würde ihr das Herz brechen. Und was ist dann damit gewonnen?

Manchmal denke ich, bei Agnes habe ich es fast besser ausgehalten als zu Hause. Sie hat mich wenigstens in Ruhe gelassen. Für die Zeit, die ich bei ihr gewohnt habe, habe ich mich auf ihr Spiel eingelassen und mich abgemeldet, wenn ich nicht zum Training gegangen bin. Das ist bis heute nicht aufgeflogen. Sonst hätte mein Vater mich doch längst darauf angesprochen. Sie hat also dichtgehalten. Immerhin.

Wer hätte das gedacht. Ich habe ansonsten versucht, so wenig wie möglich mit ihr zu reden. Es geht sie ja nichts an, was ich tue und wer ich bin. Sie ist es schließlich, die an allem schuld ist. Und wie soll man jemandem verzeihen, der einem das ganze Leben versaut hat? Hasse ich sie dafür? Ich weiß es nicht. Ich verstehe einfach nicht, wie man seine beste Freundin verraten kann. Ich will sie einfach nie wiedersehen, auch wenn sie zehnmal behauptet, dass sie sich geändert hat. Ich glaube ihr kein Wort.

Ich war ziemlich aufgeregt vor Deiner Sendung. Ich habe sie zusammen mit unserer Oma Ursel gehört. Meine Eltern waren an dem Tag bei Freunden eingeladen. Zum Glück konnte ich ziemlich glaubhaft starke Bauchschmerzen simulieren und musste nicht mit. Wir konnten es kaum abwarten, bis Marion endlich sprach. Klar und ruhig, aber irgendwie auch schüchtern. So spricht sie also. Komisch, oder? Man stellt sich ja immer alles Mögliche von einer Person vor: Wie sie aussieht, wie sie geht, vielleicht sogar, wie sie lacht, aber wie sie spricht – darüber hatte ich mir bisher noch keine Gedanken gemacht. Oma Ursel hat ein paar Tränen verdrückt und ganz fest meine Hand gedrückt. Immerhin hat sie Marions Stimme zum ersten Mal seit fünfzehn Jahren gehört.

Ich finde, man konnte hören, dass Marion so richtig verknallt war in Uwe, oder? Und auch, dass sie ganz schön Schiss hatte die ganze Zeit. Ich hatte ja immer gedacht, sie sei so stark gewesen und wusste genau, was sie wollte. Aber so klang sie jetzt gar nicht. Wütend ja, aber auch klein und ein bisschen schwach. Ich bin auf jeden Fall unglaublich stolz auf unsere Mutter. Was die sich getraut hat! Ob ich auch den Mut dazu hätte? Ich weiß es nicht.

Was Du da berichtet hast aus Leipzig, habe ich natürlich gesehen. Meine Mutter guckt zwar immer noch heimlich (also ohne meinen Vater) Westfernsehen, aber sie lässt mich jetzt mitgucken. Schon verrückt, wie viele Leute plötzlich auf die Straße gehen. Uwe sagt, dass der Sozialismus am Ende ist. Meinem Vater musst Du mit so was nicht kommen. Der glaubt noch immer dran. Mit ein paar Reformen, räumt er neuerdings ein. Aber ich glaube, das reicht nicht mehr. Die Leute wollen frei sein. Das löst man doch nicht mit Reformen. Uwe ist überzeugt, dass, wenn sich jetzt alle zusammentun, aus der DDR doch noch ein anständiges Land werden kann. Ein wirklich demokratisches. Er ist dem **Neuen Forum** beigetreten. Das ist eine neue Bewegung, die für Demokratie in der DDR ist und in die schon Tausende DDR-Bürger eingetreten sind. Das könnte eine richtige große Sache werden, meint Uwe. Ach, was erzähle ich Dir das. Das weißt Du ja bestimmt längst.

Als ich Uwe letzte Woche in der Kirche besucht habe – rate, wen ich da getroffen habe: Armin! Wer hätte gedacht, dass ich den ausgerechnet hier wiedertreffe. Vermutlich am wenigsten er.

»Was machst du denn hier, sach ma. Ist dein Vater nicht bei der Polente?«

»Schon. Aber dafür ist er nicht mein Vater.«

Armin glotzte mich an, als wär' ich nicht ganz dicht.

Dann fing er an zu lachen. »Hatte schon wieder vergessen, wie komisch du bist.«

»Aber was machst du denn hier? Abitur in die Haare schmieren?«

Armin lachte wieder. »So ungefähr. Seit Kalle weg ist und noch ein paar andere im Sommer ihren Ungarn-Urlaub verlängert haben, kann ich das alles hier irgendwie nicht mehr ernst nehmen. Meine Eltern tun, als wär nix, aber seit Gorbatschow hier in Berlin war, kann man doch nicht mehr ignorieren, dass die DDR sich erneuern muss. Glasnost und Perestroika, Julia. Darum geht es.«

»Was für ne neue DDR? Glaubst du echt daran,

dass dieselben Typen morgen plötzlich Demokratie statt Sozialismus spielen?«

»Sag mal, wenn du das nicht glaubst, warum bist du denn dann hier?«

»Weiß nicht so genau. Wegen Uwe hauptsächlich.« Ich deutete auf Uwe, der etwas entfernt mit dem Pastor diskutierte.

»Ist der nicht ein bisschen alt für dich.«

»Grade alt genug, finde ich.«

Ich hab ihn stehen gelassen. Irgendwie war er ja noch nie mein Typ. Trotzdem gut, dass er dort war. Wir können hier grad jeden gebrauchen, sagt Uwe immer. Bis auf die Stasi-Leute natürlich, aber die trauen sich eh nicht rein. Die Leute kommen jetzt fast jeden Tag her, um zu reden, zu beten, Unterschriften zu sammeln und zu besprechen, was sich in der DDR ändern müsste. Weg will hier keiner mehr, habe ich das Gefühl. Sie wollen lieber, dass die DDR ein anderes Land wird. Eins mit freien Wahlen, in dem jeder seine Meinung sagen darf und niemand den anderen bespitzelt.

»Ich bin hier schließlich zu Hause«, sagt Uwe immer. »Ich will hier nicht weg. Und ich geh hier auch nicht weg. Das könnte denen so passen.«

Die ganze Kirche hängt voll mit Zetteln, auf denen Informationen stehen. Was als Nächstes geplant wird, Telefonnummern und Kontaktadressen oder einfach Aufrufe zum Mitmachen. Für die Stasi wäre das ein gefundenes Fressen. Sie müssen sich ihrer

Sache sehr sicher sein, das hier alles einfach so an die Wand zu hängen. Ich glaube, Uwe hat recht: Die Partei kann das jetzt nicht mehr ignorieren. Wir sind zu viele. Und wir halten zusammen. Ein schönes Gefühl ist das. Auch wenn ich immer noch ein wenig Angst habe, denn immer mal wieder berichtet jemand in der Kirche von Schlägen und Verhaftungen. Und dass es eben doch noch nicht vorbei sei. Dann denke ich: Es wird sich nie etwas ändern. Wir sind zwar viele, aber die sind noch mehr.

Ich denke an Euch.
Julia

Kreuzberg, 24. Oktober 1989

Liebste Schwester,

ich schreibe Dir ganz schnell, um Dir eine Botschaft von Marion zu überbringen. Sie hat mindestens zwanzigmal versucht, Dir einen Brief zu schreiben, aber sie kriegt es irgendwie nicht hin. Jeden Versuch zerreißt sie immer wieder. Ich soll Dir sagen, dass sie Dich sehr gern kennenlernen würde, wenn sich die Gelegenheit ergibt. Sie hofft, dass die DDR bald

Touristenvisa für Euch einführt und Du uns dann mal besuchen kannst. Aber es wäre auch okay, wenn Du noch Zeit brauchst. Sie kann Ostberlin nicht betreten, ich glaube, sie will es auch nicht, meine Vermutung ist, dass der Gedanke daran ihr schon panische Angst macht. Ich soll Dir auch sagen: Du musst nicht befürchten, dass sie Deine Mutter ersetzen will, denn Du hast ja schon eine. Aber sie würde sich freuen, wenn Ihr Freundinnen werden könntet. Sie denkt viel an Dich und hofft, dass es Dir trotz allem gut geht. So, ich glaube, das war's.

Ich hoffe, Du passt gut auf Dich auf. Was bei Euch da drüben passiert, ist Wahnsinn. Ich klebe dauernd am Radio und würde Dich so gern besuchen. Aber Ursel darf ja nun keinen Besuch mehr empfangen und deshalb können wir keinen Verwandtenbesuch als Einreisegrund angeben. Mein Vater sagt, wir könnten aber versuchen, demnächst als Touristen einzureisen! Da müssen wir uns vorher verabreden. Nächste Woche bin ich auf Klassenreise auf Föhr, wo ich überhaupt keine Lust zu habe. Es gibt nichts Langweiligeres als die Nordsee. Aber wenn ich wieder da bin, müssen wir uns sehen! Schreib mir, wann Du kannst und wo wir uns treffen wollen. Am Fernsehturm beim Alexanderplatz? Am besten an einem Wochenende, Anfang oder Mitte November. Mein Vater sagt, wenn wir Glück haben, öffnet sich die Grenze demnächst. Aber ich kann das noch überhaupt nicht glauben. Marion auch nicht. Falls das passiert: Komm sofort zu uns. Chamissoplatz 37 in Kreuzberg. Ich warte dort auf Dich.

Deine Schwester Ines

Wilhelmsruh, 9.11.1989

Liebe Ines,
alles fällt in sich zusammen. Meine Familie, die Schule und die ganze DDR. Davon bin ich überzeugt. Seit **Ministerrat und Politbüro** geschlossen zurückgetreten sind, wackelt die Fassade der DDR. Jetzt müssen wir sie nur noch umstoßen.

Dann kann ich Euch endlich sehen. Dich. Und Marion. Sag ihr, ich schreibe ihr. Aber es dauert noch ein bisschen. Im Moment weiß ich noch nicht, wie. Ich habe so viele Fragen. Die passen nicht alle in einen Brief.

Ich gehe weiterhin in die Kirche. Ich gehe seltener, aber ich gehe. Am Wochenende, wenn ich eigentlich bei einer Freundin sein sollte, bin ich immer dort und helfe: Plakate malen, Zettel schreiben, reden. Noch ist es meinen Eltern nicht aufgefallen. Vielleicht haben sie auch keine Zeit, sich darüber Gedanken zu machen. Dafür streiten sie nämlich zu viel. Mutti wird mutiger. Sie verteidigt die Demonstranten in Leipzig, die jeden Montag »Wir sind das Volk« rufen. Mein Vater faucht dann, sie ließe sich blenden und sei damit eine ebensolche Verräterin wie die Leute, die auf die Straße gehen. Jeden Abend geht das jetzt so.

Am Samstag habe ich sie dann einfach überredet, mit mir einen Spaziergang durch die Stadt zu machen, weil ich mal mit ihr reden wollte. Ich glaube, sie war froh, dass ich sie ins Vertrauen ziehen wollte, nach all dem Streit in den letzten Wochen. Also kam sie mit. Wir fuhren Richtung Alexanderplatz. Und schon bevor wir dort ankamen, sahen wir unglaublich viele Menschen, überall Menschen. Die ganze Stadt schien auf den Beinen zu sein. Ich wusste ja, wohin sie wollten. Zum Alexanderplatz. Aber ich hatte nie zu träumen gewagt, dass so viele kommen würden. Meiner Mutter schwante langsam, dass es kein Mutter-Tochter-Gespräch geben würde, aber sie protestierte nicht. Sie versuchte auch nicht umzukehren, als wir uns den Demonstranten anschlossen. Ganz ruhig und friedlich schritten die in Richtung Alexanderplatz. Auf den Spruchbändern und bemalten Bettlaken, die sie trugen, stand »Demokratie, jetzt oder nie« oder »Die Wahrheit wird gelebt, nicht gelehrt« oder einfach nur »Wende«.

Meine Mutter war sprachlos. Sie kannte ja die Bilder der Demonstrationen aus Leipzig, aber selbst so mittendrin zu stecken, machte sie, glaube ich ein bisschen stolz. Sie hakte sich bei mir unter und drückte sich an mich. Dann sagte sie: »Ein guter Ort für ein Gespräch, Julia.«

Du kannst Dir nicht vorstellen, wie viele Menschen es waren. Es war sicher die größte Kundgebung, die die DDR je gesehen hat, ich glaube sogar, es war die erste richtige Demonstration. Berliner Künstler hatten sie organisiert, davon hatten sie in der **Gethsemanekirche** seit Tagen gesprochen. Und sie waren alle gekommen. Die Schriftstellerin Christa Wolf hielt eine Rede und sagte, dass jede Revolution auch eine Befreiung der Sprache sei. Ja, dachte ich. Wie schön wäre es, wenn wir die Sprache einfach aus unseren Briefen befreien und miteinander sprechen könnten. Und der Autor Stephan Heym sagte, es wäre, als habe einer die Fenster aufgestoßen. Ich hoffe, dass er recht hat. Auch von der Partei sprachen einige, aber ich konnte es nicht verstehen. Ihre Stimmen gingen im Pfeifkonzert der Leute unter. Meine Mutter badete regelrecht in diesem Menschenmeer. Ich konnte ihr ansehen, dass sie sich gut fühlte – ohne meinen Vater. Sie hat nicht viel gesagt an dem Tag. Ich glaube, sie war zu ergriffen. Vor allem davon, wie viele es waren. Uwe habe ich natürlich nicht gesehen. Aber ich bin sicher, dass er da war. Und Ursel? Die wäre sicher hier gewesen, wenn ihr der Fuß nicht wieder so zu schaffen gemacht hätte. Als wir später nach Hause kamen, habe ich gleich bei ihr geklingelt und alles erzählt. Mit Mutti. Kannst Du Dir das vorstellen? Wir waren gemeinsam bei ihr. Mutti war es erst ein bisschen unangenehm, aber Du weißt ja, wie entwaffnend unsere Oma sein kann. Sie wollte alles von der Demonstration wissen, fragte immer wieder nach und sagte dann: »Diesmal klappt es. Diesmal lassen wir die Chance nicht vorüberziehen.«

Wollen wir hoffen, dass sie recht behält und dass Du diesen Brief noch bekommst. Diese DDR ist am Ende. Es kann nicht mehr lange dauern, Ines.

Deine Julia

PS: Grade wollte ich den Brief ins Versteck bringen, da kam im Radio, dass die Grenzen offen sind. Jetzt! Sofort! Schabowski hat's gesagt, grade eben! Ich kann's nicht glauben. Ich lauf jetzt los, Ines! Ich bring Dir den Brief selbst!

Danksagung

Danke, Christian, für den Blick für das Wesentliche.

BERLIN 1988/89

OST-BERLIN

WEISSENSEE

NKOW

Weissensee

Orankesee

Gethsemane-
kirche

Kleingarten-
siedlung

Stasi-Gefängnis
Hohenschönhausen

**PRENZLAUER
BERG**

Hinterer Weg
Uwes Datsche

Alexanderplatz

Weltzeit-
Uhr

**FRIEDRICHS-
HAIN**

**LICHTEN-
BERG**

Boxhagenerstr. 34

MAUER

**NEU-
KÖLLN**

**TREP-
TOW**

MAUER

SPREE

Glossar

Aktuelle Kamera

Die »Aktuelle Kamera« war bis 1990 die Nachrichtensendung des DDR-Fernsehens, die täglich um 19:30 Uhr für eine halbe Stunde im DDR-Fernsehen lief. Sie berichtete allerdings nicht kritisch, sondern ganz im Sinne der Partei über das Weltgeschehen. Alle Beiträge konnten vom Zentralkomitee der DDR zensiert werden. Die DDR-Bürger wussten das und guckten lieber »heute« oder die »Tagesschau«.

AKW

Abkürzung für Atomkraftwerk.

Altstoffsammlung

Hab'n Se nicht noch Altpapier, liebe Oma, lieber Opa, klingeling, ein Pionier, klingeling, steht hier, ein roter. Hab'n Se nicht noch Altpapier, Flaschen, Gläser oder Schrott, klingeling, schnell geb'n Se's mir – sonst holt sich's die FDJ!

Dieses Lied können viele, die in der DDR aufgewachsen sind, heute noch auswendig. Zusammen mit ihren Pionier- oder FDJ-Gruppen sangen sie es und sammelten mehrmals im Jahr Altpapier, Flaschen, Gläser oder Altkleider. Diese Sammelaktionen organisierten die Schulen. Dafür zogen die Gruppen gemeinsam von Haustür zu Haustür und fragten nach Altstoffen. Die konnten sie anschließend beim Altstoffhandel gegen Geld eintauschen und so die Klassenkasse aufbessern oder das Geld für Hilfsaktionen spenden. Die besten Sammler wurden oft ausgezeichnet. Mit den Altstoffsammlungen unterstützten sie außerdem die DDR-Industrie, die daraus neues Papier und neue Flaschen produzierte. In einigen ostdeutschen Schulen finden noch heute solche Sammelaktionen statt.

Antifaschistischer Schutzwall

So bezeichnete die Staatsführung der DDR die Mauer und die Grenze zu Westdeutschland. Denn nach dem Verständnis der Partei sollte der antifaschistische Schutzwall die Bürger der DDR vor den Feinden aus dem Westen schützen.

Atommüll

Bei der Stromproduktion in Kernkraftwerken entsteht radioaktiver Abfall. Dazu gehören verbrauchte Brennstäbe, genauso wie benutzte Plastikhandschuhe eines Kernkraftwerkmitarbeiters. Dieser Atommüll gibt radioaktive, für den Menschen gefährliche Strahlung ab und muss in unterirdischen Lagern verwahrt werden. In den 1970er- und 1980er-Jahren reagierten die Bürger besorgt. Es kam zu Protestaktionen und Kundgebungen, bei denen Demonstranten die Gleise der Bahn blockierten, damit der Atommüll nicht ins Lager gelangen konnte.

Ausreiseantrag

Wer die DDR verlassen wollte, musste einen Ausreiseantrag stellen. In Amtsdeutsch hieß der »Antrag auf ständige Ausreise«. Wer ihn stellte, wurde kriminalisiert, bespitzelt und überwacht und verlor nicht selten seine Arbeit oder das Recht, zu studieren. Außerdem musste man den Personalausweis abgeben. Denn die DDR-Führung betrachtete die Antragsteller als antisozialistisch und damit als Gefahr für den Staat. Wurde der Antrag abgelehnt, konnte man erst sechs Monate später einen weiteren stellen. Auf eine Genehmigung mussten viele Antragsteller oft Jahre warten.

Ausreisefriedhof

Wer in der DDR einen Ausreiseantrag stellte, musste damit rechnen, seinen Arbeitsplatz zu verlieren. Einige dieser Ausreisewilligen, oft Akademiker, konnten bei barmherzigen

Pfarrern als Friedhofsgärtner arbeiten. So erhielten diese Ruhestätten den Beinamen Ausreisefriedhof.

Balaton

Der Balaton, auch Plattensee, im Westen Ungarns gehörte zu den beliebtesten Urlaubszielen der DDR-Bürger. Hier machten auch viele Reisende aus dem Westen Deutschlands Urlaub. Und so war es für viele eine seltene Gelegenheit, Menschen aus dem anderen Teil Deutschlands zu treffen.

Bautzen

Kein anderes Gefängnis stand so symbolhaft für die politische Haft in der DDR wie Bautzen. Das Stasi-Gefängnis bestand aus zwei Gefängnissen. Bautzen I nannte man wegen der Farbe des Gebäudes auch »Gelbes Elend«. Hier saßen unter menschenverachtenden Haftbedingungen vor allem mehrfach Vorbestrafte und Langzeithäftlinge. Der zweite Teil wurde als »Stasi-Knast« bekannt. Hier sperrte das Ministerium für Staatssicherheit Regimekritiker, Gefangene aus Westdeutschland oder Spione in einen Hochsicherheitstrakt. Heute ist die Haftanstalt eine Gedenkstätte.

Botschaft der BRD in Prag

Der Satz: »Wir sind zu Ihnen gekommen, um Ihnen mitzuteilen, dass heute Ihre Ausreise …« löst bei vielen Menschen heute noch Gänsehaut und Tränen aus. Gesagt hat ihn der damalige westdeutsche Außenminister Hans-Dietrich Genscher am 30. September 1989 auf dem Balkon der westdeutschen Botschaft in Prag. Der zweite Teil des Satzes ging im Jubelsturm von mehr als 4000 DDR-Flüchtlingen unter. Sie hatten sich auf das Botschaftsgelände gerettet und hier wochenlang auf eine Ausreisegenehmigung gewartet. Am 10. September hatte Ungarn die Grenzen für DDR-Bürger geöffnet. Nun bestand die Möglichkeit, über Österreich in die Bundesrepublik auszureisen. Doch wenig später genehmigte die DDR keine Ungarnreisen mehr. Also reisten viele DDR-Bürger nach Polen und in die Tschechoslowakei und suchten dort Schutz in den westdeutschen Botschaften in Warschau und Prag. Sie hofften, bald direkt in die Bundesrepublik ausreisen zu dürfen, weil sie die DDR-Staatsbürgerschaft nicht anerkannte und somit alle DDR-Bürger als Deutsche behandelte. Schnell waren die Botschaften überfüllt und konnten niemanden mehr aufnehmen. Doch die Menschen kletterten über den Zaun und schliefen auf Treppen oder im Garten. Schließlich stimmte Erich Honecker zu, die Flüchtlinge ausreisen zu lassen. Allerdings sollten die Züge über das Gebiet der DDR fahren. Eine letzte Demütigung für die Ausreisenden und für viele eine Fahrt voller Angst.

BRD

Abkürzung für Bundesrepublik Deutschland. Diese Abkürzung verwendeten zunächst beide deutsche Staaten. In den 70er-Jahren aber wollte sich die Bundesrepublik von der DDR abgrenzen und dieses Kürzel nicht mehr verwenden. Sie argumentierte, dass die Bundesrepublik – nicht die DDR – der einzige legitime deutsche Staat sei und deshalb schlichtweg als »Deutschland« bezeichnet werden sollte. Seit 1974 wurde das Kürzel BRD also offiziell nicht mehr verwendet und fand sich fortan vor allem im Sprachgebrauch der DDR-Bevölkerung. Der Begriff »Deutschland« symbolisierte für die Bundesrepublik auch die Hoffnung auf eine Wiedervereinigung.

Datsche

Datschen waren die Ferienhäuser der DDR-Bürger. Die Grundstücke lagen meist am Stadtrand oder an Seen und wurden vom Staat vergeben. In den Gärten dieser einfachen Häuschen bauten die Besitzer Obst und Gemüse an und genossen die Freiheit, alles so zu gestalten, wie es ihnen gefiel. Einen Teil ihrer Ernte mussten sie allerdings abgeben. So wollte der Staat die Versorgung mit Obst und Gemüse im ganzen Land verbessern.

Dissidenten

Dissidenten sind Kritiker des politischen Systems, in dem sie leben. Sie äußern ihre Kritik öffentlich und wehren sich gegen die Regierung, die meistens eine Diktatur ist. In der DDR wurden Dissidenten inhaftiert oder mit Berufsverbot belegt. Man versuchte, ihnen das Leben so schwer wie möglich zu machen, überwachte sie, stellte sie unter Hausarrest oder zwang sie, das Land zu verlassen. Zu den berühmtesten Bürgerrechtlern der DDR gehören Robert Havemann, Bärbel Bohley und Ulrike Poppe.

Eiserner Vorhang

Den Begriff des Eisernen Vorhangs prägte der britische Politiker Winston Churchill, der in einer Rede im März 1946 damit die Teilung Europas in Ost und West bezeichnete. Der Machtbereich der Sowjetunion stand dem der Westmächte im sogenannten Kalten Krieg gegenüber. In Osteuropa etablierten sich kommunistische Systeme, im Westen demokratische. Sperrzonen und Grenzanlagen, vor allem aber der Bau der Mauer, verdeutlichten diese Spaltung.

EOS

Auf die Erweiterte Oberschule ging, wer Abitur machen wollte und durfte. Denn nicht alle Schüler wurden zum Abitur zugelassen, auch wenn sie sehr gute Noten hatten. Wer Abitur machen wollte, musste die richtige soziale Herkunft und die richtigen politischen Überzeugungen mitbringen. Hatten die Eltern aber einen Ausreiseantrag gestellt oder waren überzeugte Christen, endete die Schullaufbahn nach der zehnten

Klasse an der Polytechnischen Oberschule (POS). Pro Klasse schafften es in der Regel nur 2–3 Schüler an die EOS.

Fahnenappell

Zu Beginn jedes Schuljahres, zur Zeugnisvergabe oder zu anderen besonderen Anlässen marschierten alle Klassen zum Fahnenappell auf den Schulhof und stellten sich auf. Dazu wurde die Fahne der DDR gehisst. Jede Klasse hatte außerdem ihren eigenen Wimpel mit dem Symbol der Pioniere oder der FDJ, den ein Schüler an einer Fahnenstange trug. Wie bei einer militärischen Parade gab es Kommandos wie »Links um« oder »Augen geradeaus«, Trommelwirbel und Arbeiterlieder, die aus den Lautsprechern plärrten. Der Schulleiter zeichnete die Fleißigsten für ihre Leistungen aus, hielt politische Ansprachen und ließ einige Schüler Gedichte vortragen. Wer weniger vorbildlich war, musste unter die Fahne treten und erhielt eine Rüge, beispielsweise für staatsfeindliche Äußerungen. Das Ritual des Fahnenappells sollte die Gemeinschaft der Schule stärken und die Kinder auf den Sozialismus einschwören.

FDJ

Freie Deutsche Jugend, kurz FDJ – so hieß die einzige zugelassene Jugendorganisation der DDR. Sie sollte dafür sorgen, dass alle Jugendlichen gute Sozialisten wurden. Wer Mitglied werden wollte, musste einen Antrag stellen und mindestens 14 Jahre sein. Offiziell geschah das freiwillig. Wer allerdings kein Mitglied war, wurde oft benachteiligt und zum Beispiel nicht zum Abitur oder zum Studium zugelassen. FDJ-Gruppen waren identisch mit den Schulklassen. Jede Gruppe hatte einen Gruppenleiter oder Gruppenratsvorsitzenden. Die FDJ nahm fast die gesamte Freizeit der Jugendlichen ein. Sie organisierte Jugendklubs und FDJ-Nachmittage, gab eine eigene Zeitung heraus und gründete das Reisebüro »Jugendtourist«.

Außerdem leitete sie die Pionierorganisation »Ernst Thälmann« für jüngere Kinder. Zu besonderen Anlässen trugen die FDJler ihr Blauhemd mit dem Emblem der FDJ. Einen eigenen Gruß hatten die Jugendlichen auch. Der Gruppenleiter eröffnete jede Versammlung mit »Ich begrüße euch mit dem Gruß der Freien Deutschen Jugend: Freundschaft!«. Und die Gruppe antwortete: »Freundschaft!« Alle fünf Jahre trafen sich FDJler aus dem ganzen Land an Pfingsten in einer größeren Stadt und demonstrierten für den Frieden.

FDJ-Blauhemd (siehe FDJ)

FDJ-Nachmittag (siehe FDJ)

Ferienheim
Auch der Urlaub wurde in der DDR überwiegend vom Staat organisiert. In den Sommerferien – zwischen Anfang Juli und Ende August – fuhren viele Schüler in Kinderferienlager. Familien mussten darauf hoffen, einen der wenigen Plätze in den preiswerten Ferienheimen des Freien Deutschen Gewerkschaftsbunds zu bekommen. Die Ferienkommissionen der Betriebe entschieden, wer dort ein Zimmer erhielt. Dafür wählten sie besonders treue Sozialisten aus.

Fernsehballett
1962 gegründetes Ballett-Ensemble, das vor allem in der beliebten Fernsehsendung »Ein Kessel Buntes« auftrat.

Fluchthelfer
Bis zum Mauerbau 1961 hatten bereits mehr als drei Millionen Menschen die DDR verlassen. Viele Westberliner halfen auch danach Verwandten und Freunden bei der Flucht. Aber auch Menschen, die niemanden in der DDR kannten, waren als Fluchthelfer aktiv und setzten sich damit großer Gefahr

aus, erwischt zu werden. Unter Westberliner Studenten entwickelten sich organisierte Fluchthilfegruppen. Sie fanden Wege durch die Kanalisation, gruben Tunnel, versteckten DDR-Bürger in Kofferräumen. Die Motive dieser Fluchthelfer waren Hilfsbereitschaft, aber auch Wut auf die DDR. Dort galten sie als Staatsfeinde, denen lange Haftstrafen drohten. Eine Geschichte der deutschen Fluchthilfe zeigt die Online-Ausstellung www.risiko-freiheit.de.

Freie Wahlen

Freie und geheime Wahlen gab es in der DDR erst kurz vor ihrem Ende, im Jahr 1990. Bei allen anderen Wahlen in den 40 Jahren zuvor hatten die Bürger keine Wahl, denn sie konnten keine einzelne Partei wählen. Alle Parteien waren in der »Nationalen Front« zusammengefasst. Diese Einheitsliste konnte man zwar ablehnen, dazu war es aber nötig, jeden einzelnen Namen durchzustreichen. Und weil das so gut wie niemand wusste, verzeichnete die SED über Jahrzehnte Wahlergebnisse von fast 100 Prozent. Die Zustimmung zur Einheitsliste wurde von den Bürgern erwartet. Zwar gab es Wahlkabinen, wer diese nutzte, machte sich aber verdächtig. Und auch die Entscheidung, nicht zur Wahl zu gehen, alarmierte die Stasi. Wer sich trotzdem weigerte, musste mit Nachteilen in Beruf und Studium rechnen. Dass die Wahlen manipuliert wurden, konnte erst 1989 durch unabhängige Wahlbeobachter bewiesen werden.

Führungsoffizier

Führungsoffiziere waren hauptamtliche Mitarbeiter des Ministeriums für Staatssicherheit. Sie sollten inoffizielle Mitarbeiter (IM) anwerben und beauftragen, ihre Mitmenschen zu bespitzeln. Was genau sie herausbekommen sollten, erfuhren sie von ihrem Führungsoffizier. Zuletzt arbeiteten etwa 12 000 bis 13 000 Führungsoffiziere für die Stasi.

Genscher, Dietrich (1927–2016)
Politiker der FDP und Deutscher Außenminister von 1974–1992. Am 30. September 1989 verkündete Genscher vom Balkon der Deutschen Botschaft in Prag, dass alle DDR-Flüchtlinge, die sich in den deutschen Botschaften in Prag und Warschau befanden, ausreisen durften.

Gorbatschow, Michail
Der russische Politiker war von 1985 bis 1991 Generalsekretär des Zentralkomitees der Kommunistischen Partei der Sowjetunion. Mit seiner Politik von Glasnost (Transparenz) und Perestroika (Umgestaltung) ermöglichte er die deutsche Einheit und damit auch das Ende des Kalten Krieges. Dafür erhielt er 1990 den Friedensnobelpreis.

Grenze zwischen Ungarn und Österreich
Im Zuge der Entspannungspolitik begann Ungarn mit dem Abbau der Grenzbefestigungen nach Österreich. Der Eiserne Vorhang soll fallen: Am 27. Juni schnitten die Außenminister Ungarns und Österreichs medienwirksam ein Loch in den Stacheldrahtzaun an der Grenze. Am 19. August nutzten fast siebenhundert DDR-Bürger eine Friedensdemonstration mit dem Namen »Paneuropäisches Picknick« im grenznahen St. Margareten im Burgenland und in Sopron, um über die Grenze nach Österreich zu flüchten. Nach der offiziellen Grenzöffnung am 11. September flüchteten Tausende DDR-Bürger über Ungarn in den Westen. Bundeskanzler Helmut Kohl sagte damals: »Ungarn hat den ersten Stein aus der Mauer geschlagen.«

Grenzübergang Bornholmer Straße
Der nördlichste der sieben Grenzübergänge zwischen Ost- und West-Berlin erstreckte sich von der Bösebrücke bis zur Malmöer Straße. Berühmt wurde der Übergang, nachdem

am 9. November 1989 Politbüromitglied Günter Schabowski am frühen Abend eine neue Reiseregelung verkündete: DDR-Bürger dürften nun sofort und ohne Antrag ins Ausland reisen. Am selben Abend versammelten sich Tausende Ostberliner an den Grenzübergängen. Die Grenzbeamten, die von der neuen Regelung noch nichts wussten, weigerten sich zuerst, die Bürger ausreisen zu lassen. Am Übergang Bornholmer Straße gelang es schließlich den ersten DDR-Bürgern, die Grenzer zu überzeugen. Der Schlagbaum wurde geöffnet.

Gruppenratsvorsitzender (siehe FDJ)

Hinterlandmauer
Die Grenze der DDR bestand aus mehreren Teilen. Das erste Hindernis war die Hinterlandmauer, die den Anfang des Grenzstreifens markierte. Darauf folgte ein Signalzaun, der die Grenzer alarmierte, sobald er berührt wurde. Am Fuße dieses Zaunes lagen häufig Dornenmatten, deren nach oben gerichtete Stahlnägel die Flüchtlinge verletzten sollten. Auch Fahrzeugsperren gehörten zur Grenzsicherung. Sie sollten eine Flucht mit dem Auto oder dem Lkw verhindern. Dahinter lag häufig noch ein Graben und zuletzt die 3,60 Meter hohe eigentliche Mauer, hinter der sich schließlich Westberlin befand.

Hoheneck, Frauengefängnis
Auf Burg Hoheneck in Sachsen war das größte Frauengefängnis der DDR untergebracht. Offiziell hieß es Strafvollzugseinrichtung Stollberg (Hoheneck). Zu Zeiten der DDR wussten Ost- und Westdeutsche allerdings nur wenig über diesen Ort. Fast die Hälfte der Insassinnen waren politische Häftlinge, die beim Grenzübertritt verhaftet worden waren, eine Flucht geplant oder sich kritisch über das DDR-Regime ge-

äußert hatten. Mehrere Tausend Frauen sollen hier inhaftiert gewesen sein. Die Zellen waren überfüllt, viele mussten auf dem Boden schlafen. Es gab nur wenig zu essen. Außerdem mussten die Frauen Zwangsarbeit leisten, unter anderem für Westdeutsche Konzerne wie Quelle oder Neckermann. Die Aufseherinnen im Gefängnis galten als besonders brutal. Wer sich nicht an die Regeln der Anstalt hielt, wurde mit Isolationshaft in einer Dunkelzelle bestraft. Brachten Frauen hier ein Kind zur Welt, wurde es ihnen weggenommen und in einem Kinderheim untergebracht oder zur Adoption freigegeben. Heute ist das ehemalige Gefängnis eine Gedenkstätte.

Hohenschönhausen, Stasi-Gefängnis

Zentrale Untersuchungsanstalt des Ministeriums für Staatssicherheit (MfS) in Berlin-Hohenschönhausen. Hier waren vor allem politische Gefangene inhaftiert: Kritiker des Regimes, Republikflüchtige, aber auch SED-Politiker, die nicht mehr genehm waren. Sogar Kritiker aus dem Westen wurden von der Stasi entführt und nach Hohenschönhausen gebracht. Die Häftlinge wurden oft mit verbundenen Augen transportiert, damit sie sich nicht orientieren konnten. Um sie zusätzlich zu verwirren, fuhr man mit ihnen stundenlang über Landstraßen und durch Berlin, bevor man sie in das Gefängnis brachte. Die meisten von ihnen wussten daher nicht, wo sie inhaftiert waren. Von der Außenwelt abgeschnitten mussten die Häftlinge in Einzelzellen leben. Ihre Mithäftlinge bekamen sie nie zu Gesicht. Oft wurden sie viele Monate lang von Vernehmern befragt, die darauf geschult waren, die Häftlinge einzuschüchtern und psychisch zu foltern.

Honecker, Erich (1912–1994)

Ostdeutscher Politiker, der von 1971 bis 1989 Erster Sekretär des Zentralkomitees der Sozialistischen Einheitspartei Deutschlands (SED) war und ab 1976 auch Vorsitzender des

Staatsrats. Er leitete die Partei und führte den Staat, den er zum Überwachungsstaat ausbaute. Nach dem Krieg hatte er die FDJ gegründet und den Bau der Berliner Mauer mitorganisiert. Bis zuletzt betrieb Honecker eine Politik der Abschottung und lehnte Reformen ab.

Horch und Guck
Gern auch »Horch, Guck und Greif«. So nannte man im Volksmund das Ministerium für Staatssicherheit.

Inoffizielle Mitarbeiter
waren ganz normale DDR-Bürger, die von der Stasi als Informanten angeworben wurden. Diese Spitzel sollten »staatsgefährdende« Informationen über Kollegen, Freunde und oft sogar Familienangehörige an das MfS weitergeben. Meistens wurde ein IM auf ganz bestimmte Personen angesetzt. Im Jahr 1989 gab es 189 000 IM, davon 1550 in der Bundesrepublik. Somit kam auf 89 DDR-Bürger ein IM. Es konnte sich also niemand sicher sein, nicht bespitzelt zu werden. Nicht alle IM traten freiwillig in den Dienst des MfS. Viele wurden unter Druck gesetzt. Man drohte ihnen zum Beispiel mit dem Verlust ihrer Arbeit oder versprach ihnen bessere medizinische Versorgung für kranke Angehörige.

Interzonenzug
So hießen die Reisezüge, die zwischen der Bundesrepublik Deutschland und der DDR fuhren. Weil vor allem Rentner die Züge nutzten, hießen sie in der DDR auch Mumienexpress. Strecken waren zum Beispiel Köln–Rostock, Frankfurt am Main–Frankfurt (Oder) oder München–Rostock. Züge, die durch den Großraum Berlin fuhren, benutzten den Berliner Außenring und hielten im Potsdamer Hauptbahnhof oder am Flughafenbahnhof Berlin-Schönefeld. Für Reisen zwischen der Bundesrepublik und Ostberlin nutzten Reisende die

Züge des Transitverkehrs, die am Bahnhof Friedrichstraße im Osten der Stadt hielten. Die Grenzkontrollen waren umfangreich. Oft hielten die Züge an einem Grenzbahnhof 40 Minuten, damit Personen und Gepäck kontrolliert werden konnten.

Jugendclub

Die Jugendclubs wurden offiziell von der FDJ geleitet. Hier fanden Konzerte, Theatervorführungen und Partys statt. Man traf sich aber auch tagsüber zum Tischtennis oder Schachspielen oder einfach, um mit Freunden zusammen zu sein. Geleitet wurde ein Jugendclub von einer FDJ-Ordnungsgruppe und ihrem Chef. Der durfte zum Beispiel entscheiden, welche Musik gespielt wurde.

Jugendweihe

Dieses nicht religiöse Fest gibt es schon seit dem 19. Jahrhundert. Es soll den Übergang vom Jugend- ins Erwachsenenalter markieren und findet meist im Alter zwischen 14 und 16 Jahren statt. In der DDR wurde es zur »freiwilligen Pflicht«. Wer nicht teilnahm, musste mit Nachteilen in der Schule oder in der Lehre rechnen oder wurde nicht zur Oberschule oder zum Studium zugelassen. Bis zur feierlichen Jugendweihe gingen die Teilnehmer ein Jahr lang zu sogenannten Jugendstunden, wo sie sozialistischen Unterricht erhielten, Vorträge hörten oder Museen und Betriebe besuchten. Nach Ablauf des Jahres bekannten sich die Jugendlichen in einem Gelöbnis zum sozialistischen Staat, zur Freundschaft mit der Sowjetunion und zum Kampf für Frieden und gegen den Imperialismus. Sie erhielten eine Urkunde und ein Buch und wurden von nun an in der Schule gesiezt.

Jugendwerkhof

Hierher kamen Jugendliche, die in der DDR als schwer erziehbar galten. Dazu gehörte auch schon, dass sie sich nicht zum Sozialismus bekannten oder zu kurze Röcke trugen und Musik aus dem Westen hörten. Im Jugendwerkhof sollten sie umerzogen werden zu »vollwertigen Mitgliedern der sozialistischen Gesellschaft«. (Zitiert aus *Anordnung über die Spezialheime der Jugendhilfe vom 22. April 1965. In: GBl. der DDR II Nr. 53 vom 17. Mai 1965, S. 368.*) In diesen Einrichtungen waren die Jugendlichen den Betreuern schutzlos ausgeliefert. Sie wurden schikaniert, geschlagen und misshandelt. Besonders berüchtigt war der Jugendwerkhof Torgau, der die einzige geschlossene Heimeinrichtung der DDR war. Mit seinen fünf Meter hohen Mauern und den vergitterten Fenstern glich er mehr einem Gefängnis als einem Heim. Hier wurden Jugendliche manchmal tagelang allein in dunkle Zellen gesperrt, in denen nur ein Eimer für die Notdurft stand.

Jungpioniere (siehe Pioniere)

Kalter Krieg
Offiziell wurde der Kalte Krieg nie erklärt oder geführt. Er steht für die Konfrontation zwischen West und Ost nach dem zweiten Weltkrieg. Die Siegermächte USA, Russland, England und Frankreich hatten Deutschland aufgeteilt. Das westliche Lager, angeführt von den USA, hatte sich zum Ziel gesetzt, dem Kommunismus entgegenzutreten. Das östliche Lager, die Sowjetunion, grenzte sich vom Kapitalismus und Imperialismus der westlichen Staaten ab. Dieser Konflikt wurde ohne Waffen ausgetragen und deshalb Kalter Krieg genannt. Beide Lager bespitzelten und drohten einander – auch mit dem Einsatz von Atomwaffen. So bestand stets die Gefahr, dass aus dem kalten ein heißer Krieg werden würde.

Karl-Marx-Stadt
In der DDR hieß die Stadt Chemnitz Karl-Marx-Stadt. Sie wurde anlässlich des »Karl-Marx-Jahres« 1953 umbenannt.

Nach der Wende entschieden sich die Bürger der Stadt dafür, ihr den alten Namen wiederzugeben. Seit 1990 heißt Chemnitz wieder Chemnitz.

Kirche, Gethsemanekirche

In dieser Berliner Kirche versammelten sich Oppositionelle und Anhänger der DDR-Friedensbewegung im Herbst 1989. Pfarrer Werner Widrat unterstützte sie und stellte in der Gemeinde ein Kontakttelefon zur Verfügung, von dem aus sie ihre Arbeit betreiben konnten. Ab dem 2. Oktober 1989 blieb die Kirche Tag und Nacht geöffnet. Tausende besuchten die Mahnwachen und Diskussionsveranstaltungen. Auf dem Vorplatz brannten Hunderte Kerzen.

Konsum

Wer in der DDR einkaufen ging, besuchte den nächsten »Konsum«. Das waren Geschäfte der Konsumgenossenschaften, die gemeinschaftlich vor allem Lebensmittel ein- und verkauften. Die Preise wurden hier künstlich niedrig gehalten, damit sich jeder die Produkte leisten konnte. Das entsprach dem sozialistischen Grundgedanken.

Landesverrat

Bezeichnung für ein Verbrechen, das die Sicherheit des Staates gefährdet. In der DDR wurde es auch als »Landesverrat« bezeichnet. Bestraft wurde auch, wer Informationen weitergab, die zwar nicht der Geheimhaltung unterlagen, aber dem Ruf des Landes hätten schaden können.

Laube

Die Gartenlaube im Schrebergarten war für viele DDR-Bürger beliebtes Wochenendziel. Weil Wohnungen knapp waren, zogen manche auch vorübergehend hier ein.

Linientreu
Als linientreu galten DDR-Bürger, die besonders überzeugt vom System waren, dessen Regeln befolgten und alles dafür taten, dass auch andere so dachten.

Lungen-Tuberkulose
Bakterielle Erkrankung der Lungen, die in schweren Fällen zum Tod führen kann.

Mauer
Die Berliner Mauer ist das Symbol für die Teilung Deutschlands und den Kalten Krieg. Nachdem zwischen 1949 und 1961 fast drei Millionen Menschen die DDR verlassen hatten, entschloss sich das Regime, eine unüberwindbare Grenze zu errichten und begann am 13. August 1961 mit dem Bau der Mauer. Bis zum Fall der Mauer am 9. November 1989 kamen mindestens 136 Menschen ums Leben bei dem Versuch, sie zu überwinden. Die meisten wurden von Grenzbeamten erschossen. Heute steht ein 200 Meter langes Reststück als Mahnmal an der Niederkirchnerstraße.

Mindestumtausch
Für DDR-Besucher aus dem »Nichtsozialistischen Wirtschaftsgebiet« war es Plicht, eine bestimmte Summe DM pro Aufenthaltstag in der DDR in Ostmark zu tauschen. Dafür erhielt der Reisende eine Bescheinigung.

Mindestumtauschbescheinigung (siehe Mindestumtausch)

Ministerrat
Der Ministerrat war die offizielle Regierung der DDR.

Montagsdemos

Am 4. September 1989, einem Montag, gingen Leipziger Bürger zum ersten Mal auf die Straße, um gegen das herrschende System zu protestieren. Von da an trafen sie sich jeden Montag. Immer mehr Leute schlossen sich ihnen an und riefen »Wir sind das Volk«. Kurz darauf gingen die Menschen auch in anderen Städten auf die Straße, in Dresden, Halle, Karl-Marx-Stadt, Magdeburg, Plauen, Arnstadt, Rostock, Potsdam und Schwerin. Die Versammlungen wurden zu Massendemonstrationen. Hunderttausende forderten eine friedliche, demokratische Neuordnung, das Ende der SED-Herrschaft, Reisefreiheit und die Abschaffung der Stasi.

Neues Forum

Am 10. September 1989 veröffentlichten Oppositionelle den Aufruf »Aufbruch 89 – Neues Forum« und trafen den Nerv des Landes. Viele DDR-Bürger fühlten sich nun aufgerufen, sich einzumischen und die Demokratisierung der DDR einzuleiten. So wurde das »Neue Forum« die stärkste Bürgerbewegung des Herbstes 1989 und wurde am 8. November – einen Tag vor Mauerfall – von der SED-Führung als politische Gruppierung zugelassen. Ein in der DDR einmaliger Vorgang.

Oppositionelle (Kreise)

Gegner des herrschenden Systems. In der DDR waren viele Gegner des Sozialismus, manche aber auch nur Gegner des SED-Regimes.

Partei

Zwar gab es offiziell mehrere Parteien in der DDR. Wer von der »Partei« sprach, meinte aber immer die SED.

Perestroika und Glasnost (siehe Gorbatschow)

Personenkennzahl

Jeder DDR-Bürger erhielt eine zwölfstellige Ziffernfolge, die so genannte Personenkennzahl. So konnte jeder Bürger eindeutig identifiziert werden. Die Zahl stand zum Beispiel im Personalausweis. Außerdem nutzten Behörden und Betriebe die Zahl.

Pioniere

Die Jungen Pioniere waren eine politische Massenorganisation für Kinder. Offiziell hieß sie »Pionierorganisation Ernst Thälmann« (nach Ernst Thälmann). Sie war die erste Organisation im Leben der meisten DDR-Bürger, auf die später FDJ und FDGB folgten. Die Pioniere waren in den Schulalltag eingebunden. Alle Pioniere einer Schulklasse bildeten eine Pioniergruppe, die einen Gruppenrat wählte und einen Vorsitzenden. Ihre Losung lautete: »Für Frieden und Sozialismus: Seid bereit!« Das sagte der Lehrer zu Beginn des Unterrichts, worauf die Klasse antwortete: »Immer bereit!«. Verkürzt wurde das meist auf »Seid bereit! – Immer bereit!« Zur Losung gehörte auch ein Gruß. Dabei hielten die Pioniere die flache rechte Hand so über dem Kopf, dass der Daumen zum Kopf und der kleine Finger zum Himmel zeigte. An Pioniernachmittagen traf man sich zum Basteln, Aktionen planen oder Altstoffe sammeln. Das Geld wurde anschließend für wohltätige Zwecke gespendet. In größeren Städten gab es auch Pionierhäuser, in denen Mal- oder Töpferkurse angeboten wurden. Jungpioniere trugen zu bestimmten Anlässen (Fahnenappell, Schulfeier) ein blaues Halstuch und passendes Käppi zur blauen Hose oder zum Rock und weißer Bluse. In der vierten Klasse wurden die Schüler Thälmann-Pioniere und erhielten ein rotes Halstuch. Ab der 7. Klasse ging es in die FDJ. Noch 1989 waren 98 Prozent aller Schüler der DDR Mitglied bei den Jungen Pionieren.

Pioniergruppe (siehe Pioniere)

Pioniernachmittag (siehe Pioniere)

Politbüro
Das Zentralkomitee (ZK) der SED wählte aus seinen Reihen das Politbüro. Das bestand aus 15 bis 20 Mitgliedern, die das politische Tagesgeschäft der DDR regelten. Was hier beschlossen wurde, musste von den Ministerien umgesetzt werden. Zu den Mitgliedern gehörten der Generalsekretär, der als Vorsitzender des ZK auch Vorsitzender des Politbüros war. Alle anderen Sekretäre des ZK gehörten ebenfalls dem Politbüro an. Außerdem der Vorsitzende des Ministerrats und der Präsident der Volkskammer.

POS
Abkürzung für Polytechnische Oberschule, eine Gemeinschaftsschule, in die alle Schüler von der ersten bis zur zehnten Klasse gingen.

Puhdys
Eine der bekanntesten Rockbands der DDR, die 1969 gegründet wurde.

RAF
Abkürzung für »Rote Armee Fraktion«. Die terroristische Organisation führte in den 1970er- und 1980er-Jahren einen bewaffneten Kampf gegen den Kapitalismus und die westdeutsche Regierung. Ihre Ziele versuchten sie mit Gewalt durchzusetzen. Sie legten Bomben, entführten und ermordeten Politiker, Industrielle, Staatsanwälte. Insgesamt tötete sie 33 Menschen.

Republikfeinde

So nannte die DDR-Regierung Menschen, die das System kritisierten. Oft waren es Künstler, Schriftsteller oder Musiker, die so bezeichnet wurden und Auftrittsverbot erhielten.

Republikflucht

So bezeichnete die DDR-Führung den ungesetzlichen Grenzübertritt, also die Flucht in den Westen. Laut Strafgesetzbuch der DDR (§ 213) war das eine strafbare Handlung, die mit bis zu acht Jahren Gefängnis geahndet wurde.

RIAS

Die amerikanische Militäradministration rief 1946 den Radiosender RIAS Berlin (Rundfunk im amerikanischen Sektor) ins Leben. Er sollte eine unabhängige Gegenstimme zum sowjetisch kontrollierten Berliner Rundfunk sein. Sein Sendegebiet umfasste ganz Berlin und die DDR. Der Slogan »eine freie Stimme der freien Welt« war Programm: Die Redaktion wollte die Bevölkerung der DDR über den Westen informieren und den Gedanken an die deutsche Einheit aufrechterhalten. Die SED stellte den Empfang des Programms zeitweilig unter Strafe.

Sozialismus

Diese Weltanschauung oder politische Ideologie steht für Gleichheit, Gerechtigkeit und Solidarität. Der Sozialismus entstand in der ersten Hälfte des 19. Jahrhunderts, als die Industrialisierung ihren Lauf nahm und immer mehr Arbeitern die eigene Ausbeutung bewusst wurde. Die bekanntesten Sozialisten sind Karl Marx und Friedrich Engels, deren Theorie – der Marxismus – den Sozialismus als Übergang zum Kommunismus sieht. Ziel ist die klassenlose Gesellschaft, in der es kein Arm und Reich mehr gibt.

Spezialheim

In Spezialheime kamen in der DDR Kinder und Jugendliche zwischen 6 und 18 Jahren, die als schwer erziehbar eingestuft wurden. Auch jemand, der sich nur der sozialistischen Grundidee verweigerte, konnte hierherkommen. Die Insassen wurden mit militärischem Drill erniedrigt und den oft gewalttätigen Erziehern schonungslos ausgesetzt.

Spitzel

Informanten der Staatssicherheit, die oft aus eigenem Antrieb handelten.

Staatsfeindliche Hetze

Wer sich in der DDR gegen das System aussprach, ob schriftlich oder mündlich, machte sich strafbar (§ 106 StGB, ursprünglich »Boykotthetze«). Viele Oppositionelle wurden unter diesem Vorwurf verhaftet und konnten mit einem Freiheitsentzug zwischen zwei und zehn Jahren bestraft werden.

Staatssicherheit

Das Ministerium für Staatssicherheit wurde 1950 gegründet. Abgekürzt wurde es MfS oder auch »Stasi« genannt. Dieser Geheimdienst der DDR war im In- und Ausland tätig, um die Macht der Regierung mit allen Mitteln zu schützen. Erich Mielke leitete das Ministerium von 1957 bis 1989.

Stasi (siehe Staatssicherheit)

Stasi-Krankenhaus

Das einzige Haftkrankenhaus des Ministeriums für Staatssicherheit lag auf dem Gelände der Haftanstalt Hohenschönhausen in Berlin. Hier wurden Kranke und Verletzte aus den drei Berliner Untersuchungsgefängnissen und aus den Haftanstalten der Bezirksverwaltungen des MfS behandelt.

Stasi-Offiziere (siehe Staatsicherheit)

Tag der Republik
Am 7. Oktober 1949 wurde die DDR gegründet. Diesen Nationalfeiertag feierten Regierung und Bürger jedes Jahr mit Ansprachen, Fahnen und Umzügen.

Todesstreifen
So wurde ein Abschnitt der Grenzanlagen genannt, der offiziell als Kontrollstreifen bezeichnet wurde. Der zehn Meter breite Bereich war mit Stacheldraht gesichert, planiert und von Hunden bewacht. Die Bezeichnung Todesstreifen erhielt er aber wegen der im Boden vergrabenen Minen und der Selbstschussanlagen.

Transitzug (siehe Interzonenzug)

Tschechoslowakei
Dieser Staat bestand von 1918 bis 1992 auf dem Gebiet der heutigen Staaten Tschechien, Slowakei und einem Teil der Ukraine.

Tschernobyl
Am 26.4.1986 ereignete sich im Atomkraftwerk Tschernobyl in der heutigen Ukraine der schwerste Unfall in der Geschichte der Kernenergie. Eine der vier Reaktorblöcke wurde von zwei schweren Explosionen zerstört. So konnte radioaktives Material ungehindert in die Atmosphäre gelangen und Teile Russlands, Weißrusslands und der Ukraine verseuchen. Auch Mitteleuropa und das Nordkap waren von den Auswirkungen betroffen.

Ungarn (siehe Grenze zwischen Ungarn und Österreich)

Ungarn-Urlaub
Auch DDR-Bürger durften ins Ausland verreisen, allerdings nur in sozialistische Länder wie die Tschechoslowakei, Polen, Bulgarien, Ungarn oder Rumänien. In Ungarn trafen die Reisenden am Balaton (Plattensee) oft auf westdeutsche Touristen. Die Stasi beobachtete die deutsch-deutschen Kontakte vor Ort und richtet eigens eine Arbeitsgruppe dafür ein. Im Frühjahr 1989 hatte Ungarn begonnen, den Eisernen Vorhang abzubauen. Im Juni durchschnitten die Außenminister von Ungarn und Österreich symbolisch den Zaun. Daraufhin reisten immer mehr Bürger an den Balaton, um von dort durch die löchrig gewordene Grenze zu fliehen. Am 19. August kam es zu einer Massenflucht im Rahmen des Paneuropäischen Picknicks. Nur drei Wochen später entschloss sich die ungarische Regierung, alle DDR-Flüchtlinge in den Westen ziehen zu lassen.

Volkspolizisten
So hießen die Polizisten in der DDR, die auch Vopos genannt wurden.

Vopos (siehe Volkspolizisten)

Wahlbetrug
Am 7. Mai 1989 werden die DDR-Bürger zur Urne gebeten. Allerdings konnten sie nicht frei für einzelne Kandidaten stimmen, sondern nur der von der SED abgesegneten Einheitsliste mit allen Kandidaten zustimmen. Schon vor der Wahl im Mai 1989 kritisierten Mitglieder von oppositionellen Gruppen das Verfahren. Sie forderten freie, demokratische Wahlen und riefen sogar zum Boykott auf. In Ostberlin und einigen anderen Orten schickten sie Wahlbeobachter in

die Wahllokale. Sie sollten an der Auszählung teilnehmen. Ihre Beobachtungen bestätigten: Die Wahl wurde gefälscht. Diese Nachricht verbreiteten die Wahlbeobachter in einem Papier namens »Wahlfall 89«. Als in der staatlichen Zeitung »Neues Deutschland« andere Zahlen veröffentlicht wurden, gingen die Oppositionellen auf die Straße und protestierten mit 200 Teilnehmern am 7. Juni 1989. Danach trafen sie sich an jedem 7. des Monats auf dem Alexanderplatz, um zu demonstrieren.

Wasserzelle
Ehemalige Häftlinge des Frauengefängnis Hoheneck berichten davon, wie sie in sogenannten Wasserzellen gefoltert wurden. Diese Zellen wurden so lange geflutet, bis den Insassen das Wasser buchstäblich bis zum Halse stand.

Westbesuch
Besuch aus der BRD war selten und vom Staat nicht gern gesehen. Wer von Westberlin aus seine Verwandten oder Bekannten in Ostberlin besuchen wollte, musste im Westen in einem der fünf »Büros für Besuch- und Reiseangelegenheiten« einen Antrag stellen und erhielt dann einen Berechtigungsschein, mit dem die Reisenden am Grenzübergang ein Tagesvisum erhielten. Für die Ausreise mussten die Besucher denselben Grenzübergang nutzen wie für die Einreise. Mehrere Tage durfte nur bleiben, wer eine Einladung aus der DDR hatte. Die Besucher mussten sich bei der Hausgemeinschaftsleitung (Herr Krause in dieser Geschichte) in das Hausbuch eintragen lassen. Jeder Bürger durfte maximal 30 Tage im Jahr einreisen.

Westfernsehen
So nannte man in der DDR die Fernsehsender aus der BRD, die damals zu empfangen waren. Also ARD, ZDF und die

dritten Programme NDR, SFB, HR und BR. Später kamen noch RTL, Sat.1 und RIAS-TV hinzu.

Westkontakte

Wer Freunde oder Bekannte im Westen, also vor allem in der BRD, hatte, pflegte Westkontakte – egal ob per Brief oder Telefon. Solche Westkontakte waren unerwünscht, für Mitarbeiter des Staates sogar verboten.

Wohnungstausch

In der DDR konnte man Wohnungen nicht einfach über Anzeigen in der Zeitung finden, denn es gab kaum private Hausbesitzer. Wohnungsgenossenschaften verwalteten die großen Mietshäuser und Wohnungen waren knapp. Wer ein neues Zuhause suchte, musste ins Raster passen. Pro Familienmitglied war eine bestimmte Anzahl Quadratmeter festgelegt. Um eine Wohnung zu bekommen, mussten die DDR-Bürger einen Antrag stellen. Schneller kam man nur an eine neue Bleibe, wenn man jemanden fand, der seine Wohnung tauschen wollte und für diesen Tausch die Zustimmung vom Amt erhielt.

Zone

Nach dem Ende des Zweiten Weltkrieges wurde Deutschland in vier Zonen eingeteilt. Die amerikanische, die britische, die französische und die sowjetische. Die ersten drei bildeten die Bundesrepublik Deutschland, die sowjetische Besatzungszone die DDR. Weil die DDR erst 1974 als Staat international anerkannt wurde, nannten viele Bürger der Bundesrepublik sie lange nur »die Zone«.

Chronik der Ereignisse

1945

8. Mai 1945

Schon seit Herbst 1944 sind große Teile Deutschlands von den Alliierten – also Frankreich, den USA, Großbritannien und der Sowjetunion – besetzt. Viele deutsche Soldaten haben längst aufgehört zu kämpfen. Am 30. April 1945 nimmt sich Hitler das Leben. Sein testamentarischer Nachfolger Großadmiral Karl Dönitz beantragt daraufhin die Kapitulation. Eine Woche nach Hitlers Tod übermittelt er der Bevölkerung und den Truppen die Nachricht mit den Worten: »Am 8. Mai um 23 Uhr schweigen die Waffen«. Der Zweite Weltkrieg ist offiziell zu Ende.

5. Juni 1945

Die Siegermächte Frankreich, Großbritannien, Sowjetunion und USA übernehmen die oberste Regierungsgewalt in Deutschland und bilden den Alliierten Kontrollrat.

1. bis 4. Juli 1945

Die Westalliierten (Frankreich, England und die USA) ziehen sich aus den von ihnen besetzten Gebieten in Sachsen, Sachsen-Anhalt, Thüringen und Mecklenburg zugunsten der Sowjetunion zurück. Das östliche Berlin untersteht nun der Regierungsverantwortung der Sowjetunion, im Gegenzug besetzen die Westalliierten die Westsektoren Berlins.

1948

24. Juni 1948

Die politischen Konflikte zwischen der Sowjetunion und den westlichen Alliierten verschärfen sich. Die Sowjetische Militäradministration in Deutschland verhängt eine Blockade über die westlichen Sektoren Berlins. Damit ist Westberlin von der Versorgung abgeschnitten. Die Bevölkerung Westberlins wird nun über eine Luftbrücke von den USA versorgt. Die westliche und sowjetische Besatzungszone führt jeweils eine Währungsreform durch, aber mit unterschiedlichen Währungen: Der West-D-Mark und der Ost-D-Mark.

1949

25.–28. Januar 1949

Erste Parteikonferenz der Sozialistischen Einheitspartei Deutschlands (SED) in der sowjetischen Besatzungszone.

23. Mai 1949

Gründung der Bundesrepublik Deutschland (BRD). Das Grundgesetz wird verkündet.

7. Oktober 1949

Gründung der Deutschen Demokratischen Republik (DDR). Erste Verfassung der DDR tritt in Kraft.

1950

8. Februar 1950

Die Volkskammer der DDR beschließt die Einrichtung des

Ministeriums für Staatssicherheit (MfS), also der Geheimpolizei und des Inlands- und Auslandsgeheimdienstes der DDR.

1951

1. März 1951
Das sowjetische Untersuchungsgefängnis in Berlin-Hohenschönhausen wird dem Ministerium für Staatssicherheit übergeben und als zentrales Untersuchungsgefängnis des MfS weitergeführt. In den folgenden Jahrzehnten werden hier zahlreiche Menschen inhaftiert, die der kommunistischen Diktatur im Weg stehen – insgesamt über 11 000 Personen

1952

26./27. Mai 1952
Die DDR richtet eine fünf Kilometer breite Sperrzone entlang der Grenze zur Bundesrepublik Deutschland ein. Über 12 000 Menschen müssen umgesiedelt werden. Doch der Weg in den Westen ist noch über Berlin frei: Bis zum Mauerbau fliehen über Westberlin 2,8 Millionen Ostdeutsche in die Bundesrepublik Deutschland.

1953

17. Juni 1953
Anfang Juni verkündet die DDR-Führung, dass die Leistung der Arbeiter um zehn Prozent gesteigert werden müsse. Doch ihr Lohn soll gleich bleiben. Dagegen protestieren am 16. Juni achtzig Bauarbeiter einer Großbaustelle an der Stalinallee. Viele Bürger schließen sich ihnen an. Am 17. Juni kommt es

zu einem Volksaufstand. Doch die sowjetische Besatzungs-
macht verhängt den Ausnahmezustand und schlägt den Aufstand brutal nieder. Die SED behauptet daraufhin, der Aufstand sei ein vom Westen gelenkter »faschistischer Putsch«.

1961

13. August 1961
Über Nacht schließt die DDR die Grenze nach Westberlin
und beginnt mit dem Mauerbau. Bei Häusern, die an der
Grenze liegen, werden sofort Fenster und Türen in Grenzrich-
tung zugemauert. Das Verkehrsnetz von Berlin ist plötzlich
in zwei Teile zerschnitten. Über Nacht sind 50 000 Ostberliner von ihren Verwandten, Freunden und Arbeitgebern im
Westen abgeschnitten. Die Grenzer machen umgehend Ge-
brauch von ihrem Schießbefehl – allein im Jahr 1961 werden
140 Menschen an der Grenze erschossen.

1963

17. Dezember 1963
Die Regierung der DDR und der Senat von Westberlin be-
schließen ein Erstes Passierscheinabkommen: Westberliner
können nun Verwandte in Ostberlin zu Weihnachten und
Neujahr besuchen.

1964

25. November 1964
Private Besucher aus der BRD und alle anderen nicht sozialistischen Staaten müssen bei Einreise in die DDR nun einen

Mindestumtausch von D-Mark in Ost-Mark vornehmen. Damit sichert sich die DDR dringend benötigte Westgeld-Einnahmen.

1968

11. Juni 1968
Die DDR führt die Pass- und Visapflicht im Reise- und Transitverkehr zwischen der Bundesrepublik und nach Westberlin ein.

1970

1. Januar 1970
An der innerdeutschen Grenze montiert die DDR auf einer Länge von etwa 447 Kilometern rund 71 000 Selbstschussanlagen am vorderen Metallgitter-Grenzzaun. Wer aus der DDR über die Grenzmauer flüchten will, wird nun durch Sprengminen schwer verletzt oder getötet, sobald er die versteckten Drähte am Zaun berührt.

1971

31. Januar 1971
Nachdem die BRD und DDR Ende 1970 Verhandlungen aufgenommen haben, wird der Telefonverkehr zwischen beiden Teilen Berlins wieder aufgenommen. Nach neunzehn Jahren Funkstille können Ost- und Westberlin nun wieder miteinander telefonieren. Doch oft funktionieren die Verbindungen nur eingeschränkt – und die Stasi hört meist mit.

17. Dezember 1971

Zwischen der BRD und der DDR wird das Transitabkommen unterzeichnet. Es soll die Besuchsmöglichkeiten in Ostberlin verbessern und sicherstellen, dass der Personen- und Güterverkehr zwischen beiden Ländern besser funktioniert, dass also die häufigen Schikanen und Durchsuchungen durch DDR-Grenzsoldaten aufhören. Westberliner dürfen sich nun 30 Tage im Jahr in Ostberlin aufhalten. Dadurch steigt die Zahl der Besucher in der DDR sprunghaft an.

1973

7. März 1973

Die DDR lässt dauerhaft die Akkreditierung westlicher Journalisten zu.

1974

2. Mai 1974

Die »Ständigen Vertretungen« (informelle Botschaften) werden eröffnet: Die Bundesrepublik Deutschland eröffnet eine Ständige Vertretung in Ostberlin, die DDR in Bonn.

1975

16. Dezember 1975

Nach Berichten über Zwangsadoptionen in der DDR wird dem SPIEGEL-Korrespondenten Jörg Mettke die Arbeitserlaubnis in der DDR entzogen.

1976

29. Oktober 1976
Der SED-Funktionär Erich Honecker wird Staatsratsvorsitzender und damit mächtigster Mann der DDR.

1983

6. Oktober 1983
Erich Honecker kündigt den vollständigen Abbau der Selbstschussanlagen an der Grenze zum Westen an.

1984

31. Dezember 1984
Die DDR-Regierung lässt in diesem Jahr 40 900 Antragsteller auf »ständige Ausreise« in den Westen ausreisen.

1985

10. März 1985
In der Sowjetunion wird Michail Gorbatschow zum Staats- und Parteichef gewählt. Unter den Schlagworten Glasnost (Offenheit) und Perestrojka (Umstrukturierung) möchte er Politik und Gesellschaft reformieren und die stagnierende Wirtschaft in der Sowjetunion beleben. Er bemüht sich um eine politische Annäherung an den Westen und drängt die Länder des Warschauer Pakts zu Reformen.

1986

17.–21. April 1986
Bei XI. Parteitag der SED in Ostberlin fordert Gorbatschow die DDR-Regierung zur »Selbstkritik« auf.

26. April 1986
Im Atomkraftwerk Tschernobyl bei Kiew explodiert ein Reaktorblock, große Mengen an Radioaktivität treten aus.

10./11. November 1986
Bei einem Gipfeltreffen der sogenannten Ostblock-Staaten gibt Gorbatschow einen Richtungswechsel in der sowjetischen Osteuropapolitik vor: Um den Bürgern in der UdSSR langfristig größeren Wohlstand zu verschaffen, sollte die Entspannungspolitik zwischen dem Westen und Osten fortgesetzt und das Wettrüsten zwischen UdSSR und USA beendet werden.

1987

10. April 1987
Kurt Hager, Mitglied des SED-Politbüros und oberster Kulturverantwortlicher der DDR, erteilt in einem Interview mit dem westdeutschen Magazin STERN der Entspannungspolitik von Gorbatschow eine klare Absage: »Würden Sie, nebenbei gesagt, wenn Ihr Nachbar seine Wohnung neu tapeziert, sich verpflichtet fühlen, Ihre Wohnung ebenfalls neu zu tapezieren?«

24./25. November 1987
In der DDR wird die kirchliche Opposition immer lauter. Ende November werden die Räume der evangelischen Zions-

gemeinde in Ostberlin von Mitarbeitern des Generalstaatsan-
waltes und der Staatssicherheit durchsucht. Sieben Personen
werden verhaftet und nach Protesten einige Tage später wieder freigelassen. In den kommenden Wochen folgen weitere
Durchsuchungen in anderen Gemeinden der DDR. Zwei Monate später tagt die Ökumenische Versammlung für Gerechtigkeit, Frieden und Bewahrung unter dem Dach der Kirchen.

1988

17. Januar 1988
Anlässlich der jährlichen offiziellen Gedenkdemonstration
für Rosa Luxemburg und Karl Liebknecht in Berlin mischen sich Hunderte Demonstranten in die Menge. Sie rufen Luxemburgs Satz: »Freiheit ist auch immer die Freiheit
der Andersdenkenden«. Eine Opposition in der DDR ist nun
öffentlich erkennbar und eine Verhaftungs- und Ausbürge-
rungswelle beginnt.

Juni 1988
West- und Ostberlin erleben einen beeindruckenden
Open-Air-Musiksommer. Am 16. Juni spielt Pink Floyd direkt an der Berliner Mauer vor dem Reichstagsgelände. Es
wummert bis weit nach Ostberlin hinein. Am 19. Juni gibt
Michael Jackson im Rahmen seiner legendären »Bad«-Tour
ein Konzert vor dem Brandenburger Tor vor 50 000 Menschen, auch jenseits der Mauer versammeln sich mindestens
5000 Menschen, um zuzuhören. Es kommt zu Auseinander-
setzungen zwischen der Volkspolizei und jugendlichen Zu-
hörern. Die DDR versucht einen Richtungswechsel in ihrer
Veranstaltungspolitik, um sich die Rockbegeisterung junger
Menschen zunutze zu machen: Sie lädt Bruce Springsteen
nach Ostberlin ein. Am 19. Juli 1988 spielt »The Boss« auf

Einladung der FDJ in Ostberlin vor über 200 000 Fans. »Ich bin nicht für oder gegen eine Regierung«, ruft Springsteen den Fans zu, »Ich bin gekommen, um Rock'n'Roll für euch zu spielen, in der Hoffnung, dass eines Tages alle Barrieren abgerissen werden.«

14. Dezember 1988
Eine neue DDR-Verordnung über Reise- und Ausreiseangelegenheiten wird verabschiedet, die jedoch noch immer kein generelles Recht auf Reisen enthält. Dabei wollen sehr viele Menschen ausreisen: Im Jahr 1988 stellen 113 000 Bürger einen Ausreiseantrag, mehr als je zuvor. Die fehlende Freiheit, der anhaltende Ausbau des Überwachungssystems und die ökonomische Schieflage der DDR machen das Leben dort immer unattraktiver, der eigene Lebensstandard bleibt entgegen aller Verheißungen weit hinter dem der Bundesrepublik zurück.

1989

19. Januar 1989
Erich Honecker erklärt auf einer Tagung, dass die Mauer wohl auch in fünfzig oder hundert Jahren noch stehen werde. Ein Ende des Systems erscheint noch immer undenkbar.

2. Mai 1989
Im Zuge der Entspannungspolitik beginnt Ungarn mit dem Abbau der Grenzbefestigungen nach Österreich. Der Eiserne Vorhang soll fallen.

7. Mai 1989
Bei Kommunalwahlen in der DDR beobachten Bürgerrechtler die Stimmauszählungen und decken zahlreiche Wahlfäl-

schungen auf. Daraufhin demonstrieren in Leipzig über tausend Menschen auf dem Altmarkt gegen den Wahlbetrug.

8. Mai 1989
Jeden Monat finden in der Leipziger Nikolaikirche sogenannte Friedensgebete statt, die gerade unter Oppositionellen und Ausreisewilligen immer größeren Zulauf finden. Am 8. Mai werden die Teilnehmer nach einem Montagsgebet durch die Volkspolizei eingekesselt. Bei den folgenden Friedensgebeten gibt es zunehmend Verhaftungen, Polizeikontrollen und Übergriffe.

7. Juni 1989
Etwa 200 Menschen versammeln sich vor der Sophienkirche in Ostberlin. Sie wollen zum Staatsratsgebäude ziehen, um gegen den Wahlbetrug bei der Kommunalwahl zu demonstrieren. Doch die Demonstration wird aufgehalten, Sicherheitskräfte fangen die Demonstranten ab. Viele werden verhaftet. Weil Polizei und Stasi besonders brutal vorgehen, schließen sich spontan weitere Menschen der Demonstration an. Von diesem Tag an kommen die Demonstranten an jedem 7. des Monats auf dem Alexanderplatz zusammen.

27. Juni 1989
Die Außenminister Ungarns und Österreichs schneiden medienwirksam ein Loch in den Stacheldrahtzaun an der Grenze.

Juli 1989
Immer mehr DDR-Bürger flüchten über Ungarn nach Österreich oder suchen Zuflucht in der Ständigen Vertretung der Bundesrepublik in Ostberlin und in den bundesdeutschen Botschaften in Budapest und Prag.

5. August 1989

Zum ersten Mal nimmt die DDR-Regierung im DDR-Fern-sehen Stellung zur Flucht von DDR-Bürgern in die Botschaf-ten der Bundesrepublik in Ostberlin, Prag, Warschau und Wien. Sie warnt die Flüchtlinge davor, ihre Ausreise auf diese Weise erzwingen zu wollen. Die Ständige Vertretung in Ost-berlin muss wegen Überfüllung vorübergehend schließen, am 19. September wird auch die Botschaft in Warschau ge-schlossen.

13. August 1989

Am Jahrestag des Mauerbaus demonstrieren Ausreisewillige am Brandenburger Tor in Berlin. Doch Erich Honecker sagt am nächsten Tag: »Den Sozialismus in seinem Lauf hält we-der Ochs noch Esel auf.«

19. August 1989

Fast siebenhundert DDR-Bürger nutzen eine Friedensde-monstration mit dem Namen »Paneuropäisches Picknick« im ungarischen Sopron, um über die Grenze zu Österreich nach St. Margareten im Burgenland zu flüchten.

4. September 1989

In Leipzig versammeln sich im Anschluss an das Montagsge-bet in der Nikolaikirche rund 1000 Menschen auf dem Vor-platz der Kirche. Sie rufen »Stasi raus« und fordern Reisefrei-heit. Es ist die Geburtsstunde der Montagsdemonstrationen.

11. September 1989

Die Grenze zwischen Ungarn und Österreich wird nun auch offiziell geöffnet. In den darauffolgenden Wochen fliehen 57 000 DDR-Bürger über Ungarn in die BRD. Bundeskanzler Helmut Kohl urteilte später: »Ungarn hat den ersten Stein aus der Mauer geschlagen.«

24. September 1989

Es formieren sich viele oppositionelle Gruppen, die regen Zulauf haben. In Leipzig treffen sich Vertreter des »Neuen Forums«, des »Demokratischen Aufbruchs«, von »Demokratie Jetzt«, der »Vereinigten Linken« und weiteren oppositioneller Gruppen.

30. September 1989:

Hans Dietrich Genscher, Außenminister der BRD, verkündet unter Jubel vom Balkon der überfüllten Prager Botschaft, dass die Ausreise der dort versammelten DDR-Bürger genehmigt sei. In den nächsten Tagen fahren immer wieder Züge mit fast 20 000 DDR-Flüchtlingen von Prag über die DDR in die Bundesrepublik.

7. Oktober 1989

Die Feierlichkeiten zum 40. Jahrestag der Gründung der DDR sichert ein riesiges Polizeiaufgebot. Dabei kommt es zu Demonstrationen, Verhaftungen und massiver Gewalt. Der Besuch Gorbatschows weckt Hoffnungen auf demokratische Reformen: Die Menschen begrüßen den Gast mit »Gorbi, Gorbi«-Rufen.

9. Oktober 1989

Rund 70 000 Menschen laufen nun bei der Montagsdemonstration in Leipzig mit. Die SED-Führung wagt es nicht, die Demonstration gewaltsam aufzulösen. Die Demonstration erhält daraufhin noch mehr Zulauf: Am folgenden Montag hat sich die Zahl auf 100 000 Teilnehmer erhöht. Am Samstag, den 21. Oktober, finden überall in der DDR Demonstrationen statt.

17. Oktober 1989

Erich Honecker muss zurücktreten. Egon Krenz wird neuer SED-Generalsekretär und kündigt die Einleitung einer »Wende« und neue Reisebestimmungen an.

25. Oktober 1989

Auch die Staatssicherheit wird angewiesen, eine politische »Wende« zu befolgen. Doch Stasi-Chef Erich Mielke weist dennoch erhöhte Kampfbereitschaft und das Tragen von Schusswaffen an.

30. Oktober 1989:

Die DDR ist wirtschaftlich am Ende. Führende DDR-Wirtschaftsexperten legen dem SED-Politbüro eine »Analyse der ökonomischen Lage der DDR mit Schlussfolgerungen« vor, die besagt, dass »ein Stoppen der Verschuldung« im Jahr 1990 »eine Senkung des Lebensstandards um 25 bis 30 Prozent erforderlich und die DDR unregierbar machen« würde.

4. November 1989

Auf dem Alexanderplatz findet die größte Massendemonstration in der Geschichte der DDR statt. Etwa eine halbe Million Menschen demonstrieren.

7. November 1989

Die gesamte DDR-Regierung – der DDR-Ministerrat – tritt zurück.

8. November 1989

Das gesamte SED-Politbüro tritt zurück.

9. November 1989

Auf der Pressekonferenz, die am Abend über die Ergebnisse der Politbürositzung informiert, teilt Politbüromitglied

Günter Schabowski mit, dass zukünftig die Ausreise ins westliche Ausland ohne das Vorliegen besonderer Gründe möglich ist. Auf die Rückfrage eines Journalisten nach dem genauen Zeitpunkt des Inkrafttretens erklärt Schabowski: »Das tritt nach meiner Kenntnis … ist das sofort, unverzüglich …«. Auf diese live im DDR-Fernsehen übertragenen Sätze hin beginnen Ostberliner an die Grenzübergänge zu strömen. Tausende überqueren noch in der gleichen Nacht die Grenze. Die Mauer ist gefallen.

Ute Krause
Im Labyrinth der Lügen

288 Seiten, ISBN 978-3-570-22654-4

Paul ist am Boden zerstört: Seine Eltern wurden nach einem
Fluchtversuch von der Bundesrepublik freigekauft und beginnen in
West-Berlin ein neues Leben – ohne ihn. Er darf die DDR nicht verlassen
und ob er seine Eltern je wiedersehen wird, ist ungewiss. Halt geben ihm
Oma und Onkel Henri – und seit kurzem seine Klassenkameradin Millie,
die ohne Mutter beim Vater lebt. Eines Abends besuchen die beiden
Onkel Henri im Pergamonmuseum, der dort als Nachtwächter arbeitet.
Als sie in den Sälen unerklärliche Geräusche hören, forschen Paul und
Millie auf eigene Faust nach und geraten in eine gefährliche Intrige ...

www.cbj-verlag.de

30369